# Das Eheleben

# kann mich mal

Roman

## Viki Six

© 2024 Viki Six
Verlag: BoD · Books on Demand GmbH, In de Tarpen 42,
22848 Norderstedt
Druck: Libri Plureos GmbH, Friedensallee 273, 22763 Hamburg
ISBN: 978-3-7693-1956-9
Umschlaggestaltung: Viki Six
Autorenfoto: privat
Lektorat, Korrektorat: Viki Six

# Kapitel 1

„Mama, das war die schönste Geburtstagsparty, die ich je hatte", strahlte Susi ihre Mutter an. Lisa hatte viel Zeit und Energie darauf verwendet, ihrer Kleinen einen traumhaft schönen Tag zu schenken. Gerade angesichts der schwierigen derzeitigen Situation in ihrer Familie wollte sie Susi einen Geburtstag bieten, der die Kleine einfach vergessen ließ, dass die Eltern so oft missgelaunt waren. Die Vorbereitungen für die Geburtstagsparty hatten sie abgelenkt. Und ihre Fröhlichkeit zwischen all den achtjährigen Freundinnen und Freunden ihrer Tochter war eine echte gewesen. Sie hatte diesen Tag genossen.

„Wirst du mir beim Zusammenräumen helfen, Susi?", fragte sie ihre Tochter. Eng aneinander geschmiegt lagen Lisa und Susi auf dem Sofa im Wohnzimmer und blickten auf das herrliche Chaos aus zerplatzten Luftballons, Konfetti, Pappbechern und Luftschlangen. Es sah nach viel Arbeit aus, aber Lisa wusste, dass sie vielleicht eine Stunde brauchen würde, um alles wieder in Ordnung zu bringen, bevor Robert nach Hause kam.

Die letzten Monate durchzustehen, war ihr nicht leicht gefallen. Denn die Spannungen zwischen Robert und ihr hatten ihr schwer zu schaffen gemacht. Was war nur mit ihrem Mann los? So abwesend, abweisend und fast verärgert hatte sie ihn früher nicht gekannt. Bei jedem kleinen Missgeschick, das ihr unterlief, verzog er das Gesicht, schnaubte verächtlich oder beschimpfte sie sogar. Anfangs hatte sie versucht, darüber hinwegzusehen. Immerhin hatte er in seiner Steuerberatungskanzlei einen stressigen Job. Sie hatte ihn gefragt, ob er Schwierigkeiten mit einem Kunden hätte. Er hatte nur den Kopf geschüttelt und gemeint, das wäre zu komplex, da würde sie sich nicht auskennen. Sie war es gewohnt, dass er sie nicht in seinen Büroalltag einweihte. Obwohl sie ihm gern geholfen hätte. Immerhin hatten sie sich vor knapp zehn Jahren während des Studiums kennen gelernt, als sie von ihren Professoren und Studienkollegen hochgelobt worden war und ihr eine glänzende Karriere als Anwältin vorausgesagt worden war. Trotz ihrer Schüchternheit hatte sie einen ausgeprägten Gerechtigkeitssinn, für den sie auch einstand. Sie hatte einen analytischen Geist und eine schnelle Auffassungsgabe, das hatte ihr an der Universität sowohl die Wertschätzung der anderen als auch ihr ein bisschen mehr Selbstbewusstsein eingebracht.

Sie dachte kurz an den heutigen Morgen, als Robert sich geistesabwesend von ihr verabschiedet hatte, wie immer im teuren Anzug mit Krawatte elegant gekleidet, mit seinem hauchdünnen Laptop unter dem einen Arm und seiner ledernen Aktentasche in der anderen Hand. Er sah, das musste sie zugeben, wirklich gut aus. Sie fühlte sich im Jogginganzug nicht gerade attraktiv. Aber immerhin hatte sie ein Fünf-Sterne-Frühstück für ihn zubereitet gehabt, die Kleine für die Schule zurechtgemacht und gleich eine Maschine Wäsche in die Waschmaschine gegeben.

„Wie wird dein heutiger Tag? Was steht auf dem Programm", fragte sie, ganz in alltäglicher Plauderlaune.

„Ach, nichts besonderes, nur schwierige Vertragsverhandlungen", antwortete Robert.

„Magst du die Akten mit nach Hause nehmen, heute Abend? Ich könnte es mir durchlesen. Vielleicht kann ich dir irgendwie helfen?"

„Das bezweifle ich doch sehr", meinte er herablassend.

Zum ersten Mal regte sich Ärger in ihr. Bisher hatte sie stets darauf geachtet, ihrer Kränkung nicht nachzugeben.

Sie billigte Robert eine gewisse Gestresstheit zu. Schließlich arbeitete er viele Stunden lang, verließ manchmal sogar vor dem von ihm so geschätzten Frühstück das Haus und kam oft erst spät am Abend aus dem Büro nach Hause. Immerhin hatte Lisa den ganzen Tag nichts anderes zu tun, als sich um den Haushalt zu kümmern. Im Grunde war sie eine geduldige und liebevolle Frau, und sie genoss es, Hausfrau und Mutter zu sein und keine Karrierebestrebungen zu haben. Nur manchmal stahl sich ein Stachel in ihr Herz, wenn sie sich mit ihren allesamt kinderlosen ehemaligen Studienfreundinnen traf, auf einen verstohlenen kleinen Kaffee in einer Konditorei im Stadtzentrum, vielleicht auch einmal auf ein Gläschen Sekt in einer Tagesbar, mühsam untergebracht zwischen Wäschewaschen, Einkaufen, Kochen und dem Zeitpunkt, wenn sie ihre geliebte kleine Tochter Susi von der Schule abholte. Der gleiche Stachel stieß auch zu, wenn sie Robert von seinen erfolgreichen Kolleginnen erzählen hörte. Sie mochte es nicht, auf jemanden neidisch zu sein. Sie gönnte anderen ein schönes Leben. Aber trotzdem war da ein Gefühl in ihrer Magengegend, das sie nicht einfach abtun konnte und das sie ahnen ließ, dass es etwas in ihrem Leben gab, das unbefriedigend war.

Gut, sie hatte sich selbst dafür entschieden, ihr Studium abzubrechen, als sie schwanger geworden war. Sie hatte eigentlich vorgehabt, noch ein paar Jahre zu warten, bevor sie eine Familie gründete. Aber als sich dann trotz aller Vorsicht Nachwuchs ankündigte, war Lisas Freude viel zu groß gewesen, um noch an ihre eigene Selbstverwirklichung zu denken.

Und jetzt, auf dem Sofa im Wohnzimmer mit ihrer kleinen Susi zusammengekuschelt, stellte sie ihre Entscheidung nicht in Frage. Ganz im Gegenteil, sie hätte vielleicht gern noch einen kleinen Bruder oder eine kleine Schwester für Susi gehabt. Aber daraus war nichts geworden. So schnell sich Susi angekündigt hatte, so langwierig waren weitere Versuche verlaufen, und nachdem Lisa zwei Fehlgeburten gehabt hatte, hatte sie den Gedanken an ein weiteres Kind vorerst aufgegeben.

Sie küsste ihre Tochter auf deren blonden Scheitel. Wie wunderbar die Kleine duftete. „Komm, lass uns aufräumen, Schatz", sagte sie zu Susi.

Aber die schüttelte den Kopf, machte ein Schmollmündchen und sagte mit gespielt süßer Stimme: „Ach Mami, ich bin sooooo müde ..."

„Dann ruh dich aus, ich mach das schon", sagte Lisa, stand auf und fing an, die herumliegenden Gegenstände einzusammeln und in den Abfalleimer zu geben, den sie schon bereit gestellt hatte.

Mitten in ihre Geschäftigkeit rief Robert an und sagte ihr, dass es später werden würde, einer seiner Klienten hätte ihn und die Kollegen auf ein Geschäftsessen eingeladen, da könne er nicht absagen.

„Es wird wahrscheinlich schon zehn Uhr nachts werden, wenn ich heimkomme."

„Ach, dann liegt Susi aber schon im Bett und schläft, sie ist ziemlich erschöpft vom Feiern."

„Sag ihr, dass ich ihr ein schönes Geschenk mitbringe."

Fast kam es ihr so vor, wie wenn sich seine Stimme gelangweilt anhörte. Warum fragte er nicht, wie die Geburtstagsparty verlaufen war? Sie überlegte kurz, ob sie ihn darauf ansprechen sollte, warum er so wenig Interesse für seine Tochter zeigte. Aber mit derlei Alltäglichkeiten wollte sie ihn nicht belästigen.

Manchmal fragte sie sich, ob sie nicht zu viel Rücksicht auf ihren Mann nahm. Für ihn war sie eine Selbstverständlichkeit geworden, die alles, was nicht mit seinem Beruf zu tun hatte, perfekt erledigte. Die einzige Ausnahme, wo er sie an seinem Leben als gewiefter Steuerberater teilhaben ließ, waren Diners am Abend, weil er gerne seine Kollegen und seinen Chef zu sich nach Hause einlud. Lisa hatte sich inzwischen zu einer perfekten Gastgeberin entwickelt, die elegante Menüs zusammenstellen konnte und ihren Gästen stets einen schönen Abend bereitete. Sie kochte gern und gut und experimentierte immer wieder mit den neuesten Gerichten. Anstatt sich mit Gesetzesentwürfen, Begutachtungsverfahren und Regierungsvorlagen zu beschäftigen, stapelten sich nun Kochbücher, Erziehungsratgeber und Magazine für Einrichtung und Gartengestaltung in ihrem kleinen Arbeitszimmer. Manchmal, wenn sie an ihrem Schreibtisch saß und in ihren Kochbüchern blätterte, um eine Menüfolge für ein Abendessen für Robert und seine Geschäftsfreunde zusammenzustellen, blickte sie versonnen auf, sah durch das Fenster auf ihren Garten hinaus und fragte sich, wie es nur dazu gekommen war, dass aus einer Intellektuellen nun auf einmal ein Hausmütterchen geworden war.

Wenn sie in einer solchen Laune war, klappte sie alle Bücher zusammen, fuhr ihren Computer hoch und las ein bisschen in den Online-Magazinen über Recht, Lizenzen, Verfassungszusätze und Datenschutz. Ernüchtert musste sie dann immer feststellen, dass sich in den knapp zehn Jahren, seit sie nicht mehr dabei war, einiges geändert hatte.

„Gut, mein Lieber, dann sehe ich dich halt spätabends. Aber ein Stück von der Geburtstagstorte musst du noch probieren. Susi hat extra eines für dich aufgehoben", sagte sie ins Telefon.

„Ja, klar, mach ich, bis dann, Häschen", sagte er und beendete die Verbindung, bevor sie sich noch richtig von ihm verabschieden konnte.

„Bis dann", sagte sie in die tote Leitung hinein und legte erstaunt ihr Telefon auf den Esstisch. Sie starrte das Ding eine Weile an und fragte sich, ob sie ihn nicht zurückrufen sollte, ihn zur Rede stellen sollte für seine Kurzangebundenheit. Höflich war das nicht. Geschweige denn liebevoll, obwohl er sie mit dem Kosenamen „Häschen" angeredet hatte. Aber das war schon nur mehr eine Gewohnheit von ihm. Sie hatte sich an diesem Tag, der ja auch für sie etwas Besonderes darstellte, eine andere Atmosphäre gewünscht. Sie und Robert waren vor acht Jahren Eltern geworden. Nicht nur Susi hatte etwas zu feiern, sondern sie und ihr Mann auch.

Aber da blinkte ihr plötzlich ihr Telefon vom Esstisch entgegen. Eine Nachricht von Robert. Wahrscheinlich wollte er sich dafür entschuldigen, so abrupt aufgelegt zu haben. Neugierig öffnete sie ihre Nachrichten. Doch was sie dort las, verstand sie nicht: „Zieh die nachtblauen Dessous an, die ich dir geschenkt habe. In denen siehst du so erregend aus. Bin gleich bei dir."

Erstaunt überlegte sie, ob er das hübsche kleine Teil meinte, das er ihr vor vielen Jahren geschenkt hatte und das ihr jetzt eigentlich schon ein bisschen zu knapp geworden war. Doch dann durchfuhr ein eisiger Schock ihren Körper. Robert musste sich vertippt haben. Aller Wahrscheinlichkeit nach war diese sexy Nachricht gar nicht für sie bestimmt gewesen.

***

# Kapitel 2

Als der Verdacht, dass Robert seine Nachricht nicht an sie schicken wollte, sondern an eine andere, sich langsam in Lisa breitmachte, glaubte sie, in ein tiefes schwarzes Loch zu fallen. Ihr wurde kalt, sie zitterte und fühlte sich schwindelig und war zu keinem Gedanken fähig. Immer noch starrte sie auf die Buchstaben der Nachricht, die ihr bisheriges Leben von einem Moment zum anderen verändert hatten. Als der kleine Bildschirm sich verdunkelte, legte sie fast angeekelt das Telefon auf den Tisch und setzte sich benommen auf einen der Stühle, die um den Esszimmertisch standen. Rasende Schmerzen machten sich in ihrem Kopf breit. Sie hätte gern geweint, wusste aber nicht, wie man so etwas auf Befehl machte. Irgendwo hatte sie gelesen, dass Tränen den Schmerz wegschwemmen würden. Wahrscheinlich in einem dieser dämlichen Artikel in den dämlichen Zeitschriften, mit denen sie zu tun hatte, seit sie nur mehr Hausfrau war.

In ihre Benommenheit mischte sich langsam Wut. Wie konnte er ihr das nur antun! Wer glaubte er denn, wer er sei! Er verließ in der Früh das Haus, das Chaos, das er hinterließ, musste sie wegräumen, er war alles andere als ordentlich und rührte im Haushalt keinen Finger. Sogar seine Socken musste sie im Schlafzimmer aufheben, weil er einfach nicht daran dachte, irgend etwas zu tun. Seine Überheblichkeit in diesen Dingen, dass er sich als Geldverdiener und Erhalter der Familie mit solchen Bagatellen nicht aufhalten könnte, hatte sie bisher immer stillschweigend zu Kenntnis genommen. Er verdiente als

Juniorpartner in der Steuerberatungskanzlei ja auch wirklich gut. Aber sie war als Mensch genau so viel wert wie er. Dass er mehr Geld als sie hatte, konnte ihn doch nicht dazu berechtigen, sie als minderwertig zu betrachten.

Erstaunlicherweise kam ihr diese ganze Misere erst jetzt, als sie an diesem Esszimmertisch saß, so richtig zu Bewusstsein. Wie hatte sie nur so lange erdulden können, von ihm nicht als gleichwertige Partnerin angesehen zu werden. Nun, er war früher immer höflich und auch gut gelaunt gewesen, und die Rollenverteilung im Haushalt hatte sie als gar nicht so schlecht betrachtet. Immerhin hatte sie ja wirklich nichts mit schwierigen Steuerfällen, unangenehmen Geschäftspartnern oder unlösbaren Konflikten zu tun gehabt. Ihr Alltagsleben war das einer jungen Mutter, die ein entzückendes gesundes Kind hatte, das zudem auch noch wohlerzogen war und keine Schwierigkeiten bereitete, in der Schule brav lernte und einen liebenswerten Freundeskreis hatte.

Beunruhigt sah Lisa zu ihrer kleinen Tochter auf dem Sofa hinüber. Aber die war zum Glück eingeschlafen und bekam nichts vom Schicksalsschlag mit, den ihre Mutter gerade durchlebte. Lisa klickte auf ihr Handy, um zu sehen, wie spät es war, tatsächlich war es schon sieben Uhr vorbei, draußen war die Sonne gerade hinter dem Nachbarhaus untergegangen. Das Licht des Abends färbte alles in eine Idylle, die so gar nichts mit dem zu tun hatte, was sich in Lisas Kopf abspielte. Schließlich siegte ihre Mutterliebe und sie stand auf, ging zu ihrem Töchterchen und streichelte deren Wange.

„Mami? Ich bin müde, kann ich heute hier schlafen? Oder muss ich ins Bett gehen?"

„Ich trage dich rauf, meine Süße", sagte Lisa und hob Susi behutsam hoch. Langsam ging sie mit ihr durchs Wohnzimmer, durch den Flur und dann die Treppe in den

Stock hinauf, wo sich das Kinderzimmer, ein Bad und das Elternschlafzimmer befanden. Als sie am Schlafzimmer vorbeikam, überlief sie ein leiser Schauer. Hier hatte sie mit Robert geschlafen, hier hatten viele Nächte stattgefunden, die vielleicht nun der glichen, die er mit irgend jemandem in nachtblauen Dessous zu verbringen gedachte. Lisa schnaufte, vor Wut, vor Ekel und vor Ohnmacht. Dann nahm sie sich wieder zusammen, blickte auf die unschuldsvoll in ihren Armen schlummernde Susi und nahm sich vor, ihr die beste aller Mamis zu sein, die man sich nur vorstellen konnte. Nichts sollte das Glück dieses entzückenden Engels trüben.

Im Kinderzimmer angekommen, legte Lisa ihre Tochter aufs Bett, zog ihr vorsichtig das rosa Geburtstagskleidchen aus, das sie als besonderes Geburtstagsgeschenk in einem teuren Kinderkleidungsgeschäft gekauft hatte, ein wahres Prinzessinnenkleid mit Spitzen, Tüll und Pailletten. Dann streifte sie ihr ein Nachthemd über und küsste sie auf die Stirn, strich die Bettdecke über der Kleinen glatt und wünschte ihr sanft eine gute Nacht.

„Muss ich noch Zähneputzen?", murmelte Susi leise.

„Lassen wir heute mal ausfallen, aber das ist eine ganz große Ausnahme", sagte Lisa so leise wie ihre Tochter und nahm sich vor, dass derartige Ausnahmen keinesfalls zur Regel werden sollten. Chaos durfte jetzt nicht eintreten, sie hatte eine Verantwortung zu tragen, und die hatte sie nicht nur ihrer Tochter gegenüber, sondern auch sich selbst gegenüber. Alles musste seinen geregelten Gang weitergehen. Soweit das eben unter diesen Umständen möglich war.

Sanft schlich sich Lisa aus dem Schlafzimmer, ließ die Tür einen Spalt breit offen, damit sie hören konnte, falls Susi im Schlaf nach ihr rief, dann ging sie die Treppe wieder hinunter ins Wohnzimmer und setzte sich vor das

Telefon, das sie wie einen Erzfeind auf dem Tisch liegen sah.

Und dann fasste sie einen Entschluss. Sie musste es einfach wissen. Sie rief Robert an. Aber er hob nicht ab. Sie versuchte es ein weiteres Mal, wieder mit demselben Resultat. Nach dem dritten Versuch gab sie auf. Verärgert stand sie auf, ging in die Küche und schenkte sich ein Glas Rotwein ein. In der Küche stehend trank sie einen Schluck, dann leerte sie das Glas in die Abwasch. Nein, sie wollte sich nicht betrinken, das wäre zwar eine einfache, aber bestimmt keine gute Lösung.

Da hörte sie ihr Telefon läuten. Fast wäre sie gestolpert, so schnell lief sie ins Wohnzimmer, schnappte sich das Telefon und nahm den Anruf entgegen. Robert.

„Was ist denn? Ich arbeite", sagte er reserviert.

„Mit wem denn? Mit jemandem in nachtblauen Dessous?", fragte Lisa so kühl wie möglich.

„Was … was meinst du? Was soll das?"

„Ich habe eine Textnachricht bekommen. Von dir. Die war aber nicht für mich bestimmt", antwortete Lisa und stellte mit Befriedigung fest, dass ihre Stimme eine Normalität und Sachlichkeit hatte, die nichts von der Gefühlsachterbahn vermuten ließ, auf der sie sich gerade befand.

„Ich habe keine Nachricht verschickt. Weder an dich noch an jemand anderen. Und was soll das mit diesen nachtblauen Dessous?"

Lisa war sprachlos. Er stritt es einfach ab. Nun gut, er war es beruflich gewohnt, sich nicht aus der Ruhe bringen zu lassen, auch wenn er wusste, dass er in einem schwierigen Verhandlungsfall nicht die allerbesten Karten hatte.

„Weißt du was", sagte sie und schaffte es sogar, ihren Worten einen ironischen Ton zu geben, „wir sprechen dann, wenn du zuhause bist."

Nun schien es fast, als wäre Robert sprachlos. Wahrscheinlich hatte er nicht damit gerechnet, dass Lisa, die ansonsten ein eher emotionaler Mensch war und gern ihren Gefühlen nachgab, so nüchtern mit ihm reden konnte.

„Ja", sagte er zögernd, „wenn ich dann zuhause bin. Aber du weißt ja, …"

„ … dass es spät wird", beendete Lisa seinen Satz, und das sagte sie nicht mehr nüchtern und sachlich, sondern mit beißender Häme in ihrer Stimme. Blitzschnell beendete sie das Gespräch.

„Geschafft", sagte sie triumphierend zu sich selbst, „so reden wir ab sofort miteinander."

Sie atmete tief durch und rief dann ihre Freundin Conny an. Als die abhob, war es mit Lisas Fassung vorbei, sie schluchzte und brachte kein Wort heraus.

„Was ist denn los?", fragte Conny.

„Kommst du auf einen Schlummertrunk vorbei?", stammelte Lisa unter Tränen.

„Das hört sich mehr so an, wie wenn du einen Kummertrunk brauchst", versuchte Conny zu scherzen.

„Bitte komm sofort, ich brauch dich."

„Worum geht es denn?"

„Das Schwein betrügt mich", brachte Lisa gerade noch hervor, bevor ein weiterer Schluchzanfall ihr das Sprechen unmöglich machte.

„Bin sofort bei dir."

***

# Kapitel 3

„Mein Gott, schaust du gut aus", begrüßte Lisa ihre Freundin.

„Mein Gott, schaust du schrecklich aus", antwortete Conny.

Lisa hatte sich das Gesicht minutenlang mit eiskaltem Wasser abgewaschen, dann trocken getupft. Sie hatte sich eine dicke Schicht Nachtcreme aufs Gesicht aufgetragen, um ihre vom Weinen ausgetrocknete Haut zu beruhigen. Schließlich hatte sie sich umgezogen. Leggings und ein T-Shirt waren gerade die richtige Kleidung, um es sich auf dem Sofa gemütlich zu machen und mit Conny über die Katastrophe zu reden, die sich in ihrem Leben ereignet hatte.

Aber als sie eine Stunde später die elegante Conny empfangen hatte, wurde ihr bewusst, wie aufgelöst sie wohl ausschauen musste. Sie selbst im Schlabberlook mit einem ausgewaschenen T-Shirt, das zwar durchaus bequem war, aber eben gar nicht dem Schick entsprach, mit dem Conny nun in den Flur hinein segelte und für den sie als Moderedakteurin überall beneidet wurde.

„Also … bei aller Liebe … aber du schaust aus, als wäre ein Meteorit mitten in dein heißgeliebtes Gemüsebeet hinein gekracht", meinte Lisas Freundin, als sie sich neben ihr auf die Couch fallen gelassen hatte. „Macht es dir was aus …", fragte Conny dann, als sie sich die Hochhackigen von den Füßen streifte und es sich mit untergeschlagenen Beinen bequem machte.

„Ja, ich schau schrecklich aus. Und nein, es macht mir nichts aus. Mach es dir so gemütlich wie möglich. Ich hab dir was zu sagen."

„Bevor wir anfangen, will ich ein Glas von irgendwas. Bevorzugt alkoholisch. Hast du mir nicht einen Schlummertrunk versprochen?"

„Kummertrunk heißt das", lächelte Lisa, während ihr wieder Tränen über die Wangen kullerten. Gemeinsam standen die beiden auf und gingen in die Küche. Conny öffnete den Kühlschrank, suchte ein bisschen herum und nahm schließlich eine Flasche teuren Champagner heraus.

„Der muss es heute sein, nicht wahr?", fragte Conny, während sie die Flasche wie ein Siegesschwert in die Höhe hob und über ihrem Kopf schwenkte.

„Der war eigentlich für … ach was, ja, der muss es heute sein", antwortete Lisa und ein rachsüchtiges Lächeln stahl sich in ihr Gesicht, weil sie kurz an den fürs kommende Wochenende geplanten kleinen Empfang dachte, bei dem Robert mit seinen Kollegen einen erfolgreichen Abschluss bei sich zuhause feiern wollte. Er hatte den teuren Champagner in einer gut sortierten Vinothek gekauft gehabt, speziell für den vorgesehene Anlass. Lisa sah zu, wie ihre Freundin gekonnt die Folie vom Kopf der Flasche entfernte und mit sicherem Dreh den Korken festhielt, während er sich langsam aus der Flasche nach oben drückte. Mit einem edlen Plopp öffnete sich der Champagner.

„Ein richtiger Knall wäre passender gewesen, und dann spritzen wir hier in der Küche herum wie Formel-1-Champions", meinte Lisa.

„Na ja, du bist ja nicht gerade ein Champion heute. Außerdem schade um jeden Tropfen", antwortete Conny pragmatisch, „den trinken wir lieber, als hier damit zu duschen."

Im Wohnzimmer angekommen, stellte Conny die eiskalte Flasche Champagner auf den kleinen Couchtisch vor dem Sofa. Sie ging zur Vitrine und nahm zwei Gläser mit, als sie wieder zu Lisa zurückging.

Verstohlen beobachtete Lisa ihre Freundin, während die sich mit den beiden Gläser beschäftigte, sie gekonnt gekippt hielt und den Champagner hinein rieseln ließ. Lisa bewunderte die Souveränität ihrer Freundin. Sie erinnerte sich an früher, als sie noch nicht darüber nachgedacht hatte, dass es Unterschiede gab, wie jemand sich kleidete, wie jemand sich benahm. Früher, ganz früher, waren sie und Conny unzertrennlich gewesen und sie waren sich wie Zwillinge vorgekommen.

Als Lisas Eltern bei einem Verkehrsunfall umgekommen waren, war Lisa gerade elf Jahre alt. Sie war in ein Heim gekommen, aber zum Glück hatte Connys Mutter Marlis zu jener Zeit gerade eine private Initiative ins Leben gerufen, um einsamen Kindern eine Art Ersatzfamilie zu bieten. So hatte Marlis bei einem Besuch im Heim beschlossen, sich der kleinen Lisa anzunehmen. Es war, so hatte Marlis später berichtet, gegenseitige Zuneigung auf den ersten Blick gewesen, als hätte Lisa mit ihren großen blauen Augen unter ihrem blonden Haar einfach unwiderstehlich ausgesehen, gerade so, wie man sich ein zweites Geschwisterchen für seine eigene Tochter wünschte. Und schließlich war Lisa mehr in Marlis' Zuhause gewesen als im Heim. Marlis hatte ihr bei ihren Hausaufgaben geholfen, hatte sie beraten, als sie in die Pubertät kam, hatte ihr als Ersatzmutter und gleichzeitig auch als beste mütterliche Freundin zur Seite gestanden, wenn Lisa wieder einmal nicht weiterwusste. Und Conny, Marlis' Tochter, war im selben Alter wie Lisa gewesen und während der vielen Jahre, bis Lisa sich für ein Jura-Studium entschied und Conny für das der Publizistik, hatten sie quasi Tag und Nacht miteinander verbracht. Lisa kannte Conny in- und auswendig und umgekehrt war es genau so. Sie hatten nie Geheimnisse voreinander gehabt und hatten sich die ewige Treue geschworen, fast so, wie wenn sie eine Art Blutsbrüderschaft geschlossen hätten. Blutschwesternschaft hatten sie es nennen wollen, die Bezeichnung erschien ihnen holprig und auch angesichts der mit der Pubertät einhergehenden monatlichen Ereignisse war ihnen das mit dem Blut und mit den Schwestern irgendwie zu unappetitlich erschienen. Sie hatten ihre ewige Treue dann einfach „Sisters forever" genannt.

Und als hätte Conny sich an ihre gemeinsamen Jugendzeiten erinnert, reichte sie nun Lisa eines der gefüllten Champagnergläser, hob ihres hoch und rief, als wollte sie einen Schlachtruf ausstoßen: „Sisters forever!"

Conny ließ sich mit einem theatralischen Seufzer neben Lisa auf die Couch sinken, trank einen Schluck und sagte dann: „Also, was ist los? Was hat das Schwein, wie du ihn nennst, gemacht?"

Und nachdem das erste Glas und auch das zweite geleert waren, wusste Conny, was das Schwein gemacht hatte. Oder zumindest, was Lisa vermutete. Conny schenkte nach und stieß mit ihrer aufgelösten Freundin an.

„Na gut", sagte sie, „wir haben Vermutungen, aber keine Beweise."

„Doch, ich hab einen Beweis. Diese Nachricht auf meinem Handy."

„Das kann aber auch ein technischer Irrtum sein", meinte Conny nachdenklich, „wer weiß, wie das mit diesen Handynachrichten wirklich funktioniert. Da irren ja Tausende oder Millionen oder Milliarden von Daten herum, da könnte es ja, rein theoretisch, vorkommen, dass man eine Nachricht bekommt, die weder vom offensichtlichen Absender abgeschickt wurde, noch beim beabsichtigten Empfänger ankommt."

„Willst du ihn etwa verteidigen", brach es aus Lisa hervor. Sie war schockiert. Sie hätte nie erwartet, dass Conny für Robert Partei ergriff.

„Ach du lieber Himmel, den würde ich nie im Leben verteidigen. Du weißt ganz genau, dass ich ihn von Anfang an nicht gemocht habe, diesen eingebildeten Affen."

Lisa musste lachen, sie erinnerte sich daran, als Conny einmal Robert nachgemacht hatte, wie er mit ernstem Gesicht und überlegener Körperhaltung vor ihr herumstolziert war und von seinen Erfolgen als Steuerberater geprahlt hatte. Connys Parodie war erstklassig gewesen. Lisas Freundin hatte Robert und seine Überheblichkeit tatsächlich von Anfang an nicht ernst genommen.

„Ja, ich weiß, sonst wärst du ja auch meine Trauzeugin gewesen", sagte Lisa.

„Das habe ich tunlichst zu vermeiden gewusst", meinte Conny, „und dass meine Mutter dann deine Trauzeugin geworden ist, das habe ich ihr schon übel genommen. Ich hätte eurer Ehe nie den Segen gegeben."

Conny war damals zu Modeschauen nach Paris geflogen und Lisa hatte, im Wissen, dass ihre Freundin gegen diese Eheschließung war, eilig das Aufgebot bestellt und Marlis als Trauzeugin auserkoren. Connys Mutter war viel zu hilfsbereit – sozusagen die beste Krankenschwester, die man sich nur vorstellen konnte –, um dieses Angebot ablehnen zu können. Sie konnte einfach nie nein sagen, wenn man sie um einen Gefallen bat. Als Conny dann von Paris zurückgekommen war, stand sie quasi vor vollendeten Tatsachen. Ihre „Sister forever" hatte hinter ihrem Rücken den geheiratet, den sie, Conny, niemals als Ehemann für ihre beste Freundin zugelassen hätte. Das war das einzige Zerwürfnis zwischen den beiden jungen

Frauen gewesen. Und nach und nach hatte Conny sich schließlich damit abgefunden, dass Lisa ihr Herz – und wohl auch ihren Verstand – an diesen dandyhaften und zugegebenermaßen attraktiven und erfolgreichen Steuerberater verloren hatte.

„Also, wir brauchen einen Schlachtplan", sagte Conny kämpferisch, „wir kriegen den klein, dieses Schwein." Leise kicherte sie angesichts des Reimes.

„Und wir brauchen noch Schampus", kicherte Lisa mit, denn die Flasche des teuren Champagners war bereits leer.

„War da nicht noch eine zweite Flasche im Kühlschrank", meinte Conny und ging in Richtung Küche. Nach einer kurzen Zeit kam sie tatsächlich mit einer weiteren Flasche des teuren Getränks zurück.

„Der war fürs Diner am Wochenende geplant. Robert wird mir die Hölle heiß machen", sagte Lisa erschrocken.

„Nein! Du machst ihm die Hölle heiß!" Die beiden jungen Frauen lachten, als gäbe es kein gestern und kein morgen.

„Also, Schlachtplan", meinte Lisa dann, „wie stellst du dir das vor?"

„Anwalt. Scheidung. Du kriegst alles. Er steht vor dem Ruin."

„Ach, wenn das so einfach wäre. Er kennt sich mit allem rechtlichen Kram wirklich sehr gut aus … wie stellst du dir das vor? Das Haus gehört ihm, alles gehört ihm. Und ich hab kein Einkommen. Ich bin ja nur Hausfrau."

Lisa sah ihrer Freundin an, dass der auf den Lippen lag zu sagen: Selber schuld. Jeder anderen hätte Conny so geantwortet. Aber die beiden waren viel zu eng miteinander verbunden, als dass so etwas zur Sprache gekommen wäre. Sie schwiegen und wussten nicht weiter. Schlachtplan schön und gut, aber was konnten sie schon tun?!

Und in ihr Schweigen brach auf einmal das Läuten von Lisas Telefon. Robert rief an.

„Ich bin gleich zuhause. Gibt es noch Torte?", fragte er, als wäre nichts geschehen.

„Ja, gibt es. Und nicht nur das", antwortete Lisa wie ferngesteuert und legte auf, bevor Robert antworten konnte.

Sie sah Conny an. Ihr Gesicht war leichenblass. „Jetzt geht es los!", flüsterte sie.

***

# Kapitel 4

„Geh rauf und zieh dich um", sagte Conny eilig, „zieh dir das schickste Kleid an, das du nur finden kannst. Sowas gibt Selbstbewusstsein. Und das brauchst du jetzt."

„Ja aber ... er kommt doch gleich", zweifelte Lisa an.

„Ich sag ihm, dass du kurz auf die Toilette gegangen bist, irgendwas wird mir schon einfallen, um ihn hinzuhalten, falls er früher kommt."

Vorbei war die aufgesetzte Heiterkeit und Fröhlichkeit, mit der Conny ihre Freundin aufzumuntern versucht hatte. Jetzt kam das Kämpferische in ihr hervor.

„Und wasch dir das Gesicht mit kaltem Wasser. Und Lippenstift, nimm den rotesten, den du finden kannst."

Sie rief Lisa zu, während die schon aufgestanden war und zur Treppe ging, dass Kleidung so etwas wie eine Rüstung wäre. Nicht gerade ein Kampfanzug, im Ninja-Kostüm würde Robert sie nicht ernst nehmen. Aber irgend etwas, das sexy aussah und für Distanz sorgte. Irgend etwas, das garantierte, dass Robert ihr Äußeres nicht mit der schon zur Gewohnheit gewordenen Selbstverständlichkeit einfach übersah.

Eilig hetzte Lisa die Stufen hinauf, sie fürchtete zu stolpern, ganz nüchtern war sie nicht mehr.

„Mach schnell einen Espresso für mich", rief sie nach unten zu Conny, „den brauche ich jetzt dringend, ich bin ziemlich beschwipst."

„Bin schon dabei, ich brauch auch einen", antwortete Conny und Lisa hörte, wie ihre Freundin in die Küche ging.

Oben angekommen hetzte Lisa ins Schlafzimmer und

öffnete ihren Kleiderschrank. Allzu viele elegante Kleider hatte sie nicht. Sie ging ja selten aus und für zuhause brauchte sie vor allem zweckdienliche Stücke. Schnell schlüpfte sie aus ihren Leggings und streifte das T-Shirt ab, knüllte den Schlabberlook zusammen und warf ihn auf den Boden des Kleiderschranks. Dann nahm sie das vor kurzem neu erstandene Cocktailkleid, das sie eigentlich für den am Wochenende geplanten Anlass gekauft hatte. Robert kannte dieses Kleid noch nicht. Lisa hatte es in einer teuren Boutique in der Innenstadt gekauft, nachdem sie das Prinzessinnenkleid für die Geburtstagsparty ihrer Tochter erstanden hatte. Sie war ohne Kaufabsicht an dem Schaufenster der kleinen Boutique vorbei spaziert, dann wieder zurückgekehrt und hatte dieses kleine schwarze Cocktailkleid angestarrt. Fast schien es ihr, wie wenn es ihr zuflüstern wollte: *Kauf mich, du wirst mich noch brauchen.* Lisa war eine Weile unschlüssig vor dem Schaufenster gestanden, denn so teure Geschäfte machten sie normalerweise ein bisschen schüchtern. Lisa war eine praktisch veranlagte junge Frau, die Firlefanz nicht mochte. Aber irgend etwas hatte sie an diesem Kleid fasziniert.

Zögernd betrat sie die Boutique und sah sich um. Sie fühlte sich nicht wirklich wohl in einer solchen Umgebung, zudem trug sie selbst nur Jeans, Sneaker und einen Sweater. Die Verkäuferin, die auf sie zukam, sah aus, als wäre sie einem Modemagazin entsprungen, perfekte Frisur, perfektes Makeup, perfekt gekleidet. Lisa fürchtete, herablassend behandelt zu werden und wollte sich schon umdrehen, um das Geschäft wieder zu verlassen.

„Kann ich Ihnen helfen?", fragte da die Verkäuferin, und sie sagte es in einem solch freundlichen und einladenden Ton, dass Lisa sich entschloss zu bleiben und wegen des Kleides im Schaufenster zu fragen.

„Dieses Cocktailkleid da, welche Größe ist das denn?", fragte sie und bemühte sich um Selbstsicherheit, als würde sie jeden Tag in teuren Boutiquen shoppen.

„Oh, da haben Sie sich für ein besonders schönes Teil entschieden", schmeichelte die Verkäuferin, „ich hole es Ihnen rein, damit Sie es probieren können."

Wie in Trance ging Lisa mit dem feinen Stück in die Umkleidekabine und probierte es an. Es passte so hervorragend, dass es sich wie ein Teil ihres eigenen Körpers anfühlte. Sie musste es einfach haben.

„Mein Gott, Sie sehen einfach umwerfend darin aus", sagte die Verkäuferin und lächelte Lisa freundlich an.

„Ist es …", setzte Lisa zögernd zu fragen an, denn sie wollte wissen, ob es sehr teuer wäre.

Als hätte die Verkäuferin Lisas Frage erahnt, schüttelte sie den Kopf und meinte, dass das ein Ausverkaufsstück aus der vergangenen Saison wäre, um die Hälfte reduziert. Es hinge quasi als Lockvogel im Schaufenster, damit neue Kundinnen angelockt werden könnten, um sich das gerade frisch eingetroffene Sortiment im Inneren der Boutique anzusehen.

Eigentlich hätte Lisa sich keine Sorgen wegen des Preises machen müssen, denn Robert hatte ihr schon oft gesagt, sie solle sich modischer und eleganter kleiden, als Frau eines erfolgreichen Geschäftsmannes müsse sie repräsentativer aussehen. Für die Partys, die Lisa und Robert für seine Geschäftsfreunde gaben, hatte Lisa sich eine kleine feine Garderobe zusammengestellt, mit der sie abwechselnd jonglierte. Aber Geld in eine unübersehbare Flut von Kleidern zu investieren und bei jedem Anlass ein neues Outfit zu präsentieren, das widerstrebte ihrem praktischen Empfinden. Da kaufte sie lieber qualitativ hochwertige Dinge für den Haushalt oder Pflanzen und

Blumen für ihren Garten.

„Ich bin übrigens das Fräulein Gertrud", sagte die Verkäuferin und reichte Lisa die Hand, „und ich packe es Ihnen ein. Das müssen Sie einfach kaufen. Es wäre ein Verbrechen, das nicht zu tun, Sie würden es bedauern. Ich kenne nämlich dieses Gefühl, wenn ich mich in ein Kleidungsstück verliebe und es aus Kostengründen nicht kaufe, dann denke ich tagelang oder wochenlang daran und dann, wenn ich es dann doch kaufen will, ist es schon weg."

Von einem Moment zum anderen fand Lisa diese junge Frau ausgesprochen sympathisch, der Händedruck des Fräulein Gertrud war angenehm und hatte so gar nichts mit verkaufstechnischer Professionalität zu tun. Gertrud schien einfach nur eine nette junge Verkäuferin zu sein, die ihren Job machte und genau so wie viele andere Geld verdienen musste. Und ihr perfektes Aussehens gehörte wahrscheinlich einfach zum Berufsalltag in einer solchen Boutique.

„Ja, danke, sehr gerne, und wenn ich wieder etwas brauche, dann schaue ich bestimmt wieder bei Ihnen vorbei", beschloss Lisa.

„Zuhause trage ich übrigens auch nur Jeans und Sweater", sagte Gertrud lächelnd, als Lisa bezahlt hatte und sich verabschiedete.

Nun stand Lisa also vor ihrem Kleiderschrank, nahm das neue Kleid heraus und schlüpfte rasch hinein. Es passte wirklich wie angegossen. Sie hätte sich gern noch ein paar Mal vor dem Spiegel hin und her gedreht, um sich über ihr Aussehen zu freuen. Aber dann ging sie schnell ins Badezimmer, presste kurz einen Waschlappen auf ihr Gesicht, den sie unter fließendes kaltes Wasser gehalten hatte und legte dann den rotesten Lippenstift auf, den sie finden konnte. Zum Glück war ihr Gesicht vom Weinen nicht mehr geschwollen. Und das Rot des Lippenstifts half auch, ihre leicht geröteten Augen zu kaschieren.

Sie nahm noch ihr Parfüm und betupfte sich mit einem Hauch, dann eilte sie die Stufen hinab und ging in die Küche, von wo ihr schon verführerischer Espressoduft entgegen strömte.

„Wow, das ist die absolut magische Verwandlung", staunte Conny, als sie bewundernd ihre Freundin ansah und ihr eine kleine Espressotasse reichte.

„Schuhe!", platzte es aus Lisa heraus. Sie stellte die leere Tasse auf den Küchentisch und lief in den Vorraum, schlüpfte schnell in ihre Ausgehschuhe. Die trug sie normalerweise nur, wenn sie Gäste empfing oder wenn sie, was selten vorkam, mit Robert ausging. In diesem Moment, gerade als sie in allerletzter Sekunde fertig geworden war, hörte sie, wie Roberts Schlüssel sich im Schlüsselloch drehte.

Als Robert eingetreten war, starrte er seine Frau ein paar Augenblicke lang an. Lisa erwiderte seinen Blick, ohne etwas zu sagen. Sie bemerkte, dass in seinen Augen Bewunderung und Erstaunen miteinander konkurrierten. Er wusste ganz offensichtlich nicht, was er sagen könnte und wie er mit Lisas elegantem Aussehen umgehen sollte.

*Conny hat ja so recht*, dachte Lisa, *ein schickes Aussehen schafft wirklich Distanz.*

„Guten Abend, Schatz, gut siehst du aus", sagte Robert dann, als er von Lisa immer noch nichts als Begrüßung gehört hatte.

„Irgend ein besonderer Anlass?", fragte er.

„Ja", antwortete Lisa nur und ging in Richtung Wohnzimmer, wo sie, wie sie vermutet hatte, Conny auf dem Sofa sitzen sah, diesmal mit angezogenen Hochhackigen und einem gefüllten Champagnerglas in der Hand.

Robert war ihr nachgegangen und blieb dann mitten im Raum stehen. Er starrte Conny an und ließ seinen Blick über den Couchtisch gleiten, auf dem die leere und die neu geöffnete Champagnerflasche und Lisas frisch eingeschenktes Glas standen.

„Was machst du denn hier?", fragte er laut und ätzend und blickte Conny feindselig an. Lisa wusste, dass sich an Roberts Abneigung gegen Conny nichts geändert hatte. Die beiden waren sich von Anfang an nicht sympathisch gewesen. Normalerweise traf Lisa ihre Lieblingsfreundin nur, wenn Robert nicht zugegen war. Und dass Conny mit Robert nichts anzufangen wusste, und ihn immer schon abgelehnt hatte, das war kein Geheimnis. Trotzdem gefiel ihr die Stimmung nicht, sie wollte keinen offenen Streit. Conny hatte ihr schon oft vorgeworfen, dass sie viel zu harmoniesüchtig sei und Konflikten viel zu oft aus dem Weg ginge.

„Und ist das mein Champagner?", fragte Robert wütend.

„Ja, das stimmt schon, aber …" begann Lisa mit beschwichtigendem Ton, sie wollte irgend eine Art Entschuldigung hervorbringen.

Aber da wurde sie von Conny unterbrochen: „Hier geht es nicht um zwei läppische Schampusflaschen, du Mistkerl", sagte sie aggressiv und mit lauter Stimme zu Robert, „sondern um nachtblaue Dessous." Sie sah aus, wie wenn sie ihn sofort anspringen wollte, wie ein Raubtier. Mit höhnischem Grinsen sah sie ihn kämpferisch von unten herauf an.

„Was geht hier eigentlich vor", brüllte Robert aufgebracht, ging drohend auf Conny zu und knallte mit seiner Faust auf den Couchtisch, sodass die Flaschen und Lisas Glas umzukippen drohten.

Doch zu einem weiteren Gespräch oder zu einer

Auseinandersetzung kam es nicht, weil in dem Moment vom oberen Stockwerk Susis klägliche Stimme zu hören war.

„Mami, was ist los, warum schreit ihr so?"

Lisa eilte zur Treppe, sah hinauf und erblickte ihre in Tränen aufgelöste Tochter am Geländer stehen und hinunterschauen.

„Bitte nicht schimpfen", weinte Susi und ihr kleiner Körper zitterte unter Weinkrämpfen.

***

# Kapitel 5

Wie von Sinnen lief Lisa die Treppe hinauf, auf halber Höhe kam ihr Susi entgegen und warf sich in die Arme ihrer Mutter. Fest hielten sich die beiden umklammert. Lisa hob Susi auf und stieg langsam mit ihrer kostbaren Fracht hinunter ins Wohnzimmer. Sie wusste, wie es war, wenn Mutter und Vater sich stritten, das hatte es schon vor dem schrecklichen Unfall ihrer Eltern viel zu oft gegeben, als sie noch klein war. Sie kannte das. Sie wollte ihrer Tochter ein derartiges Elternhaus ersparen. Nur darum war sie bisher immer so zurückhaltend gewesen. Nur darum hatte sie Roberts Verhalten, das im Laufe der Jahre immer seltsamer geworden war, geduldet. Sie hatte einfach so getan, wie wenn alles in Ordnung wäre. Aber das war es nicht. Vielleicht war es das nie gewesen. Das wurde ihr mit einem Schlag bewusst.

*Wir müssen hier weg,* dachte sie verzweifelt und sah wortlos bittend zu Conny hinüber, als sie am Fuß der Treppe angekommen war.

Wie wenn ihre Seelenschwester ihr stummes Flehen gehört hätte, stand Conny auf und mit selbstsicherer Stimme zu Robert: „Die beiden kommen mit mir mit. In diesem Haus lasse ich sie nicht."

„Was fällt dir ein, dich hier aufzuspielen, als gehörte alles dir?", fauchte Robert Conny an.

Aber die ließ sich nicht beeindrucken und ging siegesgewiss zu Lisa.

„Komm mit, packen brauchst du nicht, ich hab alles, was ihr braucht. Komm einfach mit. Nur weg von hier, so schnell wie möglich", sagte sie und ihre Stimme duldete keinen Widerspruch.

Mit Eleganz und Grandezza schirmte sie Lisa und Susi vor dem fassungslosen Robert ab und geleitete Mutter und Tochter energisch und souverän zur Eingangstür und auf die Straße hinaus.

Draußen hetzten sie zur nächsten Straßenecke. Bald waren sie Roberts Blicken entschwunden. Der war ihnen erbost nachgegangen, aber zum Glück tatenlos vor dem Hauseingang stehen geblieben.

„Und jetzt? Wo ist denn dein Auto?", fragte Lisa. Sie war ziemlich außer Atem, die kleine Susi war zwar erst acht Jahre alt, aber mit rund zwanzig Kilo zu laufen, war eben anstrengend.

„Ich bin mit dem Taxi gekommen. Schlummer-Kummer-Trunk, erinnerst du dich? Ich fahr doch nicht alkoholisiert nach Hause", sagte Conny, „und jetzt bestellen wir uns einfach ein Taxi zurück in meine Wohnung. Und dann sehen wir weiter." Sie hörte sich dermaßen triumphierend an, als wollte sie den Mount Everest besteigen. Lisa fühlte sich in guten Händen. Aber ganz wohl war ihr nicht bei der Sache. Es war dunkel und kühl und sie fühlte sich verloren. Sie stellte Susi ab, streichelte sanft ihren Kopf und beruhigte sie, als das Kind sich leise erkundigte, was denn nun eigentlich los sei.

„Wir machen einen kleinen Ausflug, heute dürfen wir bei Tante Conny übernachten", sagte Lisa zu ihrer Kleinen, als wäre alles nur ein nächtliches schönes Abenteuer.

„Oh wie fein, darauf freue ich mich", sagte Susi und blickte zuversichtlich zu Conny auf, die gerade ihr Handy zur Hand genommen hatte und ein Taxi rief.

Kaffeegeruch weckte Lisa am nächsten Morgen auf. Im ersten Moment wusste sie nicht, wo sie war. Sie blickte sich in Connys Arbeitszimmer um, das ihre Freundin am vorherigen Abend kurzerhand in ein Schlaflager für Lisa und Susi hergerichtet hatte. Am Fenster stand ein altmodischer kleiner Schreibtisch, darauf ein aufgeklappter Laptop. Überall stapelten sich Modemagazine und Zeitschriften und auch das Regal an der Wand war gefüllt mit Büchern über Mode, Stil und wie sich in früheren Zeiten die Damen von Welt gekleidet hatten. An den Wänden hingen Poster von Modeschauen und einzelne Schnappschüsse, auf denen Conny mit berühmten Persönlichkeiten der Modewelt abgebildet war.

Lisa wurde wieder einmal bewusst, dass ihre Freundin in einer gänzlich anderen Welt zuhause war als sie. Und sie freute sich, dass sich an der alten Vertrautheit, die von Anfang an zwischen ihnen geherrscht hatte, nie etwas geändert hatte.

Zum Glück war das Ausziehsofa, das Conny normalerweise benutzte, um sich mit Modemagazinen hinzulümmeln und zu lesen, was die Konkurrenz zu berichten hatte, schnell hergerichtet gewesen. Und Lisa und Susi waren eng umschlungen eingeschlafen. Die Kleine hatte rundum zufrieden geschlummert, schließlich gab es ein kleines Abenteuer zu erleben. Aber Lisa war ab und zu aufgewacht, hatte gegrübelt, ob sie die richtigen Schritte unternommen hatte oder ob ihre Flucht zu überstürzt gewesen war. Sie stand vorsichtig auf, um Susi nicht zu wecken, schlüpfte in den Bademantel, den Conny ihr vorsorglich am Vorabend bereit gelegt hatte und ging in die Küche. Dort hatte sie so manchen Vormittag verbracht, wenn sie Conny besucht hatte. Als selbständige und freiberufliche Redakteurin hatte Conny oft Zeit, wenn andere einem normalen Achtstundenjob nachgehen mussten. Connys kleine Küche hatte ihr schon immer gut gefallen, ein wilder Mix aus modernen Details und Designereinrichtungen, und an der Wand stand eine uralte

Kredenz, die die futuristische Kühle warm unterbrach. Die Küche war klein, für Lisas Galamenüs viel zu klein, aber dafür extrem gemütlich. An die Kredenz hatte Conny zwei Barstühle gestellt, die die einzige Sitzgelegenheit in der Küche darstellten. Auf dem einen Barstuhl saß Conny, als Lisa eintrat. Conny hüpfte herab und umarmte und küsste ihre Freundin.

„Und? Konntest du einigermaßen schlafen nach der ganzen Aufregung?", fragte Conny.

„Ja und nein. Ich bin zwischendurch wach gelegen und habe mir gedacht, dass ich vielleicht ein bisschen mehr Geduld mit Robert hätte haben sollen."

„Geduld? Du hast schon viel zu lange Geduld mit ihm gehabt."

„Oder vielleicht ein bisschen mehr Verständnis hätte ich zeigen können, damit ich die ganze Angelegenheit wieder ins Reine bringen kann."

Conny schwieg. Sie machte sich wortlos an ihrer Espressomaschine zu schaffen und servierte ihrer Freundin schließlich einen herrlich aussehenden Cappuccino.

„Geduld … Verständnis … liebe Lisa, nach allem, was du mir so zwischendurch und nebensächlich über eure Ehe erzählt hast, habe ich mir schon lange meine Gedanken gemacht", sagte Conny nachdenklich, „da ist doch schon seit einer ganzen Weile nichts mehr im Reinen."

„Wie meinst du das? Was habe ich denn deiner Meinung nach erzählt?", wollte Lisa wissen.

„Schau mal, wenn ich dich gefragt habe, wie es dir geht, hast du immer gesagt, dass alles in Ordnung ist. Aber deine Stimme dabei … und wenn ich dich gefragt habe, ob du mal am Abend mit mir ausgehen willst, hast du immer nein gesagt. Und wenn ich nach dem Grund gefragt habe, hast du gesagt, dass Robert zum Essen kommt und erwartet, dass du für ihn gekocht hast. Wenn du eine Fremde wärest, dann hätte ich dir das auch geglaubt. Dass du alles für ihn machst und das Glück auf Erden bei euch eingezogen ist. Aber ich kenne dich. Ich kenne deine Stimme. Da war immer schon irgend etwas faul. Das habe ich einfach gehört und gespürt."

Benommen saß Lisa auf dem Barhocker und schlürfte ihren Cappuccino. Inzwischen zog der Duft von aufgebackenen Croissants durch den kleinen Raum. Conny nahm das duftende Backwerk aus dem kleinen Ofen und stellte es auf einem weißen Designerteller auf die Kredenz.

„Ja, Conny, das stimmt schon, da hast du das richtige Gespür gehabt. Ich habe immer so getan, als wäre nichts geschehen. Ich habe mich auch geniert, dass ich nicht in der Lage bin, eine gute Ehe zu führen und meinen Mann glücklich zu machen."

„Der wollte von Anfang an keine Ehe führen. Der hat dich nur geheiratet, weil er glaubte, das dem Ansehen seiner Eltern schuldig zu sein. Als einziger Sohn war er einfach von ihrem Wohlwollen abhängig. Und dann noch ihr Haus, das sie ihm geschenkt haben, als sie nach Australien ausgewandert sind. Da konnte er auch nicht nein sagen."

„Ja, daran denke ich auch manchmal. Er hat mir ganz am Anfang, als wir noch gar nicht über eine gemeinsame Zukunft gesprochen haben, gesagt, dass er das Haus nur bekommt, wenn er eine Familie gründet."

Während Lisa ihr Croissant aß, dachte sie an die Zeit zurück, als sie Robert kennen gelernt hatte. Sie war damals gerade im zweiten Semester und er, der elegante gutaussehende Mann, den sie schon oft beobachtet hatte, stand kurz vor seinem Staatsexamen. Er war um einige

Jahre älter als sie und sie hatte sich immer als viel zu unwissend und viel zu ungebildet empfunden, wenn sie ihn ansprechen wollte. Außerdem sah sie ihn oft in Begleitung irgendeiner hübschen Studienkollegin.

Und schließlich hatte Robert sie angesprochen, als sie sich einmal zufällig vor dem Kaffeeautomaten am Gang in der Universität getroffen hatten.

„Dieser Kaffee schmeckt einfach widerlich", hatte er gesagt.

„Warum trinken Sie ihn dann?", hatte Lisa gelacht, sie fand es wirklich amüsant, dass jemand, der sich offenbar auch einen teuren Espresso in einem schicken kleinen Café leisten konnte, die Brühe aus dem Automaten trank, die für sie, Lisa, einfach nur etwas war, mit dem man sich den Magen füllen oder an dem man sich die Hände wärmen konnte.

Robert hatte sie erstaunt angesehen. Vielleicht gefiel ihm diese junge Studentin, die ihm, der fast schon seinen Doktortitel in der Hand hatte, so aufmüpfig konterte.

„Recht haben Sie. Begleiten Sie mich auf einen exquisiten Espresso ins Café gegenüber?", hatte er gesagt. Aus dem Espresso wurde ein Glas Sekt, aus dem Nachmittag wurde ein Abend, aus dem Abend wurde eine Nacht. Vielleicht hätte er sie nach ein paar Monaten gegen eine andere junge Studentin eingetauscht. Aber als Lisa dann schwanger wurde, machte er ihr einen Heiratsantrag. Sie war im siebten Himmel. Bis langsam, kaum merklich am Anfang, dann aber immer öfter und immer mehr bedrohliche Wolken aufzogen.

„Und jetzt kommt der Schlachtplan", sagte Conny gutgelaunt in Lisas Schweigen hinein und riss ihre Freundin aus ihren Gedanken.

„Was stellst du dir denn vor?", fragte Lisa, „ich muss einfach wieder zurück und mit ihm reden."

„Geredet wird jetzt gar nichts mehr", meinte Conny streng, „lass ihn kochen, bis er sich meldet."

„Aber ich brauche doch etwas zum Anziehen für mich und die Kleine. Und für Susi brauche ich ihre Schulsachen", entgegnete Lisa, „und wo soll ich denn wohnen?" Sie wusste nicht ein noch aus. Ein Hotelzimmer konnte sie sich nicht leisten, außerdem wollte sie für Susi ein geregeltes Leben führen. Und das ging ihrer Meinung nach einfach nur, indem sie zu Robert zurückkehrte.

„Wohnen kannst du vorerst bei mir, zumindest für die ersten paar Tage. Und dann kannst du zu meiner Mama ziehen, die hat ja diese hübsche kleine Mansardenwohnung in ihrem Haus, da ist der Mieter jetzt gerade ausgezogen und die überlässt sie dir bestimmt für die Übergangszeit."

„Aber Kleidung und Schulsachen …", sagte Lisa zögernd, denn irgendwie gefiel ihr die Idee, einmal allein zu sein und selbständig zu entscheiden, wie sie ihren Alltag gestaltete.

„Zuerst einmal müssen wir uns in die Höhle des Löwen wagen", sagte Conny geheimnisvoll.

„Und wo soll die sein?"

„Wir zwei fahren jetzt gemeinsam in dein Haus und holen uns alles, was du brauchst."

***

# Kapitel 6

Nachdem Connys Mutter Marlis gekommen war, um auf Susi aufzupassen, brachen die beiden jungen Frauen zu ihrem Abenteuer auf. Conny holte noch ein paar leere Koffer, damit Lisa so viel wie möglich von ihren privaten Sachen mitnehmen konnte.

Schließlich fuhren die beiden los. Connys Auto war alles andere als das, was ihrem Stil als Moderedakteurin entsprochen hätte. Aber als Greg, Connys langjähriger Freund, sie verlassen hatte und aus der gemeinsamen kleinen Wohnung ausgezogen war, hatte er ihr als Abschiedsgeschenk seinen praktischen Kombi überlassen. Sein Zweitauto, ein schickes kleines Oldtimer-Sportcoupé, mit dem die beiden oft am Wochenende schöne Ausflüge gemacht hatten, wollte er nicht hergeben.

Das alles war schon ein paar Monate her, und während Lisa nun auf dem Beifahrersitz saß und mit Conny aus der Innenstadt zu ihrem Haus in der Vorstadt unterwegs war, erinnerte sie sich mit schlechtem Gewissen daran, dass ihre Freundin vor gar nicht allzu langer Zeit das durchgemacht hatte, was ihr nun bevorstand.

„Denkst du noch oft an Greg?", fragte Lisa.

„Geht so", meinte Conny nur knapp, blickte konzentriert auf den Straßenverkehr und schien nicht gewillt, ihr Seelenleben während des Autofahrens zu analysieren.

„Ich meine ja nur … du kümmerst dich so lieb um mich, dabei hast du mit Greg auch viele Jahre zusammen gelebt … und dann bricht das auseinander."

„Jetzt geht es vor allem einmal um dich", sagte Conny

resolut, „und Greg ist ein typischer Künstler, der hat halt seine Phasen. Was soll man von einem Fotografen schon anderes erwarten. Aber ich treffe ihn ab und zu auf einen Drink. Und er ruft mich fast jeden Tag an."

„Oh, glaubst du denn, dass ihr beide wieder …?"

„Ich lasse das einfach mal auf mich zukommen", meinte Conny nur, und als Lisa zu ihr hinübersah, bemerkte sie ein kleines schelmisches Lächeln auf dem Gesicht ihrer Freundin.

„Weißt du übrigens, wer sich noch bei mir gemeldet hat?"

„Jemand, den ich auch kenne?", fragte Lisa neugierig.

„Bernhard", sagte Conny, „er ist gerade erst aus Cambridge zurückgekommen. Gestern hat er mich angerufen, ob ich weiß, wo du jetzt bist, du hast ja jetzt einen anderen Nachnamen, da konnte er dich nicht ausfindig machen. Ich wollte es dir gestern schon sagen, aber dann kam … nun ja, dann kam Robert dazwischen."

Lisa dachte an ihren ehemaligen Freund und Studienkollegen aus den Anfängen ihrer Zeit an der Universität. Mit ihm hatte sie die ersten zwei Semester Jura studiert, bevor sie ihre überstürzte Affäre mit Robert begonnen hatte. Bernhard war zwei Wochen vor Lisas erstem Treffen mit Robert nach Cambridge gegangen, um dort ein Auslandssemester zu machen. Dann war er aber dort geblieben, als sie ihm bei einem Telefonat erzählt hatte, dass sie ein Baby bekommt und heiraten würde. Seither hatte sie nichts mehr von ihm gehört.

Zu ihrem schlechten Gewissen gegenüber Conny, der sie jetzt gerade ihr Chaos aufbürdete, gesellte sich nun auch noch ihr altes und nie ganz bewältigtes schlechtes Gewissen, dass sie Bernhard hintergangen hatte. Sie kam sich plötzlich wie ein wirklich mieser Charakter vor. Wie hatte sie es nur damals dazu kommen lassen können, den sanften und zurückhaltenden Bernhard während seiner

Abwesenheit zu hintergehen und gegen den dandyhaften Robert einzutauschen. *Ach, diese dumme Verliebtheit, diese idiotischen Hormone*, dachte sie verzweifelt.

„Hoffentlich ist Robert nicht zuhause", sagte Lisa kläglich, als Conny in die Seitengasse zu Lisas Haus abbog.

„Wenn sein Auto nicht im Carport steht, dann können wir ziemlich sicher sein, dass wir ungestört sind", meinte Conny. Und tatsächlich zeigte sich der Parkplatz leer, als die beiden vor der hübschen Vorstadtvilla hielten.

„Wer wird sich denn jetzt um den Garten kümmern", sagte Lisa, während sie ihre Blicke über die Blumenbeete gleiten ließ, die den kurzen Weg vom Gartentor zur Haustür säumten.

„Na, du hast Sorgen", sagte Conny nicht gerade freundlich, „und wer wird sich um dich kümmern? Robert bestimmt nicht, darauf kannst du dich verlassen."

Das Wohnzimmer sah noch genau so aus, wie Lisa es verlassen hatte. Auf dem Couchtisch standen die beiden Champagnerflaschen, nun leer, die zwei Gläser der Freundinnen sowie ein kleines Glas, daneben eine halbleere Flasche Whiskey.

„Oh, da hat sich jemand betrunken", meinte Conny, „hoffentlich brummt ihm der Schädel", fügte sie schadenfreudig hinzu, während sie weiter in die Küche ging. „Ich mach uns einen Espresso, und du packst währenddessen deine Sachen."

Eilig lief Lisa mit Connys Koffern nach oben, holte aus der kleinen Abstellkammer weitere Koffer und Taschen und packte in Windeseile alles ein, was sie brauchen konnte. Aus Susis Kinderzimmer nahm sie Kleidung, Schulsachen und alle Lieblingsspielzeuge ihrer Tochter mit. Als die Koffer und Taschen voll waren, schleppte sie ein Gepäckstück nach dem anderen nach unten. Völlig außer Atem stand sie dann in der Küche und schlürfte den Espresso, den Conny ihr frisch zubereitete. Conny zündete sich eine Zigarette an und benutzte die Untertasse als Aschenbecher. Darin lag schon ein Stummel von einer vorherigen Zigarette.

„Jetzt verqualme ich ihm ein bisschen seine heiligen rauchfreien Hallen", sagte sie, während sie genüsslich den Rauch ausblies.

Wehmütig sah Lisa zum Bücherregal in der Küche, auf dem sich die Kochbücher reihten. Auch ihre seit Jahren geführten handschriftlichen Kochtagebücher standen dort. Sollte sie die auch mitnehmen? Sie verzichtete dann darauf, schließlich hatte sie alles seit langem schon in ihr Online-Verzeichnis übertragen.

„Hat Robert denn noch gar nicht versucht, dich anzurufen?", wollte Conny dann von Lisa wissen.

„Ich hab mein Handy ausgeschaltet, gleich gestern schon im Taxi. Ich will nichts von ihm hören", antwortete Lisa.

„Gut so! Bravo, meine Liebe! Wir lassen ihn kochen", sagte Conny angriffslustig.

Aber Lisa hatte ihr Telefon nicht aus Trotz oder aus Kampfesmut ausgeschaltet, sondern weil sie einfach nicht wusste, wie sie mit Robert umgehen sollte. Immer noch fühlte sie sich ihm ausgeliefert. Immer noch hatte sie Angst, dass er sie überreden und überzeugen könnte, dass alles nur ein Irrtum war. Er war, das wusste sie, ein wirklich guter Verhandler. Und wahrscheinlich auch ein guter Lügner, gestand sie sich nun ein.

Sie stand auf und wollte die Espressotassen abwaschen, auch ins Wohnzimmer wollte sie gehen, um die Gläser und Flaschen zu holen. Aber Conny hielt sie davon ab: „Lass alles stehen und liegen, du wirst doch jetzt nicht schon wieder die Putzfrau für ihn spielen wollen."

„Du stachelst mich ganz schön auf", lachte Lisa und freute sich, dass Conny sie so unterstützte, ihr altes Ich des Kümmerns und Umsorgens abzulegen.

Gemeinsam trugen sie dann die Koffer und Taschen nach draußen und verstauten alles im Kombi. Doch gerade als Lisa die Eingangstür absperrte und sich innerlich von ihrem Zuhause verabschiedete, fuhr Roberts Mercedes vor und blockierte Connys Auto. Lisa beeilte sich, zu Connys Wagen zu kommen, aber Robert war schneller. Er war ausgestiegen und hetzte ihr entgegen.

„Wo wollt ihr denn hin, ihr hysterischen Hühner, vielleicht ins Frauenhaus?", zischte er Lisa an, als er dicht vor ihr stehenblieb.

Im ersten Moment war Lisa eingeschüchtert. Sie wusste nicht, wie sie reagieren sollte. Doch dann erinnerte sie sich an das Gefühl, als sie ihm am Vorabend im eleganten Cocktailkleid gekontert hatte. Jetzt hatte sie zwar Jeans von Conny an und eines der T-Shirts ihrer Freundin, trotzdem schaffte sie es, das Gefühl des Stolzes und der Eigenständigkeit wieder wachzurufen.

„Da würde es mir auf alle Fälle besser gehen als mit dir", zischte sie zurück und stolzierte erhobenen Hauptes, so ruhig sie es nur irgendwie schaffte, um ihn herum und stieg auf der Beifahrerseite in Connys Kombi. Ihr Herz klopfte bis zum Hals. Conny sah sie besorgt an, dann startete sie den Motor und legte den ersten Gang ein. Robert starrte das Auto an, als könnte er nicht fassen, dass seine Frau, die immer alles geschluckt hatte, auf einmal so mit ihm sprach.

Als Conny mit heulendem Motor losgefahren war, drehte Lisa sich um und sah nach hinten. Robert blickte ihnen immer noch fassungslos hinterher.

***

# Kapitel 7

„Sag mal, hast du irgendwas eingenommen, dass du auf einmal so mutig bist?", fragte Conny lachend, während sie in Richtung Innenstadt fuhren.

„Ich habe mich an das erinnert, was du mir gestern gesagt hast, dass Kleidung Selbstbewusstsein gibt. Und das konnte ich irgendwie wieder wachrufen, trotz meines legeren Outfits", antwortete Lisa, blickte an ihrer Kleidung herab und stimmte ausgelassen in Connys Lachen ein.

„Das freut mich, denn ich hatte befürchtet, dass du ziemlich niedergeschmettert bist und am liebsten wieder zu ihm zurückgegangen wärst."

„Ja, das stimmt, ich war sehr verunsichert, das hat mich alles mehr mitgenommen, als ich dir vielleicht zeigen konnte."

„Ich habe es gespürt, aber ich dachte, ich lasse dich mal in Ruhe, bis du selbst darüber sprechen willst. Und außerdem hätte ich dir sowieso niemals erlaubt, zu ihm zurückzugehen", meinte Conny und fügte zur Verstärkung nochmal ein freches „Niemals!" hinzu.

Als sie in Connys Wohnung angekommen waren, lief Susi ihrer Mutter begeistert entgegen und warf sich ihr in die Arme. „Mami, endlich bist du wieder da. Aber ich hab so schön mit Tante Marlis gespielt und sie hat mir aus Büchern vorgelesen, die sie mitgebracht hat. Und beim Spielplatz waren wir auch und Eis habe ich auch gekriegt und dann habe ich auch noch Gummibärchen naschen dürfen", sprudelte es aus der Kleinen heraus. Lisa warf einen rügenden Blick zu Connys Mutter, die Naschereien waren nicht alltäglich. Aber dann lächelte sie, weil sie sich einfach freute, dass Susi nicht unter der ganzen Misere zu leiden schien.

Marlis hatte ein kleines Abendessen hergerichtet, belegte Brote mit Schinken, Käse und hartgekochten Eiern für die Erwachsenen und für Susi Hefezopf mit Nutella. Und so setzten sie sich zu viert an den kleinen Esstisch, der im Wohnzimmer stand. Connys Appartement war schick, aber klein. Ein Schlafzimmer mit angrenzendem Bad, ein Arbeitszimmer, das wohl eher als Abstellkammer gedacht war und nun als Lisas vorübergehendes Schlafgemach diente, und ein Wohnraum, der offen in die kleine Küche überging. Alles war zweckmäßig und dennoch elegant eingerichtet.

Während Marlis und Susi erzählten, wie sie den Nachmittag verbracht hatten, wurde es draußen schon dunkel.

„Morgen geht es wieder in die Schule", sagte Lisa zu Susi, „leider können wir trotz unseres kleinen Abenteuers nicht anfangen zu schlampen."

„Oh, das macht nichts, mir fehlen meine Freundinnen, ich muss ihnen doch erzählen, dass ich jetzt eine Abenteurerin bin", grinste Susi.

Im Flur und in Connys Arbeitszimmer standen die Koffer und Taschen herum. Lisa erinnerte sich noch, wo Susis Sachen verstaut waren und nahm das Lieblingsnachthemdchen ihrer Tochter heraus, dann die Waschbeutel der beiden und schließlich verschwand sie mit der Kleinen im Badezimmer, um sie für die Nacht herzurichten. Währenddessen räumte Marlis den Esstisch ab und wusch das Geschirr. Conny erledigte inzwischen ein paar Mails und Telefonate, sie hatte einen neuen Auftrag für eine Reportage über eine Modeschau in Italien bekommen. Sie erzählte, dass sie wohl in den nächsten Tagen nach Florenz fliegen müsse.

Als Susi im Bettchen lag, sang Lisa ihr wie in alten Tagen ein Schlaflied vor, Susis Lieblingslied *Guten Abend, gute Nacht*, bis sie sicher war, dass ihre Tochter tief und fest schlief, dann schlich sie leise ins Wohnzimmer, wo es sich Conny mit ihrer Mutter bei einem Glas Wein gemütlich gemacht hatte.

„Komm, setz dich zu uns und erzähl mir jetzt einmal, was da denn passiert ist", sagte Marlis mit warmer und mütterlicher Stimme. Obwohl Marlis die Mutter von Conny war, sah man ihr das auf den ersten Blick nicht an. Sie hatte eine gute Figur, auch wenn man sie nicht unbedingt als schlank bezeichnen konnte. Hier und dort waren ein paar kleine Rundungen zu sehen, aber die machten Marlis noch sympathischer und drückten auch aus, dass sie ihrer Naschlust ab und zu gern nachgab. Ihr dunkles Haar trug sie im Gegensatz zu ihrer Tochter Conny als kecken Kurzhaarschnitt, und wenn man genauer hinsah, konnte man die eine oder andere graue Strähne entdecken.

Conny hatte ihrer Mutter schon dies und das vom vergangenen Abend erzählt, aber als Lisa dann zu sprechen anfing, war es, als käme eine ganze Sturzflut von Emotionen aus ihr heraus. Sie sprach von den Anfängen ihrer Ehe, als sie geglaubt hatte, alles werde für immer und ewig schön werden, sie sprach von ihren enttäuschten Erwartungen, als sie gehofft hatte, dass Robert sich wirklich ernsthaft in sie verlieben würde und sie nicht nur als Spielzeug sehen würde, wie sie das anfangs befürchtet hatte. Und wie es sich dann ja auch im Laufe der Jahre bestätigt hatte.

„Und wenn du mir jetzt sagst, dass du das alles schon von Anfang an gewusst hast, dann ist das zwar nicht sehr nett, aber es stimmt", schluchzte Lisa, „du hast mich gewarnt, dass er es nicht ernst meint mit mir. Und du,

Conny, auch."

Zum Glück schwiegen Conny und ihre Mutter, sie wussten wahrscheinlich, dass es in einer solchen Situation wirklich nicht nett wäre, jetzt auch noch darauf hinzuweisen, dass sie recht behalten hatten.

Conny sagte, dass sie sich zurückziehen müsse, sie sei hundemüde und wolle endlich wieder einmal früher schlafen gehen. „Dann könnt ihr zwei euch in Ruhe unterhalten", sagte sie, küsste ihre Mutter und ihre Freundin und verabschiedete sich.

Nun saßen also Lisa und ihre Ersatzmutter allein auf dem bequemen Sofa in Connys Wohnzimmer, und Marlis fing von Enttäuschungen zu sprechen an.

„Ich glaube, du wolltest einfach nicht sehen, worauf du dich eingelassen hattest. Du wolltest die perfekte Familie haben, weil du selbst kein Elternhaus hattest."

„Aber ich hatte doch dich und Onkel Leopold", entgegnete Lisa. Sie dachte an Marlis' Mann zurück, den sie so lieb gehabt hatte, wie wenn er ihr Vater gewesen wäre.

„Bis Onkel Leopold sich von mir getrennt hat", sagte Marlis leise.

„Wie meinst du das? Er hatte doch einen schrecklichen Herzinfarkt, den er nicht überlebt hat?"

„Das war einen Tag, nachdem er mir gesagt hat, dass er mit seiner Sekretärin ein Verhältnis angefangen hat. Er wollte sich von mir trennen."

„Oh mein Gott, das wusste ich nicht", sagte Lisa schockiert.

„Ich habe es niemandem erzählt. Um ehrlich zu sein, war ich auch nicht so ganz sicher, ob er das wirklich wollte oder ob es nur so eine Art Midlifecrisis war. Und nachher hätte ich ja schlecht über ihn herziehen können, und sein Andenken verderben wollte ich nicht. Er war alles in allem ein wirklich herzensguter Mann und wir hatten eine wunderbare Ehe. So eine kleine Affäre verzeiht man schon, wenn man sich ansonsten gut versteht."

Lisa fragte, ob sie denn auch die Affäre mit den nachtblauen Dessous verzeihen sollte. Marlis antwortete besonnen, dass Lisa das selbst entscheiden müsste. Da müsste sie ihrem Herzen folgen und was das Herz einem sagte, darauf könne man sich normalerweise verlassen.

„Mein Herz sagt mir, dass das nicht nur eine vereinzelte Affäre war", sagte Lisa nach einer Weile, „sondern dass da schon sehr, sehr lange so etwas läuft. Und ich war einfach zu dumm. Oder zu naiv. Oder einfach zu gutgläubig. Oder ich wollte es nicht wahrhaben. Ich wollte den Tatsachen nicht ins Auge sehen." Lisa hätte sich an diesem Abend keine einfühlsamere und liebevollere Gesprächspartnerin wünschen können, als mit Marlis zusammen zu sein.

„Mit Enttäuschungen umzugehen, ist eine der riesengroßen Aufgaben im Leben, liebe Lisa. Ich habe immer gehofft, dass euch beiden, Conny und auch dir, meiner geliebten Beinahe-Tochter, alle Enttäuschungen dieser Welt erspart blieben. Aber so spielt das Leben eben nicht. Jeder muss seinen eigenen Weg gehen, und der ist eben manchmal nicht einfach und leicht und geradeaus, sondern krumm und uneinsehbar und auch steinig."

Lisa schwieg. Sie wusste nicht, wie sie mit einer krummen und uneinsehbaren und noch dazu steinigen Zukunft umgehen sollte. Dann dachte sie über Marlis nach, die ihren lieben Mann – Onkel Leopold, den Lisa so sehr geliebt hatte – nach einem derartigen Geständnis verloren hatte. Sie dachte an Conny, die mit dem Fotografen Greg eine alles andere als zukunftssichere Beziehung führte und dennoch fröhlich und gutgelaunt durchs Leben ging.

Plötzlich ging ihr etwas auf: „Wir Frauen kommen doch mit allem zurecht, nicht wahr, Tante Marlis?!"

„Du lässt dich nicht so leicht unterkriegen, das habe ich immer schon gewusst. Schon damals, als ich dich zum ersten Mal im Heim gesehen habe. Du warst elf und hast diesen Blick gehabt, als könntest du es mit allen Widrigkeiten im Leben aufnehmen. Und auch mit Conny, die war ja ein Wildfang sondergleichen."

„Das ist sie ja immer noch", lachte Lisa.

„Du hast zwar schüchtern ausgeschaut, auf den ersten Blick, aber ich habe sofort gesehen, dass du einfach nur vorsichtig bist", meinte Marlis, „du schaust zuerst einmal, und dann handelst du. Sehr überlegt. Conny war da ganz anders, immer mit dem Kopf durch die Wand und viel zu spontan. Ihr habt euch herrlich ergänzt. Und übrigens hat die Susi deine Zuversicht von dir geerbt. Schau sie dir doch an, wie begeistert sie bei eurem so genannten Abenteuer mitmacht und gar kein Heimweh hat. Sei stolz darauf, wie du sie erzogen hast. Und sei stolz auf dich, dass du es schaffst und schaffen wirst, mit dieser Situation umzugehen."

Dann bot Marlis Lisa an, in die Mansardenwohnung einzuziehen, die frei werden könnte. Herr Mayer, Marlis' Mieter, war in die 200 Kilometer entfernte Hauptstadt gefahren, um einen neuen Job anzunehmen und sich dort vielleicht eine andere Wohnung zu nehmen. „Überlege dir, ob du das tun willst, ich will dich nicht drängen, es ist deine Entscheidung. Mein Haus ist offen für dich, so wie eh und je."

Lisa zögerte ein bisschen und nickte dann. „Ich habe mal irgendwo gelesen, dass jede Enttäuschung auch eine Ent-Täuschung ist: Ich bin nicht mehr getäuscht. Ich sehe klar. Ich weiß jetzt, woran ich bin. Und nicht nur mit dem, der mich enttäuscht hat, sondern ich werde langsam auch über mich besser Bescheid wissen. Und außerdem habe ich ja Conny und dich."

Sie saßen noch eine Weile in einträchtigem Schweigen, dann verabschiedete Marlis sich: „Also dann, mein Schatz, lass den Kopf nicht hängen, alles wird sich regeln."

„Danke, Tante Marlis, danke für dein schönes Angebot, ich werde ganz sicherlich darauf zurückkommen. Einen anderen Ausweg weiß ich momentan einfach nicht."

***

# Kapitel 8

Conny schlief noch, als Lisa und Susi frühstückten. Lisa war froh, dass Susis Schule nur ein paar Gehminuten von Connys Wohnung entfernt war. Es war eine private Schule, Robert hatte darauf bestanden, dass Susi auf eine solche Schule ging, das hielt er für seiner Stellung entsprechend. Lisa hatte bedauert, dass sie Susi nicht öfter zur Schule bringen konnte, weil Robert die Kleine in der Früh immer hingefahren hatte. Nach Hause war sie mit dem Schulbus gekommen. Außerdem hatte es Lisa leidgetan, dass Susi durch die Entfernung zur Schule in der Umgebung in der Vorstadtvillengegend keine Schulfreundinnen und Freunde hatte, weil die alle in der Innenstadt wohnten.

Heute jedoch konnte sie ihre Tochter zur Schule bringen und auch wieder abholen. Sie freute sich darauf.

„Und zum Mittagessen gehen wir heute zu McDonalds", bettelte Susi, „das hast du mir zum Geburtstag versprochen, dass ich da mal hin darf."

„Na ich weiß nicht, gestern Naschereien mit der Tante Marlis und heute schon wieder Junkfood", wandte Lisa ein.

„Oooch … bitte", insistierte die Kleine.

„Na gut, aber jetzt mach rasch, damit du nicht zu spät kommst."

Vor der Schule begrüßte Susi begeistert ihre Freundinnen, winkte ihrer Mutter kurz zu und verschwand im Gebäude. Lisa wurde es schwer ums Herz, als sie ihre Tochter so selbstverständlich von ihr Abschied nehmen sah. *Wie selbstständig sie doch schon ist*, dachte sie sich, *aber vielleicht hat es damit zu tun, dass sie einfach gespürt hat, dass etwas nicht stimmt. Da wird man eben selbstständig.* So wie Lisa auch viel zu früh erwachsen geworden war, als ihre Eltern verunglückt waren. Zumindest hatte Marlis das immer behauptet, wenn sie über Lisas Zurückhaltung und Ernsthaftigkeit gesprochen hatte. Und es stimmte ja auch, so sorglos und übermütig wie Conny war Lisa trotz ihres Heranwachsens mit ihrer „Sister forever" einfach nicht geworden, das entsprach nicht ihrem Grundcharakter.

Als Lisa sich gerade aufmachte, um wieder zu Conny zurückzukehren, glaubte sie den Mercedes von Robert an der Ecke stehen zu sehen. Sie war nicht sicher, denn das Auto war einige Hundert Meter von ihr entfernt. Beobachtete er sie? Was wollte er von ihr? Wollte er sie überreden, wieder zu ihm zurückzukehren?

Als sie beim Bäcker vorbeikam, entschloss sie sich, Conny mit einem schönen Frühstück zu überraschen. Sie kaufte Croissants, weil sie wusste, dass dieses französisches Backwerk Conny eine Freude bereiten würde. Dann spazierte sie weiter, kaufte bei einem Obst- und Gemüsehändler noch frische Erdbeeren.

„Ach wie schön, lieb von dir", sagte Conny, die verschlafen im Morgenmantel an der Kredenz saß und an ihrem ersten Kaffee schlürfte.

Lisa erzählte, dass sie Susi zur Schule gebracht hatte und dass die Kleine sich offenbar wohl fühlte. Dann meinte sie, dass sie Roberts Auto zu sehen geglaubt hatte.

„Du musst dein Handy einschalten", erklärte Conny, „du kannst dich nicht von der ganzen Welt abschneiden, nur weil du Angst hast, dass dich dieser Vollidiot mit Anrufen terrorisiert."

Lisa zögerte, ging dann aber in ihr Ersatzschlafzimmer und kam mit ihrer Handtasche zurück. Der entnahm sie ihr Telefon, doch als sie es einschalten wollte, war der Akku leer.

„Mist, ich habe keinen Auflader, den habe ich offenbar zuhause vergessen", schimpfte sie über sich selbst.

Conny besah sich Lisas Telefon und stellte mit Bedauern fest, dass ihre Aufladekabel einen anderen Anschluss hatten.

„Weißt du was, wir gehen nachher ein bisschen shoppen, da gibt es gleich ums Eck einen Elektrofachhandel, da kaufst du dir einen neuen Auflader. Ins Haus von Robert lasse ich dich nicht mehr, wer weiß, ob du ihm wieder begegnest. Wenn das wirklich sein Mercedes bei der Schule war, dann scheint es, als ob er dich beschattet."

Nach dem Frühstück gingen die beiden also aus, spazierten durch die belebte Innenstadt, besahen sich in den Schaufenstern die neuste Mode und gingen dann auf einen Kaffee in der Fußgängerzone. Als sie beim Nachhausegehen an der kleinen Boutique vorbeikamen, wo Lisa ihr elegantes Cocktailkleid gekauft hatte, entschloss sie sich kurzerhand hineinzugehen.

„Schau, Conny, das ist das Fräulein Gertrud, die hat mich so nett beraten", sagte Lisa.

Die beiden Freundinnen stöberten ein bisschen in den verschiedenen Angeboten und Lisa kaufte sich eine nicht allzu auffällige schicke Hose, die ihre hübsche Figur betonte und die paar Kilos zu viel gekonnt versteckte, dann noch eine Bluse und einen Cardigan, nachdem Conny ihr fachmännisch zur Seite gestanden und sie beraten hatte.

„Du brauchst ein neues Ich, und ich und Fräulein Gertrud helfen dir dabei", nickte Conny der netten Verkäuferin zu.

„Ich mache das sehr gerne, nicht nur, weil es mein Job

ist", lächelte Gertrud freundlich.

„Und hab nur ja kein schlechtes Gewissen, wenn du das mit Roberts Kreditkarte bezahlst", meinte Conny streng. Trotzdem konnte Lisa sich dazu nicht durchringen und bezahlte mit ihrer eigenen Karte. Sie wusste nicht, was finanziell auf sie zukam, aber Connys Übermut und Zuversicht hatten sie angesteckt.

Schließlich kauften sie auch noch ein Aufladekabel für Lisas Telefon und gingen wieder nach Hause.

Unentschlossen steckte Lisa ihr Telefon an den Strom an, ließ das Handy aber ausgeschaltet. Sie wollte sich einfach noch nicht mit den Anrufen konfrontieren, die sicherlich von Robert gekommen waren.

„Na gut, du feige Nuss", scherzte Conny, aber so ganz recht schien ihr Lisas Zögern nicht zu sein.

Nachdem Lisa ihre Einkäufe sorgfältig ausgepackt und bewundert hatte, machte sie sich auf, um Susi von der Schule abzuholen. Conny begleitete sie, sie wollte die beiden ins Fast-Food-Restaurant einladen.

Susi war entzückt, als ihre Mutter und ihre liebe Tante Conny sie vor dem Schulgebäude erwarteten. Sie schlenderten gemeinsam zum Imbisslokal und ließen sich Burger, Cola und Pommes schmecken.

„Wann fahren wir denn wieder nach Hause?", fragte Susi mit vollem Mund, „vermisst Papa uns nicht?"

„Der arbeitet lieber", rutschte es Conny forsch heraus, sie biss sich auf die Zunge, vor der Kleinen wollte sie ihren Unmut gegenüber Robert nicht kundtun.

„Ach, der Papi, ja, der muss wirklich viel arbeiten", sagte Lisa mit einem strafenden Blick in Richtung Conny. Und dann fuhr sie mit gespielt lustiger Stimme fort: „Unser Abenteuer geht weiter. Heute dürfen wir bei Tante Marlis übernachten. Was sagst du dazu? Ist das nicht toll?!" Sie hoffte inständig, dass Susi weiterhin so unbeschwert an das Märchen vom Abenteuer glaubte. Und unversehens dachte sich Lisa, dass es tatsächlich ein Abenteuer war, auf das sie sich eingelassen hatte.

Am Nachmittag machte Susi ihre Hausaufgaben an Connys Schreibtisch in deren Arbeitszimmer, während Lisa und Conny den Kombi wieder bepackten und alles für Lisas Umzug in Marlis' Mansardenwohnung bereitmachten. Dann setzten sie sich auf einen Kaffee in die Küche, weit genug weg von Susi, damit die Kleine nicht hören konnte, worüber sie sprachen.

„Sie vermisst ihn und auch wieder nicht", meinte Lisa nachdenklich, „er war ja wirklich viel unterwegs, hat oft spät am Abend gearbeitet …"

„… oder auch andere Unternehmungen gehabt", ergänzte Conny sarkastisch.

„Bitte, lass das doch einmal. Ich mache mir einfach so meine Gedanken wegen Susi. Ja, Robert war selten zuhause, er hat sich eigentlich nie sonderlich um Susi gekümmert, außer, wenn es um teure Geschenke geht. Warte mal, er sagte mir, dass er ein schönes Geschenk für sie hat, als er mich anrief. Bevor dieses nachtblaue SMS gekommen ist."

„Und, wo ist denn jetzt dieses sagenumwobene Geschenk? Oder hat er das nur wieder mal so gesagt, ohne dass er sich dran halten muss?"

„Keine Ahnung, entweder es taucht auf oder auch nicht. Mir egal. Er hat sich Susi gegenüber immer irgendwie freigekauft, eben mit Geschenken."

„Aber ihre tatsächliche und einzige Bezugsperson bist du. Sei froh, das macht die Sache jetzt leichter." Dann meinte Conny streng: „Jetzt wird es aber Zeit, dass du endlich dein Handy einschaltest." Lachend fügte sie hinzu: „Sonst lasse ich mir gröbere Namen für dich einfallen als nur feige Nuss!"

Folgsam nahm Lisa ihr nun aufgeladenes Handy und schaltete es ein. Tatsächlich: vierzehn Anrufe von Robert, die sie sofort löschte, einige SMS, die sie ebenfalls, so gut es ging, ungelesen löschte. Und schließlich hatte eine ihr unbekannte Nummer eine Sprachnachricht hinterlassen. Fast hätte sie sie auch gelöscht, doch dann gerade noch rechtzeitig bemerkt, dass die Nachricht nicht von Robert stammte. Neugierig hörte sie sie ab: „Hallo Lisa, ich weiß nicht, ob du dich an mich erinnerst … hier spricht Bernhard. Ich bin jetzt wieder hier, habe in Cambridge gekündigt und hier einen Job angenommen. Wollen wir uns auf einen kleinen Kaffee treffen? Ruf doch einfach zurück, würde mich freuen."

Conny hatte zugehört, als Lisa die Nachricht laufen ließ. „Ruf sofort zurück", sagte sie, „da wartet deine Zukunft auf dich."

„Willst du mich verkuppeln?", fragte Lisa scherzend. Sie war erstaunt gewesen, wie selbstsicher und erwachsen sich Bernhard angehört hatte, gar nicht mehr so unsicher wie damals, als er nach Cambridge abgereist war und etwas zaghaft schien, ob er sich in die neue Umgebung leicht einleben würde können. Sie rief zurück und verabredete sich für den nächsten Vormittag mit ihm, wenn Susi in der Schule war. Den heutigen Nachmittag wollte sie damit zubringen, zu Marlis zu fahren und sich die kleine Wohnung einzurichten, die ihr Tante Marlis so liebevoll angeboten hatte. Sie war ganz in Gedanken, wie ihr zukünftiges Leben aussehen würde, als ihr Telefon läutete.

„Robert", sagte sie erschrocken zu Conny.

„Schalt den Lautsprecher ein und lass mich zuhören, was er zu sagen hat", befahl Conny.

Lisa nahm das Gespräch an und gemeinsam mit Conny hörten sie zu, was Robert sagte. Er ließ sie gar nicht zu

Wort kommen, sondern sprach mit seiner ihr bekannten Berufsstimme kühl und sachlich und keinen Widerspruch oder gar eine Unterbrechung duldend: „Du hast mich verlassen und unsere Tochter entführt. Du hast nichts und du bist nichts. Und Unterhalt wirst du keinen Cent von mir bekommen. Im Gegenteil, ich werde dich verklagen, wegen böswilligen Verlassens und Entführung. Überlege dir deine nächsten Schritte oder komm zurück in mein Haus. Du hast da draußen keine Chance zu überleben. Du gefährdest meine Tochter, sie wird ein frühkindliches Trauma haben. Wenn du zurückkommst, verzeihe ich dir. Vielleicht." Dann legte er auf, ohne dass Lisa auch nur irgend etwas sagen konnte.

Lisa war den Tränen nahe. „Was soll ich denn nur tun?", stammelte sie.

***

# Kapitel 9

Nachdem Conny Lisa beruhigt hatte, schauten sie bei Susi nach, ob die mit ihren Hausaufgaben schon fertig war. Gegenüber ihrer Tochter wollte Lisa sich keine Schwäche erlauben. Die Kleine durfte von den Schwierigkeiten, in denen ihre Mutter steckte, nichts mitbekommen, das hatte Lisa sich vorgenommen. So konzentrierte sie sich auf die sorgfältige Schrift ihrer Tochter, rechnete die einfachen Mathe-Aufgaben nach, kontrollierte den kleinen Aufsatz im Schreibheft und lobte das Mädchen, dass so selbstständig und korrekt gearbeitet hatte. Die Konzentration auf die Hausaufgaben ihrer Tochter und die Freude, dass die Kleine so brav für die Schule arbeitete, lenkte sie von ihrem Kummer ab.

Schließlich machten sie sich für den Umzug zu Marlis zurecht, packten die paar Sachen zusammen, die sie für die eine Nacht bei Conny gebraucht hatten und fuhren los.

Marlis' kleines Haus befand sich in einer Siedlung am Stadtrand, in entgegengesetzter Richtung zur Villengegend, in der Lisa mit Robert gewohnt hatte.

Als sie vor dem 60er-Jahre-Reihenhaus ausstiegen, glaubte Lisa wieder, Roberts Mercedes in einiger Entfernung zu sehen.

„Schau mal", sagte sie leise zu Conny, damit Susi nicht mithören konnte, „ist das nicht das Auto von ..."

Aber als Conny hinblickte, war der Wagen schon um die Ecke gebogen und verschwunden.

Susi hatte von all dem nichts mitbekommen und lief Marlis entgegen, die gerade aus der Tür getreten war. „Ich bin eine Abenteurerin", sagte sie, als sie von Marlis geherzt und geküsst wurde.

Als Lisa Tante Marlis begrüßen wollte, stockte sie. Irgend etwas im Gesicht der älteren Frau stimmte nicht. Die Zuversicht, die Marlis noch am Vortag ausgestrahlt hatte, war verschwunden.

„Was ist denn?", fragte Conny, denn ihr war auch nicht entgangen, dass ihre Mutter mit etwas hinter dem Berg hielt.

„Der Mieter", sagte Marlis, „er ist von seiner Kündigung zurückgetreten. Offenbar hat er den Job in der Hauptstadt doch nicht angenommen. Er hat vor einer Minute angerufen. Meine kleine Wohnung ist also bedauerlicherweise nicht für dich frei. Er kommt morgen wieder zurück und will wieder einziehen. Ich weiß gar nicht, was ich machen soll. Ich bin ihm im Wort, aber gleichzeitig bin ich dir, liebe Lisa, natürlich viel mehr verpflichtet. Erst recht jetzt, wo du wirklich Hilfe brauchst." Marlis war ganz erschüttert. Ihre natürliche Hilfsbereitschaft und ihre Güte machten es ihr schwer, ihrer Ziehtochter so eine schlechte Nachricht zu geben.

„Kommt doch erst einmal rein, wir trinken einen Kaffee und besprechen, was wir machen können", meinte sie dann einlenkend.

So blieb also der Kombi nach wie vor vollgepackt mit all den Koffern und Taschen vor dem kleinen Reihenhaus stehen, während drinnen die drei Frauen saßen, Kaffee tranken und nicht ein noch aus wussten. Der Mieter, Herr Mayer, hatte seine Kündigung nur mündlich ausgesprochen und tatsächlich war es, so Marlis, gar keine richtige Kündigung gewesen, sondern Herr Mayer hatte einfach nur gesagt, dass er möglicherweise einen Job in der Hauptstadt hätte und die Wohnung nicht mehr brauchen würde. Das war nun nicht wirklich eine Kündigung, sondern einfach nur ein Gespräch gewesen, meinte Marlis, nachdem sie die Unterhaltung mit Herrn Mayer wieder und wieder rekonstruiert hatte.

„Dann bleibst du einfach vorerst bei mir", meinte Conny optimistisch.

Aber Lisa wusste, dass das nur eine Zwischenlösung war. Auf Dauer würde die lebenslustige Conny sich mit einem Haushalt, in dem Mutter und Kind ein geregeltes Leben führen wollten, nicht zurechtfinden können. Conny liebte laute Musik, lange Nächte und hie und da eben offenbar auch immer noch Besuch von Greg. Wie sollte da eine Achtjährige, die gerade erst ihr Zuhause verloren hatte, die so dringend nötige Normalität finden können, fragte sich Lisa verzweifelt.

„Danke", sagte Lisa dennoch mit gespielter Munterkeit.

***

# Kapitel 10

Lisa war  zutiefst betrübt , als sie neben Conny im Auto saß und die beiden Frauen nun mit der kleinen Susi auf dem Rücksitz unverrichteter Dinge Marlis verlassen hatten und wieder in die Innenstadt zurückfuhren.

„Mach dir nichts draus, wir zwei Frauen werden es uns schon schön machen, bis sich eine andere Lösung für dein Wohnungsproblem findet", sagte Conny aufmunternd und blickte, als sie an einer roten Ampel bei einer Kreuzung hielten, zu ihrer Freundin hinüber.

„Ach, ich weiß nicht … noch vor ein paar Stunden hat alles so schön ausgesehen, wie wenn ich wirklich eine neue Zukunft hätte, und nun muss ich dir zur Last fallen."

Conny ging gar nicht auf das Lamentieren von Lisa ein, sondern sagte stattdessen, als hätte Lisa gar nichts gesagt: „Eigentlich sind wir nicht zwei Frauen, sondern mit Susi sogar drei. Ein klassisches Drei-Mädel-Haus", lachte sie und drehte sich zu Susi um, die von der Unterhaltung gar nichts mitbekommen hatte, weil sie auf ihrem Handy irgend ein Computerspiel spielte.

„Wenn ich dich nicht hätte, liebe Conny! Du siehst immer alles nur von der guten Seite."

„Und du wirst das gefälligst von mir lernen", sagte Conny leise, um Susi nichts vom Gespräch mitbekommen zu lassen, „das Negativdenken werde ich dir schon austreiben", meinte Conny kampflustig und fuhr los, als die Ampel auf Grün schaltete. Übermütig und ein bisschen waghalsig überholte sie einen langsam vor ihnen tuckernden Wagen und schimpfte über die Unfähigkeit der anderen Verkehrsteilnehmer, sich einem flott fließenden Verkehr anzupassen.

„Du bist die geborene Kämpferin", lachte Lisa nun, während sie sich dennoch ein wenig krampfhaft am inneren Handgriff der Beifahrertür festhielt. So ganz war sie mit dem Fahrstil ihrer lebenslustigen Freundin nun auch nicht einverstanden. Aber wenigstens vertrieb ihr die Aufregung im Straßenverkehr die Gedanken an die Schwierigkeiten, denen sie sich gegenüber sah: Geldprobleme, kein Job, eine Tochter ohne intakte Familie, keine eigene Wohnung … wie sollte sie das alles nur schaffen? Bisher hatte Robert ihr alle diese Dinge abgenommen gehabt. So sehr sie es durchaus genossen hatte, sich nicht um derlei Angelegenheiten kümmern zu müssen und sich ganz auf die Rolle als Hausfrau und Mutter konzentrieren zu können, kam ihr nun zu Bewusstsein, in welche Unselbständigkeit Robert sie gedrängt hatte. Gerade so, so dachte sie sich plötzlich beschämt, als hätte er sich ein gut dressiertes Haustierchen gehalten. Hatte er nicht immer „Hase" zu ihr gesagt, anstatt sie bei ihrem Namen zu nennen? Ein Häschen wollte sie keinesfalls sein, niemals. Weder vor sich selbst noch für irgend einen anderen Mann.

Und ein weiterer Verdacht nagte sich störend in ihr Denken. Hatte es sich Robert vielleicht einfach gemacht, indem er seine potentiellen Geliebten „Hase" genannt hatte, um sich nicht beim Nennen eines falschen Namens ertappen zu lassen?!

***

# Kapitel 11

Am nächsten Tag hatte Conny keine Anwesenheitspflicht in der Redaktion, sie bereitete alles für ihre Abreise nach Florenz vor. Lisa machte sich währenddessen für ihr Treffen mit Bernhard schick. Conny nickte anerkennend, als Lisa sich schließlich zum Treffen mit ihrem ehemaligen Freund aufmachte.

Bernhard sah einfach umwerfend aus. Aus dem rundlichen jungen Studenten, der fast linkisch gewesen war und von dem sie sich vor neun Jahren verabschiedet hatte, war ein sportlich durchtrainierter, gutaussehender und korrekt gekleideter Mann geworden. Er trug Anzug und Krawatte und saß an einem der kleinen Tischchen in einer Ecke des Cafés. Als er sie auf sich zukommen sah, stand er auf, um sie zu begrüßen. Sie zögerte, ob sie ihn auf die Wange küssen sollte, wie man das eben so tat, wenn man eine gemeinsame Vergangenheit hatte und eigentlich sehr vertraut miteinander gewesen war.

Er nahm ihr die Entscheidung ab und beugte sich so zu ihr, dass es gerade noch angemessen war und nicht als Zudringlichkeit gewertet werden konnte. Als sie ihn auf die Wange küsste, roch sie sein gutes Aftershave. Wie froh sie war, sich für ihre gestern gekaufte neue Garderobe entschieden zu haben. Im Schlabberlook wäre sie sich an der Seite dieses nun so gut aussehenden Mannes seltsam vorgekommen.

„Was darf ich dir bestellen? Hast du schon gefrühstückt?", fragte er freundschaftlich.

„Einen Cappuccino hätte ich gern, der schmeckt hier ausgezeichnet", bat sie, „und gefrühstückt habe ich mit

Susi." Nachdem sie sah, dass er fragend blickte, fügte sie nach ein paar Sekunde hinzu: „Du weißt ja. Meine kleine Tochter. Sie ist jetzt acht."

„Ach ja, du hast ja ein Kind bekommen. Vom Herrn Staatsexamen", meinte er mit neutraler Stimme.

„Wollen wir darüber reden?", fragte Lisa. Sie hätte ihm gern vertraut, wusste aber nicht, ob er ihr noch böse war. Sie hatte ihn ja wirklich schmählich hintergangen. Er, der junge Student, ging für ein halbes Jahr auf ein Auslandssemester nach Cambridge, und seine junge Freundin hatte kurz nach seiner Abreise nichts besseres zu tun, als mit einem älteren und erfahreneren Mann, der gerade vor seinem Abschluss stand, ins Bett zu hüpfen.

„Zuerst einmal lassen wir uns das Frühstück schmecken, du musst auch eine Kleinigkeit nehmen", meinte Bernhard und lächelte sie offen an. Bei der Kellnerin, die gerade an ihren Tisch getreten war, bestellte er zwei Glas Sekt, ein paar belegte Brötchen und schließlich auch den von Lisa gewünschten Cappuccino.

Dann erzählte er von seiner Studienzeit in Cambridge, von seiner Arbeit in einer angesehenen Londoner Anwaltskanzlei, die ihn aufgrund seiner ausgezeichneten Studienergebnisse vom Fleck weg engagiert hatte.

Aufgrund einer Erweiterung der Geschäftsbeziehungen ins Ausland war Bernhard angeboten worden, wieder in seine Heimat zurückzukehren und im hiesigen Büro zu arbeiten. Das hatte er sehr gern angenommen, denn er wollte wieder den Kontakt zu seinen ehemaligen Freunden und zu seinen Eltern pflegen. „Und zu dir", sagte er unverbindlich.

Er schob Lisa eines der beiden Sektgläser zu, das die Kellnerin gemeinsam mit den belegten Brötchen und dem Kaffee gebracht hatte, hob seines hoch und stieß mit ihr an.

„Wir können doch einfach gute Bekannte bleiben, nicht

wahr?", meinte er.

„Wenn du mir nicht mehr böse bist …", lächelte Lisa ihn an.

„Dazu sind schon viel zu viele Jahre vergangen. Und ich habe ja nicht in Einsamkeit geschmort", antwortete er.

Erstaunlicherweise gab das Lisa einen kleinen Stich ins Herz. Er hatte also Freundinnen gehabt. Nun, das war ja klar, das war nicht anders zu erwarten gewesen. Und trotzdem … warum war ihr das nicht egal? Sie staunte über sich selbst.

„Hast du denn nicht … na ja, jemanden zurückgelassen in London?", fragte sie vorsichtig.

„Sie heißt Deborah. Sie ist Ärztin. Aber wir haben uns vor einem halben Jahr getrennt, wir waren vier Jahre zusammen. Sie arbeitet für *Ärzte ohne Grenzen* und ist häufig in Afrika gewesen. Da ist sie jetzt übrigens auch für ein paar Monate. Und ich hatte ja meine Karriere und war oft in Übersee. Wir haben uns auseinandergelebt. Aber wir haben uns in bester Freundschaft getrennt. So etwas gibt es übrigens auch."

Sie sah ihn an. Wie hatte er seinen letzten Satz gemeint? Spielte er darauf an, dass sie ihn hintergangen hatte? Aber er erwiderte ihren Blick gelassen und kameradschaftlich.

„Und du? Erzähl mir von dir", forderte er sie auf, „ich bin neugierig."

Sie erzählte von ihrem abgebrochenen Studium, von ihrer Tochter, von Conny, an die sich Bernhard noch gut erinnern konnte und an die er sich ja auch gewandt hatte, um Lisa kontaktieren zu können. Sie berichtete von ihren ehemaligen Studienkolleginnen, mit denen sie sich selten, viel zu selten traf. Als sie von ihrer Freude am Gärtnern sprechen wollte, brach sie ab. Sie konnte ja schlecht von einem Garten berichten, den sie eigentlich gar nicht mehr hatte.

„Ich bin seit einiger Zeit von Robert getrennt", sagte sie abschließend unbestimmt. Alles wollte sie ihm nicht erzählen. Nur das allernötigste. Er musste ja nicht unbedingt wissen, dass ihre Ehe mit Robert ganz und gar nicht in bester Freundschaft auseinandergegangen war. Sie gestand sich ein, dass sie sich dafür schämte, eine wirklich und tatsächlich gescheiterte Beziehung hinter sich zu haben.

Sie erwähnte Connys Wohnung, in der sie mit Susi Unterkunft bezogen hatte, verschwieg allerdings, dass sie dort gerade erst eingezogen war. Sie hielt nichts von Lügen, Ehrlichkeit war grundsätzlich eine ihrer festen Charakterüberzeugungen. Aber, so gestand sie sich ein, war es ihr einfach unheimlich peinlich, vor Bernhard als Versagerin dazustehen. Schließlich, fast ohne dass sie es wollte, gestand sie dann auch, dass sie sich auf Jobsuche begeben wollte.

„Du suchst also einen Job. Was machst du gern? Was ist das schönste, das du dir vorstellen kannst?"

„Kochen", kam es wie aus der Pistole geschossen, „Gourmet-Küche. Nouvelle Cuisine. Ich liebe es, wunderbare Menüs zusammenzustellen und Gäste zu bewirten." Lisa war über sich selbst verwundert. Die entspannte Atmosphäre im schönen Gespräch mit Bernhard hatte ihr offenbart, dass das tatsächlich das Schönste war, was sie sich als Beruf vorstellen konnte.

„Nun, ein Restaurant habe ich nicht, wo du arbeiten kannst, aber wenn du willst, kannst du als so etwas wie eine Büroaushilfe bei mir anfangen, da hast du ein kleines Einkommen", schlug Bernhard vor. Er stellte gerade sein neues Mitarbeiterteam zusammen, eine Sekretärin hätte er schon, einen Assistenten auch, aber jemanden, der kleinere Büroangelegenheiten erledigte und vielleicht auch gelegentlich für ein kleines Mittagsbuffet sorgte, wenn geschäftliche Besprechungen geplant wären, das wäre doch vielleicht etwas für sie?

Lisa konnte es kaum glauben. Bernhard war wie ein Rettungsengel gerade in dem Moment aufgetaucht, als sie in ihrer finanziellen Notlage schon nicht mehr daran geglaubt hatte, selbstständig durchzukommen. Roberts Worte klangen ihr noch im Ohr. *Du bist nichts und du hast nichts*, hatte er gesagt. Nun, sie würde es ihm zeigen. Sie war jemand! Und wie!

„Komm doch in einer Woche vorbei", sagte Bernhard und reichte ihr eine Visitenkarte, „in den nächsten paar Tagen habe ich ziemlich viel zu tun, um mich einmal in die verschiedenen Fälle einzuarbeiten und unsere Klienten besser kennen zu lernen. In einer Woche sollte ich dann schon einen guten Überblick haben und mir Zeit für dich nehmen können. Aber bitte ruf vorher an, damit ich auch ganz sicher in der Kanzlei bin."

„Wie wunderbar, ich danke dir", sagte Lisa und nahm die elegante Karte entgegen.

Gemeinsam mit Bernhard verließ sie das kleine Café. Sie küsste ihn auf die Wange und verabschiedete sich von ihm. Den Geruch seines feinen Aftershaves noch in der Nase, beglückt vom unerwartet schönen Ausgang dieses Treffens, sah sie auf der gegenüberliegenden Seite der Straße einen ihr unbekannten Mann. Der hielt sein Smartphone in der Hand und hatte sie damit ganz offensichtlich fotografiert, als sie sich von Bernhard verabschiedet hatte. Wer war das? Was wollte dieser Mann? Warum hatte er sie mit Bernhard fotografiert? Sie wollte ihm nachgehen, ihn zur Rede stellen, aber er wendete sich blitzschnell um und hetzte davon.

***

# Kapitel 12

Einige Tage lebte Lisa mit Susi nun schon im „Drei-Mädel-Haus", wie Conny ihre Wohngemeinschaft scherzhaft genannt hatte. Connys Abflug nach Florenz hatte sich verschoben. Die Vorbereitungen zur Modeschau und die Show selbst waren für ihren Chefredakteur weniger wichtig als die Interview-Termine mit den Designern, die erst nach der Modeschau stattfinden würden. Connys Reise nach Florenz war zwar nach wie vor eine Tatsache, aber nun hatten die beiden Frauen doch noch ein paar Tage Galgenfrist geschenkt bekommen bis zu dem Moment, wo Lisa allein zurechtkommen musste.

Lisa bemühte sich, Conny so wenig wie möglich zu belästigen. Sie betätigte sich im Haushalt, wenn Susi in der Schule war und Conny in der Redaktion. Abends bereitete sie für Conny preisgünstige, aber dennoch exquisite kleine Abendessen zu, denn zum Essengehen ausführen zu lassen, was Conny gern getan hätte, wollte sie sich nicht gefallen lassen.

„Lass mich doch bezahlen, ich kann das irgendwie als Spesen absetzen", meinte Conny.

„Du tust doch nur so. Das sagst du nur, damit ich kein schlechtes Gewissen habe", entgegnete Lisa. Sie wusste, dass ein derart dehnbares Spesenkonto in der heutigen Zeit nicht mehr üblich war.

„Du hast mir selbst gesagt, dass die Redaktion auch auf Sparkurs umschalten wird", erinnerte sie ihre Freundin an ein früheres Gespräch, das an sich ganz belanglos und vergessenswert gewesen war, nun aber in der Erinnerung von Lisa wieder aufgetaucht war.

„Stimmt, jetzt hast du mich beim Schwindeln ertappt", sagte Conny und machte einen Schmollmund wie ein kleines Kind, das von seiner Mutter erwischt worden war. Dann grinste sie verschmitzt und meinte, dass Lisas Kochkünste einfach unbezahlbar wären und ihre „Sister forever" eine Einladung zum gemeinsamen Abendessen in irgend einem schicken Innenstadtrestaurant mit ihren feinen kleinen Menüs zuhause mehr als abbezahlen würde.

Nachdem Conny sich an ihren Computer gesetzt hatte, um an einer Reportage zu arbeiten, dachte Lisa nochmals an das vorangegangene Geldgespräch mit ihrer Freundin. Sie dachte an das Bankkonto, auf das Robert ihr jeden Monat ihr Haushaltsgeld überwiesen hatte. Als sie ihre Bankauszüge durchsah, die sie sich am Vortag hatte ausdrucken lassen, stellte sie fest, dass die Überweisung für diesen Monat ausgeblieben war. Am Telefon hatte er ihr kaltherzig gedroht, dass er sie „ausbluten" lassen werde, wie er sich ausgedrückt hatte. Das hatte er also damit gemeint. Wahrscheinlich dachte er, dass sie nur des Geldes wegen zu ihm zurückkehren würde. Die Telefonate mit Robert verliefen immer gleich. Er rief an, sagte, was er zu sagen hatte, ließ Lisa nicht zu Wort kommen und legte wieder auf. Lisa hatte sich inzwischen schon daran gewöhnt, ein oder zwei Mal am Tag von ihm diese unerquicklichen Anrufe zu bekommen. Wenn sie abhob, sagte sie einfach nur „Was willst du?", dann ließ sie ihn reden, indem sie das Telefon weit von sich entfernt hielt, und wenn sie sah, dass er das Gespräch beendet hatte, steckte sie ihr Telefon wieder kopfschüttelnd in ihre Handtasche. Roberts Benehmen machte es ihr leicht, sich nicht auf eine Diskussion mit ihm einzulassen. Dennoch war sie zutiefst erschüttert. Warum konnte man nicht manierlich und erwachsen miteinander reden?! Immerhin hatte sie mit dieser Taktik die vergangenen Jahre ihrer Ehe überstanden. Er hatte sich ihr gegenüber wenn auch nicht liebevoll, so doch korrekt verhalten, sie hatte im Gegenzug sein kühles Verhalten geduldet. Erst jetzt erkannte sie rückblickend, wie nüchtern und unpersönlich ihre Ehe geworden war.

Aber das Geldproblem musste trotzdem gelöst werden. Kurz entschlossen machte sich Lisa zu ihrer Bank auf. Sie wollte das mögliche Maximum abheben, damit sie vor allem einmal mit Conny einig werden konnte. Auf Kosten ihrer fast zu gutherzigen Freundin wollte sie keinesfalls leben. Lisa war nun einmal nicht so leichtfüßig wie Conny, die dem Leben mit Übermut und manchmal auch Unvernunft gegenüberstand.

Als Lisa beim Geldautomaten der Bank angekommen war, musste sie schockiert feststellen, dass sie nichts abheben konnte und zu allem Überfluss gab der Automat ihre Karte nicht mehr heraus. Sie war entsetzt. Fassungslos stand sie vor dem Automaten, starrte auf die Bildfläche und wusste nicht mehr ein noch aus. Dann atmete sie tief durch und betrat das Foyer der Bank. Zögernd ging sie zu dem Bankangestellten.

„Der Automat hat meine Karte geschluckt", sagte sie.

Der Bankangestellte tippte auf seinem Computer herum und sagte ihr dann, dass es sich bei diesem Konto um das ihres Ehemannes handelte, dass sie lediglich zeichnungsberechtigt war und ihr Mann das Konto heute in der Früh gesperrt habe. Er sprach professionell freundlich mit ihr und erklärte ihr, dass sie das mit ihrem Mann zu regeln hätte, er wüsste nicht, warum das Konto gesperrt war, aber es war nun einmal so. Er war unverbindlich und höflich und tat einfach nur seine Arbeit.

„Was soll ich denn jetzt machen?", fragte sie ihn, nicht

wirklich eine Antwort erwartend. Sie konnte ihn ja nicht in ihre Privatangelegenheiten einweihen.

„Und wie sieht es mit meiner Kreditkarte aus?", fragte sie, weil ihr schockartig klar geworden war, dass auch die nur eine Zweitkarte von Roberts Konto war. Der Bankangestellte tippte wieder auf seinem Computer herum und schüttelte den Kopf.

„Da werden Sie auch nichts mehr abheben können, ich nehme an, dass die Karte auch vom Automaten geschluckt werden wird. Am besten, Sie geben sie mir gleich, das erspart ein paar bürokratische Missstände."

Er nahm die Karte entgegen und ließ Lisa einen Ausdruck unterschreiben. Er behandelte sie zuvorkommend geschäftlich, einfach wie eine Kundin, die ein ganz normales kleines Alltagsproblem hatte, das nur auf einer Unklarheit beruhen konnte.

„Nun, sprechen Sie am besten mit Ihrem Mann", sagte er mit beruhigender Sachlichkeit, „da wird sich vielleicht irgend eine Änderung mit seinen Konten ergeben haben, Geschäftskonten und Privatkonten und so weiter … fragen Sie ihn doch einfach."

*Der stellt sich das so einfach vor,* dachte Lisa und verabschiedete sich mutlos.

Langsam ging sie wieder nach Hause. Wie sollte sie nun überleben? Gab es keine andere Möglichkeit? Wen hätte sie um Geld bitten können? Drohte alles an der finanziellen Situation zu scheitern? Da fiel ihr plötzlich das Sparbuch ein. Schon als Studentin hatte sie sich mit Nachhilfestunden Taschengeld verdient, von dem sie immer die Hälfte auf ein Sparbuch einbezahlt hatte. Und als sie Robert geheiratet hatte und alleinverantwortlich einen Haushalt führen musste, hatte sie ökonomisch und überlegt eingekauft und sich von dem Haushaltsgeld, das Robert ihr auf ihr Konto überwies, einen kleinen Betrag, den sie penibel ausgerechnet hatte, ebenfalls als Dauerauftrag auf ihr Konto überweisen lassen. Sie hatte durchdacht eingekauft und einen Schlüssel errechnet, wie viel sie durch eine überlegte Haushaltsführung einsparen konnte, vor allem auch, weil sie auf jegliche Hilfe verzichtet hatte und nie eine Putzfrau gehabt hatte. Bisher hatte sie weder das Sparbuch noch das Geld angerührt, sie hatte es eigentlich so gut wie vergessen. Und tatsächlich hatte sie auch gar nicht gewusst, was sie damit machen sollte. Es hatte sich inzwischen wahrscheinlich eine schöne kleine Summe angesammelt, die ihr nun die nächste Zeit als Überlebenshilfe dienen konnte. Sie hoffte inständig, dass das Sparbuch sich in der Dokumentenmappe befand, die sie in Eile mitgenommen hatte, als sie in ihrem alten Zuhause gewesen war und alles für ihre überstürzte Flucht eingepackt hatte. Sie schickte ein Stoßgebet zum Himmel und beeilte sich im Laufschritt, in Connys Wohnung zurückzukommen. Hoffentlich war das Sparbuch in der Mappe.

***

# Kapitel 13

„Was ist denn los?", fragte Conny entgeistert, als sie Lisa wie vom Teufel gehetzt in die Wohnung stürzen sah. Lisa war vollkommen außer Atem, als sie im Türrahmen zum Wohnzimmer stehenblieb und Conny anstarrte, die an ihrem Laptop saß und arbeitete. Lisa trat ein und stützte sich an der Lehne eines der Essstühle ab und keuchte.

„Das Sparbuch", brachte sie nur hervor, „das Sparbuch."

Conny sah offenbar ein, dass Lisa nicht in der Lage war, mehr zu sagen. Sie stand auf und nahm ihre Freundin in die Arme.

„Kann ich dir helfen?", fragte sie mitfühlend, wusste aber natürlich immer noch nicht, was los war.

Lisa ließ sich auf das kleine Sofa fallen und wartete, bis sie wieder normal atmen konnte.

„Ich habe absolut kein Geld mehr", sagte sie dann, blickte zu Boden, sie genierte sich. „Robert hat meine Karten gesperrt. Und jetzt hoffe ich nur, dass ich mein kleines Sparbuch finde. Ich hatte es schon vollkommen vergessen. Und jetzt muss ich es suchen. Bitte, bitte, bitte mach, dass es in meiner Dokumentenmappe ist", flehte sie eine unbekannte Gottheit an.

„Ich mach uns mal einen Kaffee", sagte Conny liebevoll und beruhigend, „mit einer schönen Tasse Kaffee wird jedes Missgeschick gleich wieder ein bisschen leichter."

Lisa musste lachen. „Das sagen die Engländer, und da geht es um eine Tasse Tee", sagte sie. Dann stand sie beherzt auf und ging in Connys Arbeitszimmer zum

Schrank, wo sie ihre Sachen verstaut hatte. Sie nahm die Dokumentenmappe heraus und durchsuchte alles, was sich darin befand. Pässe von ihr und Susi, Geburtsurkunden, ihre Heiratsurkunde, Susis Zeugnisse und auch Lisas alte Zeugnisse noch von der Schule, vom Gymnasium und von den ersten zwei Semestern an der Universität … und dann endlich auch ihr Sparbuch. „Da bist du ja!", rief sie erleichtert und hielt triumphierend das Sparbuch in die Höhe. Sie lief ins Wohnzimmer und fiel Conny um den Hals, die zum Glück gerade die Kaffeetassen auf den Esszimmertisch gestellt hatte und nun freie Hände hatte. „Jetzt bin ich gerettet!", lachte sie und war so ausgelassen wie schon lange nicht mehr. Sie tanzte mit Conny zu einer nicht vorhandenen Walzermelodie und freute sich, wie wenn Weihnachten wäre. Erschöpft von der ganzen Aufregung setzte sie sich dann an den Esstisch und gemeinsam schlürften sie die dampfende Flüssigkeit. Kurz erzählte Lisa Conny von dem unerfreulichen Vorfall in der Bank.

„Aber nun hast du für eine Weile ein Auskommen", sagte Conny, nachdem sie im Sparbuch geblättert hatte, und tätschelte die Hand ihrer Freundin. Schnell errechneten sie, wie viel sich in den Jahren, seit Lisa das Sparbuch das letzte Mal zur Bank getragen hatte, darauf angesammelt hatte. Es war kein Vermögen, das sie errechneten, aber ein kleines feines Polster.

„Und ich kann endlich auch etwas fürs Wohnen beisteuern", meinte Lisa.

Lisa war eine praktisch orientierte junge Frau. Engagiert bat sie Conny um Zettel und Bleistift und dann rechneten die beiden aus, wie viel Geld Lisa pro Monat brauchen würde. Nach langen Diskussionen, die fast in einen Streit ausgeartet wären, besprachen sie auch, wie viel Lisa zur Miete der schicken kleinen Wohnung beitragen konnte. Und außerdem musste Robert ja irgend einen Unterhalt zahlen. Zumindest für Susis Auskommen. Die Kosten für die Privatschule der Kleinen wurden zum Glück direkt von Roberts Konto automatisch überwiesen.

„Schau mal, bisher hat Greg bei mir gewohnt, ich bin also nicht unvorbereitet, mein Leben mit jemandem zu teilen, mach dir deswegen also keine großen Gedanken", lenkte Conny ein.

Und mit dem Job bei Bernhard, der hoffentlich doch Wirklichkeit werden würde, konnte Lisa durchaus vorerst überleben. Lisa nahm an, dass sie als Büroaushilfe nicht allzu viel bei Bernhard verdienen würde, aber mit einer sparsamen Haushaltung konnte sich alles ausgehen. Sogar, wenn sie dann doch vielleicht die kleine Mansardenwohnung bei Marlis beziehen konnte. Lisa hatte am Vortag mit der lieben Tante Marlis telefoniert und die hatte gemeint, dass sich Herr Mayer das Jobangebot in der Hauptstadt noch einmal durch den Kopf gehen ließ. Lisa bemerkte mit Erstaunen, dass Tante Marlis darüber nicht allzu begeistert schien. Wollte sie denn nicht, dass Lisa die Mansardenwohnung nahm? Oder hatte es vielleicht etwas mit diesem mysteriösen Herrn Mayer zu tun, den Lisa nicht kannte?

„Zweifelst du daran, dass Bernhard sein Versprechen halten wird, dir eine Arbeit zu geben?", fragte Conny, „er ist nett und zuverlässig. Nebenbei bemerkt, liebe Lisa, wäre Bernhard übrigens der bessere für dich gewesen. Aber das weißt du ja, dass ich da meine eigene Meinung hatte, als Robert, dieser Idiot, dahergekommen ist und dich verführt hat."

„Ich weiß, dass ich einen Fehler gemacht habe. Und hoffentlich wird mir dieser Fehler nicht mein ganzes Leben lang nachhängen."

„Dein ganzes Leben lang? Liebe Lisa, nun übertreib mal

nicht. Bleib auf dem Boden der Tatsachen. Und wenn du es noch einmal wagst, Susi als einen Fehler zu bezeichnen, dann kannst du dich auf etwas gefasst machen."

„Oh Gott, nein, so habe ich das doch nicht gemeint", stammelte Lisa entsetzte, „Susi ist das Schönste und Wichtigste in meinem Leben."

„Das weiß ich doch, Liebes. Aber du musst dich jetzt in der nächsten Zeit ein bisschen zusammennehmen. Lass dich nicht von deiner Zuversicht abbringen. Tatsache ist, dass deine Ehe gescheitert ist. Das ist es auch schon. Mehr nicht. Das passiert erstaunlich vielen Frauen. Du kennst die Scheidungsrate. Bedauerlicherweise ist das wirklich nichts Außergewöhnliches. Und sei gewiss, es wird sich alles regeln. Es regelt sich immer alles. Die Übergangszeit ist schwierig, aber du schaffst das. Du bist eine tüchtige junge Frau, die die besten Jahre noch vor sich hat."

Lisa lächelte. Sie hatte sich immer darauf verlassen können, dass Conny trotz aller Lebenslust den Überblick fürs Praktische nicht so leicht verlor.

„Und was den Job bei Bernhard betrifft", sagte Conny, „wirst du ja in den nächsten Tagen Bescheid wissen. Wenn er tatsächlich von seinem Versprechen zurücktritt, dann bekommt er es mit mir zu tun." Sie brach in übermütiges Lachen aus und Lisa konnte nicht anders, als einzustimmen.

Nachdem Conny sich schick gemacht hatte und in die Redaktion aufgebrochen war, blickte Lisa kurz auf die Uhr, um zu kontrollieren, ob sie noch genug Zeit hatte, bis sie Susi von der Schule abholen musste.

Dann schaltete sie ihren Laptop ein, nahm Bernhards Visitenkarte zur Hand, die er ihr ihm Café übergeben hatte und tippte die Adresse der Webseite in den Browser ein. Überrascht stellte Lisa fest, dass es sich um eine Anwaltskanzlei handelte, die sich auf karitative Projekte und internationale Hilfsorganisationen spezialisiert hatte. Sie suchte eine Weile auf der Webseite herum, bis sie die Porträts der Mitarbeiter der Kanzlei fand. Dort war auch Bernhard gelistet. Sie betrachtete sein Foto, er war tatsächlich ein ausgesprochen gutaussehender Mann. Ernst, zurückhaltend und dennoch vertrauenerweckend blickte er in die Kamera. Ehrfürchtig las Lisa seinen Lebenslauf durch. Er war nicht nur einfach ein Angestellter der Kanzlei, sondern sogar Partner. Sie war erleichtert, dass er nicht im Steuerberatungsrecht wie Robert arbeitete. Robert war Steuerrechtsanwalt und sein Büro hatte hauptsächlich mit Kunden aus dem Finanzbereich zu tun. Robert und Bernhard würden sich also aller Wahrscheinlichkeit nach nie als Gegner in einem Streitfall vor Gericht begegnen.

Dann betrachtete Lisa noch einmal eingehend das Foto von Bernhard. Und ohne dass sie es wollte, wurde ihr warm ums Herz. Neugier gab sie seinen Namen in die Suchmaschine ein. Sie fand einige wenige Fotos von ihm. Als sie ihn auf einer Charity-Veranstaltung sah, die in London zugunsten krebskranker Kinder stattgefunden hatte und von seiner dortigen Anwaltskanzlei veranstaltet worden war, sah sie ihn neben einer ausgesprochen attraktiven Frau stehen. Der Bildunterschrift nach handelte es sich um eine Ärztin. Das musste Deborah sein. Wie gut sie aussah. Wie gut sie zu Bernhard passte. Lisa bemerkte ein seltsam banges Empfinden, das sich in ihr breit machte. Aus welchem Grunde auch immer fühlte sie sich auf einmal in Konkurrenz mit Bernhards ehemaliger Freundin.

*Was geht da in mir vor?*, fragte sie sich verblüfft, *bin ich etwa verliebt? War ich das vielleicht schon immer?*

***

# Kapitel 14

Conny reiste nach Florenz ab, der Tag des Abschieds war gekommen. Lisa begleitete ihre Freundin auf die Straße vor deren Wohnhaus, wo das Taxi schon wartete. Conny schärfte Lisa dringend ein, keinesfalls zu Robert zurückzukehren, was auch immer er ihr drohen oder versprechen würde. Lisa nickte wie eine brave Schülerin und versprach hoch und heilig, sich auf nichts mit ihrem Noch-Ehemann einzulassen.

„Und bedien dich an meinem Kleiderschrank, nimm dir, was du brauchst, um so richtig schick zu sein für deinen Bernhard", neckte Conny noch, bevor ihr Taxi zum Flughafen losfuhr. Lisa winkte ihrer Freundin hinterher. Dann ging sie wieder in Connys Wohnung und rief schließlich Bernhard an, um ihn in der Kanzlei zu besuchen. Leider hatte er gerade keine Zeit und so verschob sich das Treffen wieder.

„In den kommenden Tagen geht es leider nicht", sagte Bernhard am Telefon, „versuch es nächste Woche noch einmal. Tut mir wirklich leid, dich enttäuschen zu müssen, aber wir haben gerade einen sehr schwierigen neuen Fall bekommen, da hätte bedauerlicherweise niemand wirklich Zeit, dich kennen zu lernen."

„Ja, mache ich, danke dir, bis nächste Woche", sagte Lisa deprimiert. Sie musste wirklich dringend Geld verdienen. Und Conny hatte zwar zugesagt, sie bei sich wohnen zu lassen, aber so ganz ohne Kostenzuschuss wollte Lisa das auch nicht tun. Sie kam sich wie eine Bittstellerin vor. Plötzlich kam ihr ein unangenehmer Gedanke: Ob sich Bernhard an sein Versprechen halten würde, und ihr einen Job geben würde? Wollte er sie abwiegeln? Hatte er es sich anders überlegt?

Missmut und Enttäuschung konkurrierten in ihrem Kopf. Wie sollte es nun weitergehen? Sie war allein in Connys Wohnung, hatte nun keine Herzensfreundin mehr, mit der sie ihren Kummer teilen konnte, auch niemanden mehr, der ihr Mut zusprach.

Kurz entschlossen rief sie ihre Tante Marlis an, um sich für den Nachmittag auf eine kleine Jause anzukündigen. Zum Glück hatte Marlis Zeit und so machte Lisa sich schnell daran, einen Kuchen zu backen, den sie mitnehmen konnte. Conny hatte von einer Freundin, die einen kleinen Garten hatte, zwei Kilo saftige duftende Äpfel bekommen, die sie verwenden wollte.

Sie entschied sich für einen Toskanischen Apfelkuchen. Connys kleiner Backofen war zwar wirklich klein, aber dennoch hatte eine Tarte-Form darin gerade genug Platz.

Nach dem Mittagessen und den Hausaufgaben machte Lisa sich mit Susi zu Marlis auf, die Toskanische Apfeltorte gut in wärmende Tücher eingepackt, diese spezielle Tarte sollte nämlich lauwarm genossen werden.

„Du bist wirklich eine exzellente Köchin", meinte Marlis nach der Jause, als die beiden Frauen gemeinsam in Marlies' Küche standen und das Geschirr abwuschen. Susi hatten sie auf den Spielplatz geschickt, das Wetter war traumhaft und vom Fenster aus konnten sie sehen, wie die Kleine sich mit den anderen Kindern gut verstand.

„Na ja, irgend etwas muss ich ja können", meinte Lisa. Sie freute sich zwar über Marlis' Lob, andererseits kam es ihr wirklich so vor, wie wenn sie nichts anderes vorzuweisen hatte als hausfrauliche Tugenden.

„Sag so etwas doch nicht, du bist viel zu intelligent, um nur auf Küchendienste reduziert zu werden", entgegnete Marlis, nachdem Lisa ihr gesagt hatte, dass sie offenbar nichts anderes könne als eine Hausfrau zu sein. Dann fragte Marlis, wie es denn mit diesem Jobangebot in Bernhards Kanzlei aussah, von dem Lisa ihr schon vor einiger Zeit erzählt hatte.

„Ich weiß nicht, ob das überhaupt noch gültig ist. Er hat mich vertröstet, dass ich mich nächste Woche melden soll.“

„Lass dich doch nicht von so etwas unterkriegen. Aber vielleicht könntest du dennoch morgen anrufen? In Kanzleien werden immer wieder Termine hin und her geschoben, wenn Mandanten keine Zeit haben oder sich neue Erkenntnisse zeigen. Es kann ja durchaus sein, dass du Glück hast. Versuch es doch einfach einmal“, spornte Marlis Lisa an, nicht einfach so leicht aufzugeben.

Am nächsten Vormittag dachte Lisa an Marlies' Empfehlung und sie rief mit bangem Herzen Bernhard in der Kanzlei an. Sie entschuldigte sich, ihn zu stören und fragte nach, ob er nicht vielleicht doch früher Zeit hätte, weil sie nun einfach ihr Leben regeln müsse und das keinen weiteren Aufschub mehr erlauben würde. Sie versuchte, ihrer Stimme nicht die Unsicherheit anmerken zu lassen, die sie empfand. Er sollte nicht wissen, dass sie in einer Notsituation war.

„Gerade ist ein Termin abgesagt worden, wenn du möchtest, kannst du in einer halben Stunde kommen, wir hätten zwischendurch gerade ein bisschen Zeit für dich“, sagte Bernhard.

*Was für ein Glück, dass ich nicht gezögert habe, sondern meinem Mut nachgegeben habe,* dachte Lisa, als sie zu Fuß in die nahegelegene Fußgängerzone aufbrach, um zu Bernhards Kanzlei zu gelangen.

Das Gebäude, in dem sich die Kanzlei *Wittenbacher, Weber & Partner,* in der Bernhard arbeitete, befand, lag ganz nah in der Fußgängerzone der Innenstadt. Lisa fuhr mit dem Aufzug in den ersten Stock. Das Büro war wunderschön, sie war beeindruckt. Die eleganten Räumlichkeiten sahen so edel aus, wie wenn ein fähiger und sehr teurer Innenarchitekt dafür verantwortlich zeichnete. Willens, sich hier zu beweisen, ging Lisa zu der Rezeptionistin, nannte ihren Namen und fragte, ob Dr. Bernhard Schima Zeit für sie hätte, sie habe eine Verabredung mit ihm.

Während das Fräulein im Computer tippte und dann telefonierte, betrachtete Lisa sich im Spiegel, mit dem die Rückwand der Rezeption vollständig verkleidet war. Sie gefiel sich, sie hatte sich mit Sorgfalt gekleidet, eines ihrer unauffälligen Cocktailkleider gewählt, das elegant, aber trotzdem alltagstauglich war. Der Cardigan, den sie dazu angezogen hatte, machte ein übriges, die Eleganz des eigentlich als Abendgarderobe gedachten Kleides für einen Büroalltag angebracht zu machen. Ihr langes blondes Haar hatte sie zu einem lockeren Pferdeschwanz zusammengefügt und sich dezent geschminkt.

„Lisa, schön, dass du kommen konntest, komm doch bitte weiter", empfing Bernhard sie.

Sie folgte ihm in seine Räumlichkeiten. Sein Büro war zweckdienlich eingerichtet und von unauffälligem Schick. Sie setze sich ihm gegenüber an seinen Schreibtisch und fühlte sich ein bisschen wie eine Schülerin, die beim Rektor vorgelassen worden war, um eine Rüge zu empfangen.

Nach einer kurzen Erkundigung, wie es ihm gehe, wie es ihr gehe, kam Lisa sich sicherer vor. Bernhard fragte sie, ob sie irgendwelche Büroerfahrungen hätte. Sie verneinte, aber sie betonte, dass sie selbstverständlich mit einem Computer umgehen konnte, sehr gut tippen konnte, das 10-Finger-System blind beherrschte und alles in allem eine ausgesprochen methodische Arbeitsweise hatte. Da ihr nichts besseres einfiel, erzählte sie ihm kurz von ihrem System, ihre Kochrezepte zu ordnen und online zu speichern, damit sie jederzeit, auch beim Einkaufen, darauf zurückgreifen könne, außerdem führte sie eine ausgeklügelte Kartei, ebenfalls online, in der sie festhielt, was sie an welchem Tag welchen Gästen serviert hatte, auch Kleidung, Tischdekoration und ähnliche Details hatte sie vermerkt.

Sie lachte, als sie es erzählte: „Ich weiß, das hat mit der Arbeit in einer Rechtsanwaltskanzlei nicht viel zu tun, aber ich dachte, das zeigt dir, dass ich durchaus organisiert, gründlich und sorgfältig arbeiten kann.“

Bernhard nickte: „Ja, mit solchen Galamenüs haben wir nichts zu tun, aber ich muss dir ehrlich sagen, dass ich mich gern einmal von dir bekochen lassen würde.“ Er lächelte, als wäre das nur ein Scherz gewesen. Innerlich hoffte Lisa, dass sie einmal die Gelegenheit haben würde, ihn nicht nur mit ihren Kochkünsten zu verführen. Gleichzeitig schüttelte sie innerlich, sofern ihr das möglich war, den Kopf. *Lisa*, schalt sie sich, *bleib bei der Sache, was sind denn das für Gedanken.*

Schließlich gestand er ihr, dass er nicht wirklich eine Büroaushilfe brauchte, aber mehr oder weniger aus Gefälligkeit eine Beschäftigung für sie finden würde. Seine Sekretärin sei eine ausgezeichnete Hilfe und Unterstützung für ihn, vor allem, weil sie seit vielen Jahren, seit der Eröffnung dieser Kanzlei, hier arbeitete. Bernhard stand auf und ging zur Tür des angrenzenden Raumes, öffnete sie und sagte etwas hinein.

Kurz darauf kam eine ältere, streng aussehende Frau ins Zimmer.

„Guten Tag, ich bin Helene Dammwieser, freut mich, Sie kennen zu lernen“, meinte die Frau in geschäftsmäßigem Ton und reichte Lisa die Hand, „möchten Sie vielleicht einen Kaffee?"

„Gerne, danke", meinte Lisa, die aufgestanden war, um Frau Dammwieser zu begrüßen.

„Mir auch, wenn Sie so freundlich sind", fügte Bernhard hinzu.

Frau Dammwieser ging in die Rezeption und kam dann wieder zurück. „Kommt gleich", sagte sie und rückte sich einen Stuhl zurecht, sodass sie nun zu dritt an Bernhards Schreibtisch saßen.

Nach kurzer Zeit klopfte es an die Tür und die Rezeptionistin brachte auf einem Tablett Kaffee und Kekse.

„In einem normalen Büroalltag", begann Frau Dammwieser zu sprechen, „gibt es immer wieder Machtspielchen, Intrigen und natürlich auch ganz alltäglichen Kleinkram, zwischen Mitarbeiterinnen und Mitarbeitern, mit unseren Klienten … Es menschelt, wie man so sagt. Aber wir bemühen uns, hier sehr kollegial und freundschaftlich miteinander umzugehen. Wir versuchen seit Gründung der Kanzlei, ein Team zu sein, in dem jeder jeden unterstützt."

„Was Frau Dammwieser sagen möchte, ist, dass du dich nicht verstellen sollst. Sei, wer du bist. Wenn du Probleme mit irgend etwas hast, dann sag es. Wenn du etwas nicht verstehst, dann frag. Versuche nicht, eine Rolle zu spielen", erklärte Bernhard.

Frau Dammwieser lächelte ernst. Lisa sah die Sekretärin an, die in ihrem grauen Kostüm mit streng zurückgekämmtem Haar und Brille mehr wie eine Professorin aussah, und nicht wie eine untergebene Büroangestellte.

„Wir arbeiten für internationale Hilfsorganisationen, das sind unsere Hauptkunden. Es geht um

Finanzierungen, um Regierungszuschüsse, um Sponsoring … viele dieser Hilfsorganisationen sind schon Großkonzerne im Finanzwesen geworden", erklärte Frau Dammwieser, „mit der eigentlichen Arbeit dieser karitativen Unternehmen haben wir wenig zu tun, hauptsächlich geht es um Verträge."

„Übrigens ist mein Mann … also, mein Exmann … also, wir sind eigentlich noch verheiratet … aber getrennt lebend", stammelte Lisa, nahm sich dann zusammen und fuhr fort, „also, mein Exmann ist ebenfalls Rechtsanwalt. Genauer gesagt Steueranwalt. Und ich habe zwei Semester studiert, bevor meine Tochter geboren wurde. Ganz fremd ist mir die Materie also nicht."

„Das ist von Vorteil", meinte Frau Dammwieser, „aber ich denke, Sie werden weniger mit den Rechtsfällen zu tun haben, eher kleinere Handreichungen, wenn Sie damit einverstanden sind. Sie würden Herrn Dr. Schima und mir zur Hand gehen. Herr Dr. Schima hat mir gesagt, er bräuchte Sie eigentlich nur stundenweise?"

„Richtig", sagte Bernhard, während Lisa nachdenklich nickte. Eigentlich hatte sie eine stille Hoffnung auf einen Vollzeitjob gehabt.

„Das hört sich gut an", sagte sie dennoch zustimmend, „am Vormittag ist meine Tochter in der Schule, da habe ich Zeit."

Der Kaffee war ausgetrunken, die Kekse lagen noch unberührt auf dem kleinen Tellerchen. Lisa nahm sich eines davon, knabberte daran herum und dachte sich, dass sie so etwas nie servieren würde. Trocken, geschmacklos und nicht einmal hübsch anzusehen. Höflich schluckte sie die Reste des Kekses herunter.

„Gut, dann kannst du also gerne nächsten Montag hier anfangen", sagte Bernhard, „komm vielleicht um zehn Uhr, dann haben sich die dringendsten Aufgaben schon erledigt." Er war aufgestanden, nun standen auch die beiden Frauen auf. Man verabschiedete sich und Bernhard begleitete Lisa in die Rezeption.

„Hast du jemanden, der ab und zu auf deine Tochter aufpassen könnte, wenn wir dich einmal am Nachmittag brauchen?", fragte Bernhard.

„Selbstverständlich, Tante Marlis würde das sicherlich gern machen", sagte Lisa schnell. Sie war sicher, dass Marlis mehr als erfreut wäre, sich mit Susi zu beschäftigen.

„Natürlich, Tante Marlis. Ich erinnere mich sehr gern an sie. Wie geht es ihr?"

„Gut, du kennst sie ja, sie lässt sich nicht aus der Ruhe bringen, ist immer für einen da."

„Wie praktisch", sagte Bernhard, zögerte dann und erkundigte sich schließlich: „Und glaubst du, dass Tante Marlis auch einmal am Abend auf Susi aufpassen würde?"

„Unter Umständen ja, ich denke schon", meinte Lisa und blickte ihn fragend an.

„Zum Beispiel übermorgen am Abend? Wir könnten irgendwo essen gehen."

Innerlich frohlockte Lisa. Also doch, er war an ihr interessiert.

„Gern", sagte sie lächelnd. Sie vereinbarten, telefonisch noch Details auszumachen, denn nun müsse Bernhard dringend wieder zu seiner Arbeit zurückkehren. Als er ihr seine Hand zum Abschied reichte, glaubte sie fast, er hielte ihre kaum merklich länger. Das Küsschen auf die Wange blieb diesmal aus. Für einen Büroalltag war das wohl nicht schicklich, dachte sich Lisa und war, auch wenn sie sich professionell verhalten wollte, doch ein bisschen enttäuscht. Sie hätte gern noch einmal sein Aftershave gerochen.

***

# Kapitel 15

Tags darauf, als Susi gerade von ihrer Mutter bei der Schule abgeliefert worden war, rief Lisa Marlis an, um sich zu erkundigen, ob sich vielleicht Herr Mayer schon entschieden hatte, die Wohnung zu behalten oder doch in die Hauptstadt zu ziehen. Leider hatte sich an dieser Front nichts Neues ergeben. Fast um Entschuldigung bittend meinte die liebe Tante Marlis, dass sie wirklich nicht wüsste, wie sie Lisa da weiterhelfen könnte.

Nun, für die nächsten paar Tage hatte Lisa zumindest Connys Wohnung, wo sie ungestört über ihre Situation nachdenken konnte. Sie saß am Schreibtisch in Connys Arbeitszimmer, hatte ihren Laptop aufgeklappt und wusste nicht so recht, was sie mit sich anfangen sollte. Was konnte sie nur tun, um nicht untätig herumzusitzen und darauf zu warten, dass sich das Schicksal gnädig mit ihr zeigte? Sollte sie einfach nur wieder spazieren gehen? Oder shoppen? Aber dazu fehlte ihr das nötige Geld. Oder sollte sie mit irgend einer Sportart anfangen, um ihre drei Kilo zu viel loszuwerden? Man sah es ihr kaum an, dass sie ein wenig zugenommen hatte, aber sie war sich jetzt, wo das abendliche Treffen mit Bernhard bevorstand, mehr denn je bewusst, dass sie ihr Aussehen ein wenig vernachlässigt hatte. Sie hatte sich einfach zu wenig um sich selbst gekümmert, nur immer an Susi gedacht und daran, jedes Ärgernis mit Robert zu vermeiden. Wieder kam ihr zu Bewusstsein, wie sehr sie eigentlich unter der Machtposition, die Robert schleichend übernommen hatte, gelitten hatte. Sie war von ihm entmündigt worden … nein, sie hatte sich entmündigen lassen. Beschämt musste sie sich das eingestehen. Und gleichzeitig wachte ihre uralte Selbständigkeit wieder in ihr auf. Sie hatte den schrecklichen Verlust ihrer Eltern überstanden, sie hatte im Heim überlebt, sie war eine exzellente Schülerin gewesen, sie hatte sich im Studium, das zwar nur kurz gedauert hatte, glänzend bewährt. Ja, es steckte etwas in ihr, das sich nicht so leicht unterkriegen ließ.

Beherzt machte sie sich dann an die Planung eines gesunden Mittagessens für Susi und sich selber, stellte eine Einkaufsliste zusammen, nahm sich vor, auf alle Naschereien zu verzichten und brach schließlich auf. Vorher wollte sie noch Geld von ihrem Sparbuch abheben, denn sie hatte kaum mehr Bargeld.

Bei der Bank angekommen, stockte sie und blieb vor dem Gebäude stehen. Wie war nochmal das Passwort für ihr Sparbuch gewesen? Schockartig wurde ihr klar, dass sie es einfach vergessen hatte. Was hatte sie damals, als junge Studentin, für ein Passwort gewählt? Konnte sie einfach hineingehen und den Bankangestellten fragen, was in einem solchen Fall zu tun wäre? Sie kam sich lächerlich vor. Peinlich berührt erinnerte sie sich an ihre beschämenden Gefühle, als sie zuletzt vor dem Bankschalter gestanden hatte und von dem Angestellten die Nachricht erhalten hatte, dass ihre Karten gesperrt worden waren. Diese Schmach wollte sie sich nicht noch einmal antun. Sie betrat langsam die Bank und ging zögernd zum Schalter. Bei jedem Schritt ging sie die einzelnen Passwörter durch, die ihr einfielen. Im Takt ihrer Schritte dachte sie: Bernhard? Robert? Bernhard? Robert? Oder hatte sie die Geburtsdaten ihrer Eltern gewählt? Oder deren Todestag, jenen schrecklichen Tag des Unfalls ihrer Eltern? Vage erinnerte sie sich, dass es irgend etwas mit Eigenverantwortung, Selbständigkeit und Eigenständigkeit zu tun hatte.

Als sie beim Schalter angelangt war, blickte der Angestellte sie fragend an.

„Ja bitte, womit kann ich Ihnen helfen?"

„Oh, ich habe etwas vergessen, ich komme später nochmal", sagte sie, denn das Passwort war ihr nicht eingefallen und eine Lüge war es nicht, dass sie etwas vergessen hatte. Als wäre es das Normalste auf der Welt, drehte sie sich mit einem freundlichen Nicken um und verließ die Bank wieder. Draußen setzte sie sich auf eine Parkbank und überlegte. Nein, sie hatte nicht die leiseste Ahnung, welches Passwort sie damals, vor so vielen Jahren, gewählt hatte. Und mit einer falschen Nennung wollte sie sich auch nicht blamieren.

*Die Liste!*, dachte sie plötzlich wie elektrisiert. Robert hatte eine Liste mit sämtlichen Passwörtern, Kontonummern und sonstigen wichtigen Dingen, ebenso wie seine persönlichen Dokumente, im Safe in Lisas ehemaligem Zuhause. Auf diese Liste, so erinnerte sie sich, hatte sie auch ganz zu Beginn ihrer Ehe das Passwort des Sparbuchs geschrieben. Sie erinnerte sich so genau daran, dass sie es getan hatte, auch daran, dass sie das Sparbuch nicht in Roberts Safe hatte geben wollen. Die Szene stand ihr gestochen scharf in Erinnerung.

„Nun sieh es doch ein, Lisa, hier ist es am besten aufgehoben", hatte Robert gesagt.

„Nein, weil wenn ich eine Kleinigkeit als Überraschung für dich kaufen will, dann müsste ich dich erst darum bitten, und dann wäre es keine Überraschung mehr für dich", hatte Lisa geantwortet. Aber damals war ihre Weigerung, das Sparbuch Robert zu übergeben, auch ein kleiner Wunsch nach Selbständigkeit gewesen. Sie wollte sich ihm nicht gänzlich ausliefern. Als hätte sie schon damals gespürt, dass er ein Machtmensch war, der alles unter Kontrolle haben wollte.

„Nun gut, dann behalte es bei dir", hatte er gesagt, „viel ist ja ohnehin nicht drauf." Und er hatte gelangweilt genickt. Ganz eindeutig nahm er Lisas Kleinmädchen-Sparbuch nicht wichtig.

Jetzt aber war es überlebenswichtig für sie.

Sie atmete durch und ärgerte sich darüber, dass sie zwar die Szene wie in einem Film vor sich sah, aber keinen blassen Schimmer hatte, wie das Passwort lautete. *Das gibt's doch nicht, verflixt nochmal,* schimpfte sie innerlich mit sich. Aber da war nichts zu machen, ihr Gehirn wollte ihr nicht helfen. Ratlos, hilflos und sehr entmutigt ging sie wieder in Connys Wohnung. Dort angekommen, setzte sie sich zuerst einmal bei einem kleinen Espresso in die Küche. Während sie die belebende Flüssigkeit schlürfte, fasste sie einen mutigen Entschluss. Sie musste wieder, hoffentlich zum letzten Mal, in die Höhle des Löwen.

Sie nahm Connys Autoschlüssel, die ihre Freundin ihr dagelassen hatte, und fuhr mit deren Kombi in die Villengegend. Zum Glück war der Carport leer, Robert war also nicht zuhause. Sie parkte das Auto in einer Seitengasse und schlich sich wie eine Diebin in ihr eigenes Zuhause. Entschlossenen Schrittes ging sie zum Safe, der sich im Wohnzimmer gut versteckt hinter der Verglasung der kleinen Bar befand. Sie öffnete die Bar, drückte den geheimen Mechanismus, sodass sich der Spiegel öffnete und stand dann ziemlich unschlüssig vor der Zahlentastatur. Plötzlich fiel ihr ein, wie ziellos sie gehandelt hatte. Robert hatte ihr nie die Zahlenkombination für den Safe gesagt. Wie ein kleines Kind, naiv und dumm, war sie hierher gefahren, hatte sich in die Gefahr gebracht, von Robert ertappt zu werden, wie sie an seinem Safe herumfuhrwerkte, und an die Zahlenkombination hatte sie nicht im mindesten gedacht.

Wieder rief sie sich die Szene vor Augen, die sich vor

acht Jahren abgespielt hatte, als sie mit Robert vor ebendiesem Safe gestanden hatte, nachdem sie das Passwort ihres Sparbuchs auf seine Liste geschrieben hatte. Ihr Schriftzug kam ihr nicht mehr in den Sinn, nur, dass sie sich standhaft geweigert hatte, ihr Sparbuch ebenfalls in den Safe zu legen. Was hatte Robert gemurmelt, als er die Zahlenkombination eingegeben hatte? Hatte er „Häschen" gesagt? Und sie hatte damals gedacht, er meinte sie selbst?

„Häschen", die Zahlen des Alphabets, die sich daraus ergaben. Sollte sie es versuchen? So einfallslos konnte Robert doch sicherlich nicht gewesen sein. Nun gut, sie musste es versuchen.

Sie nahm Bleistift und Papier und schrieb die Zahlen auf.

H = 8
A = 1
E = 5
S = 19
C = 3
H = 8
E = 5
N = 14

Als sie die Zahlen vor sich sah, wurde ihr plötzlich bewusst, dass es sich auch um Geburtstage handelte. Roberts Eltern hatten am 1. Mai und am 19. März Geburtstag, Robert am 8. August und Susis Geburtstag war der 14. Mai. Lisa war erstaunt. Hatte Robert doch Gefühle für seine Tochter? Obwohl er sich nicht sonderlich um sein Kind kümmerte? Dann besann sie sich darauf, weswegen sie hergekommen war. Über alles, was in ihrer Ehe schief gelaufen war, konnte sie immer noch später grübeln. Hier und jetzt war es Zeit zu handeln. Entschlossen tippte sie die Zahlenkombination in das Tastenfeld ein und tatsächlich, der Safe ließ sich öffnen.

*Sonderlich viel Phantasie hast du nicht gerade bewiesen, du Schuft*, dachte sie mit einem Anflug von triumphierender Schadenfreude.

Schnell fand sie den Zettel, auf den sie vor Jahren das Wort aufgeschrieben hatte, das ihr partout nicht hatte einfallen wollen. „Unabhängigkeit" stand da, in ihrer eigenen Handschrift. Und nun kam auch ihre Erinnerung wieder zurück, als sie sich für dieses Wort entschieden hatte. Es drückte nach wie vor das aus, was sie sich am meisten wünschte. Eigenständigkeit und Selbständigkeit. Nie wieder wollte sie von jemandem abhängig sein, weder finanziell, materiell, noch geistig. *Ich habe deinen Code geknackt*, dachte Lisa triumphierend.

Ohne irgend etwas von Roberts Sachen anzurühren, gab sie den Zettel wieder in den Safe zurück, bemühte sich, alles so arrangiert zu lassen, wie sie es vorgefunden hatte und schloss den Safe. Kurz hatte sie überlegt, ob sie die Dokumente und Papiere, die sich ebenfalls im Safe befanden, durchsehen sollte. Aber ihre angeborene Zurückhaltung, nicht in anderer Leute Angelegenheiten herumzuschnüffeln, hielt sie davon zurück. Was auch immer Robert in seinem Safe hatte, ging sie nichts an. Sie nahm auch an, dass es wohl hauptsächlich Unterlagen seines Berufes waren.

Gerade als sie die Bar wieder geschlossen hatte, hörte sie Schritte im Flur. Sie war so sehr mit dem Safe beschäftigt gewesen, dass sie das Öffnen der Wohnungstür überhaupt nicht gehört hatte. Und nun stand Robert im Türbogen zum Wohnzimmer. Verschreckt sah sich Lisa kurz zum Safe um, ob sie die Flaschen in der Bar auch nicht durcheinander gebracht hatte oder ob man sehen konnte, dass sie da herumhantiert hatte. Nein, alles schien in Ordnung zu sein.

Aber Robert hatte ihren Blick bemerkt. „Na, willst du

dich vielleicht wieder betrinken?", fragte er kühl.

Lisa zitterte am ganzen Körper, wie wenn ihr Leben in Gefahr wäre. Was würde Robert tun?

Die Gedanken wirbelten durch Lisas Kopf wie ein Schwarm Fledermäuse. Sie wusste einfach nicht, wie sie erklären sollte, was sie hier suchte. Darum schwieg sie schließlich ganz einfach und wartete, was weiter geschehen würde. Innerlich hatte sie Angst, sie fühlte kalte Schweißrinnsale ihr Rückgrat entlangfließen. Äußerlich bemühte sie sich, so gelassen wie möglich zu erscheinen.

Schlussendlich fiel ihr die passende Antwort ein: „Betrinken will ich mich keinesfalls. Ich möchte so nüchtern wie möglich sein", sagte sie, „weil ich gekommen bin, um mit dir zu reden." Den letzten Satz hatte sie betont freundschaftlich gesagt. Sie sah das als einzige Chance, hier ohne Probleme wieder verschwinden zu können.

„Du bist also zur Vernunft gekommen", sagte er und wirkte entspannter, „ich schenke uns etwas zu Trinken ein und wir unterhalten uns, okay?" Er ging zur Bar und wollte zwei Gläser Cognac einschenken.

„Lass das mit dem Alkohol", sagte Lisa, „ein Kaffee wäre schöner. Ich mache uns einen."

Sie ging mit klopfendem Herzen und so ruhig wie möglich in die Küche, Robert folgte ihr.

Gemeinsam setzten sie sich an den Küchentisch und tranken Kaffee. Beide schwiegen. Dann sagte Robert mit weicher Stimme: „Häschen, ich will dich wieder zurückhaben. Komm einfach wieder zu mir, ich verzeihe dir deine Flucht. Ich will dich wiederhaben." Fast glaubte Lisa in seiner Stimme einen verführerischen Unterton zu hören. Aber bei der Erwähnung des „Häschens" hatte Robert schon alle Karten verspielt gehabt. Nie wollte sie wieder auf ihn hereinfallen.

„Ich bin kein Häschen. Und auch keines deiner

Häschen. Wie groß deine Hasensammlung auch immer sein mag", meinte sie. Sie hatte sich um einen scherzenden Tonfall bemüht.

Er sah sie wortlos an, seine Augen schienen sich in ihre Gedanken bohren zu wollen. Er lächelte leise und ging auf Lisas Bemerkung nicht ein.

„Ich habe Connys Auto schon in der Seitengasse stehen gesehen, ich wusste, dass du hier bist", sagte er sanft, „ich habe gehofft, dass du wieder in dein Zuhause zurückkehrst."

Schmerzhaft wurde Lisa beim Klang seiner Stimme bewusst, dass sie in diesen Mann bis zur Besinnungslosigkeit verliebt gewesen war. Wenn er früher in dieser Art mit ihr gesprochen hatte, war sie jedes Mal regelrecht dahingeschmolzen. Sie vermisste dieses Gefühl der bedingungslosen Liebe so sehr, dass es ihr beinahe ihr Herz zerriss. Wie sehr hatte sie ihm vertraut, wie sehr hatte sie sich ihm anvertraut. Und nun war das alles aus und vorbei. Trug sie vielleicht die Schuld an allem? Benommen schüttelte sie den Kopf. Nein, sie wollte sich nicht wieder von ihm einfangen lassen. Sie atmete tief durch und erinnerte sich dann daran, dass sie nur einen einzigen Grund hatte, hier zu sein: ihre Unabhängigkeit zu sichern, indem sie den Safe geknackt hatte.

„Ich muss Susi von der Schule abholen", sagte sie mit selbstsicherer Stimme und stand auf.

„Wie gesagt, ich will dich wiederhaben", betonte Robert noch einmal mit rauer, kehliger Stimme.

Was war nur in ihn gefahren, dass er so verführerisch mit ihr sprach? Lisa konnte sich keinen Reim daraus machen, aber Robert war schon aufgestanden, um Lisa höflich und zuvorkommend zur Haustür zu begleiten.

Mit einer gewissen Unsicherheit verabschiedete sie sich von ihm und reichte ihm die Hand. Er führte sie zu seinem

Mund und küsste ihre Fingerspitzen. Ein eiskaltes Gefühl zischte von ihren Fingern durch ihren Körper. Nein, das war keine Lust, die sie verspürte, das war Abscheu. Irgend etwas ging hier vor. Er hatte irgend etwas vor, das sie nicht verstand. *Lisa, sei auf der Hut,* dachte sie sich.

Während sie mit Connys Auto in die Innenstadt fuhr, rollten heiße Tränen über ihre Wangen. Mehr als alles andere vermisste Lisa jetzt ihre Freundin, mit der sie wie mit niemand anderem über diese seltsamen Ereignisse reden konnte. Aber Conny war in Florenz und würde erst in ein paar Tagen wieder nach Hause kommen. Lisa hatte das Gefühl, als würde sich das Loch in ihrem Herzen nie wieder schließen können.

***

# Kapitel 16

Gerade noch rechtzeitig schaffte es Lisa zur Bank, bevor diese zur Mittagspause schloss. Nachdem sie dem Angestellten ihr Sparbuch gereicht hatte und das Passwort genannt hatte, wartete sie am Schalter ungeduldig darauf, dass alle Nachträge ausgedruckt würden und dass der Angestellte ihr den gewünschten Betrag für ihre Mittagseinkäufe aushändigen konnte. Es hatten sich im Laufe der vergangenen neun Jahre so viele Buchungen angesammelt, dass Lisa schließlich ein nagelneues Sparbuch ausgehändigt bekam, auf dem sich tatsächlich eine schöne kleine Summe angehäuft hatte. Lisa war überglücklich.

Schnell lief sie zum Supermarkt und hetzte dann weiter, um eine Minute, bevor die Schulglocke läutete, vor dem Gebäude anzukommen, in dessen Mauern ihre kleine Tochter unterrichtet wurde. Die Schule war in einem ehemaligen kleinen Kloster untergebracht, das vor 130 Jahren dank einer Stiftung des Kaisers errichtet worden war. Es war ein ehrwürdiger Bau, der trotz seiner dicken Mauern und der etwas kühlen Architektur dennoch dank der ausgesucht guten Pädagogen viel Herzlichkeit und Wärme für die Kinder vermittelte. Anfangs hatte Lisa ihre Zweifel gehabt, ob ihre fröhliche kleine Susi in einem solchen Bau auch die nötige Liebe und Zuwendung finden würde. Aber als sie am ersten Schultag das ganze Gebäude besichtigt hatte und ihre kleine Tochter sie freudestrahlend begleitet hatte, hatte sie sich für Roberts Hartnäckigkeit, Susi auf diese Schule zu schicken, innerlich bedankt. Er selbst war ebenfalls auf diese Schule gegangen, seine

Eltern hatten es sich leisten können, nun konnte er es sich aufgrund seines guten Einkommens als Anwalt leisten.

Inständig hoffte Lisa, dass Robert sich nicht überlegen würde, Susi aus der Schule zu nehmen und Lisa zu zwingen, sie in eine andere Schule zu geben. Lisa konnte sich durchaus vorstellen, dass Robert sie mit einer solchen Aktion ziemlich unter Druck setzen könnte, sie erpressen könnte.

Andererseits schien Robert wirklich daran interessiert zu sein, sich wieder mit ihr zu versöhnen. Anders konnte sie sich sein Verhalten, als er sie in der Villa überrascht hatte, nicht erklären. Oder steckte eine fiese Finte hinter seiner Freundlichkeit? Sie musste vorsichtig sein, nahm sie sich vor.

Dann kam Susi aus dem Gebäude gerannt und fiel ihrer Mutter in die Arme. Susis Lieblingsfreundin, die kleine Lydia, von der Susi von der ersten Klasse an erzählt hatte, wurde von ihren Eltern abgeholt. Lisa kannte die beiden von verschiedenen Elternabenden und begrüßte Peter und Ulla, den Vater und die Mutter herzlich. Sie hatte zwar außerhalb der Elternabende keinen Kontakt zu diesem „alternativ angehauchten" Paar, aber die beiden waren ihr von Anfang an sehr sympathisch gewesen, wie sie Strenge und Drill abzulehnen immer wieder betonten und auf die Eigenständigkeit ihres Kindes Wert legten. Lisa hatte deren Mut, sich gegen Konventionen zur Wehr zu setzen, bewundert. Robert hatte einen engeren Kontakt zwischen Lydia und Susi nicht gebilligt. Für ihn waren diese Leute einfach nur gesellschaftliche Randerscheinungen, die nicht mit einer normalen Karriere mithalten konnten und sich auf ein alternatives Weltsystem ausredeten, weil sie Versager wären.

„Wir würden Susi wirklich sehr gern einladen, einmal einen Nachmittag bei uns zu verbringen, was denkst du,

Lisa?", fragte Lydias Mutter und benutzte ganz selbstverständlich die Du-Form.

„Oh Mami, bitte, darf ich … heute schon …?", fragte Susi.

Lisa überlegte kurz. Warum nicht? Schließlich stand sie nicht mehr unter der Fuchtel von Robert. Vielleicht würde Susi, die in der Villengegend keine Freunde gehabt hatte, die Beziehung zu Lydia und deren unkonventionellem Lebensstil gut tun. Die Ernsthaftigkeit ihrer Tochter irritierte Lisa gelegentlich. Und so wurde vereinbart, dass Susi nach dem Mittagessen und den Hausaufgaben von Lisa zu Lydia gebracht werden würde. Lisa ließ sich die Wohnadresse von Peter und Ulla per Nachricht auf ihr Handy schicken, sodass Lydias Eltern und sie auch gleich die Telefonnummern ausgetauscht hatten.

Nach dem Mittagessen war Susi mit einem kleinen Aufsatz über die Sommerferien und wie sie sie verbringen würde, beschäftigt. Zusätzlich malte die Kleine in ihr Heft ein kleines Bild von einer wunderschönen Berglandschaft. Lisa war wieder einmal erstaunt, wie viel Talent zum Malen ihre kleine Tochter hatte.

„Du bist eine kleine Künstlerin", lobte sie das Kind, das strahlend von seinen Zeichnungen zu ihr aufsah.

„Und wo werden wir im Sommer auf Urlaub fahren?", fragte Susi unschuldig.

Vor Lisas geistigem Auge tauchten Szenen aus den vergangenen Jahren mit Robert auf. Gemeinsame Urlaube in den Bergen, Wandern, Ausflüge … aber das war eigentlich nicht oft vorgekommen. Robert hatte immer gesagt, er müsste seine Karriere ausbauen, und da sei es wichtig, immer verfügbar zu sein. Urlauben und Faulenzen könnten sie in späteren Jahren, wenn er sich seine Position absolut gesichert hätte. Sie hatte das in gewissem Sinne verstanden. Auch hatte sie die Zeit mit ihrer Tochter alleine sehr genossen. So hatte eine intensive Bindung zwischen Mutter und Tochter entstehen können, die fast schon so etwas wie Freundschaft war, obwohl die kleine Susi erst acht Jahre alt war.

Aber war Roberts Abneigung gegen gemeinsame Urlaube vielleicht nur ein Vorwand gewesen, um so wenig wie möglich zuhause zu sein? War er lieber im Büro gewesen, bei seiner Arbeit, als mit Frau und Kind die Langeweile eines biederen Familienlebens zu führen? Sie versuchte, sich so nüchtern und klar wie möglich daran zu erinnern, wie er sich ihr gegenüber benommen hatte. Nun, sie hatte ihm ganz offensichtlich gefallen. Ihre anfängliche Naivität, ihre Bewunderung ihm gegenüber, sie war sich bei ihrer ersten Begegnung wie ein Kind neben dem fast schon promovierten Mann vorgekommen.

Sollte sie von Anfang an nur ein Abenteuer für ihn gewesen sein?

„Wir werden es uns so schön wie noch nie machen", sagte sie, als sie sich mit ihren Gedanken wieder in der Gegenwart befand, fröhlich zu Susi. Und das hatte sie wirklich vor. Vielleicht würde sogar Conny auf Urlaub mitkommen? In irgend ein schönes preisgünstiges kleines Hotel in den Bergen? Aber nein, Conny würde das Stadtleben vermissen, mit all den Partys und Pressekonferenzen und Modeempfängen, mit all den schicken Leuten, die zu Connys ganz normalem Alltagsleben als Reporterin dazugehörten. Vielleicht konnte Lisa Marlis dazu überreden, mit ihr und Susi einen gemeinsamen Urlaub zu machen. Das würde die Kleine davon ablenken, dass ihr Vater sie nicht begleitete.

Am frühen Nachmittag brachte Lisa ihre Tochter zu Lydias Eltern. Die Adresse war ihr gleich bekannt vorgekommen, und als sie nachgesehen hatte, hatte sie erfreut festgestellt, dass sich das Zuhause von Lydias Eltern ganz in der Nähe von Marlis' Haus in einer Nebenstraße befand. Falls es gegen alle Erwartungen doch dazu käme, dass Marlis' Mansardenwohnung frei würde, dann wäre Susi ganz in der Nähe von Lydia.

Das hübsche dreistöckige Haus, an dessen Glocke sie dann klingelte, sah schon von außen so aus, als würden keine „normalen" Leute darin wohnen. Überall am Eingangstor und auch im Garten standen und hingen indische Ziergegenstände und als dann die Haustür aufgemacht wurde, roch es nach Räucherstäbchen und indische Klänge kamen Lisa entgegen.

„Wir sind eine Künstlergemeinschaft, hier wohnen nicht nur wir, sondern noch ein Ehepaar mit Kindern und ganz oben ein Single", erklärte Lydias Mutter Ulla, nachdem die Frauen einander begrüßt hatten.

Lisa wurde auf eine Tasse Tee hineingebeten und stellte erfreut fest, dass es sich nicht um einen vergammelten Hippie-Haushalt handelte, sondern einfach nur um etwas ganz anderes, als sie bisher gewohnt war. Alles sah sauber und liebevoll gestaltet aus. Hier würde sie Susi ohne Bedenken einen schönen Nachmittag verbringen lassen können. Lydia nahm Susi sofort bei der Hand und entführte sie in den Garten, wo schon andere Kinder spielten.

Das Haus hatte drei Wohnung, erzählte Ulla beim Tee, aber eigentlich sei es eine Wohngemeinschaft, alle träfen sich immer hier im Erdgeschoss im sogenannten Gemeinschaftsraum, der ein sehr großer Ess- und Wohnraum war. Hier wurde gemeinsam über den Alltag geplaudert und Projekte wurden besprochen. Die Kinder hatten einen großen Raum nebenan, in dem sie gemeinsam spielen und basteln konnten und so viel wie möglich ihre kleineren oder größeren Probleme miteinander ausmachen konnten. Es wurde gemeinsam gekocht und die Abende wurden mit Gesellschaftsspielen verbracht, ganz ohne Fernseher oder Computerspiele. Im Erdgeschoss gab es noch einen Schlafraum für Lydias Eltern, im ersten Stock wohnte ein weiteres Ehepaar mit drei Kindern, die ungefähr in Lydias Alter waren und in der Dachwohnung wohnte ein Single, der als Koch in einem Innenstadtrestaurant arbeitete.

Als Lisa sich nach dem Tee verabschiedete, kam ein Mann herein gebraust, der wütend vor sich hin grummelte. Er rempelte Lisa an und entschuldigte sich nicht einmal bei ihr, sondern schimpfte aufgebracht weiter: „Die können mich alle mal, ich hau noch den Hut drauf, wenn das so weitergeht, das lasse ich mir nicht mehr lang gefallen."

„Harry, was ist denn los?", fragte Ulla den eigentlich sehr gutaussehenden Mann.

„Ach, lasst mich doch alle in Ruhe", schimpfte er weiter und stapfte wütend durch den Eingang zur Treppe, die nach oben führte.

„Das ist Harry, unser Chefkoch. Also, tatsächlich kocht er bedauerlicherweise nicht für uns. Leider. Er arbeitet als Chefkoch in diesem Schicki-Micki-Restaurant", erklärte Ulla, als sie die verständnislosen Blicke wahrnahm, mit denen Lisa dem Mann nachsah, wie er die Treppe hinaufging und verschwand. Der Mann war ihr in seiner unwirschen Art sofort unsympathisch gewesen.

„Stress im Beruf?", fragte Lisa höflich, obwohl sie nicht im mindesten an diesem Harry und seiner Schimpferei interessiert war.

„Wahrscheinlich", antwortete Ulla, „aber lass dich nicht irritieren, er ist eigentlich ein sehr netter Kerl. Nur momentan ist er total ausgepowert."

Lisa vereinbarte dann mit Ulla, die kleine Susi vor Einbruch der Dunkelheit abzuholen. Es wurde erst später dunkel, die Tage wurden jetzt im Frühsommer langsam länger, und die Kinder sollten so lange wie möglich draußen spielen. Beim Nachhausegehen dachte Lisa nochmals an diesen Harry. Seine Unhöflichkeit und sein Schimpfen hatten sie irritiert, aber um seine Mundwinkel hatte sie einen nachdenklichen Zug gesehen. Sie hoffte, dass sein schroffes Benehmen auf seinen derzeitigen beruflichen Schwierigkeiten beruhte, andernfalls wäre es ihr äußerst unangenehm, ihm noch einmal zu begegnen. Sie hatte nämlich Ulla und Peter und deren unkonventionellen Lebensstil sehr gern und wäre traurig, wenn sie nur aufgrund eines ungehobelten Mitbewohners diese nette Familie meiden müsste. Von häuslichen Schimpfereien hatte sie die Nase voll.

***

# Kapitel 17

Lisa bereitete sich für den Abend mit Bernhard vor. Sie wollte ihm gefallen und nahm sich vor, die kommenden Stunden zu einem Auftakt eines neuen Lebensabschnitts zu machen. Wer weiß, was sich an diesem Abend noch ergeben würde? Sie schminkte sich zurückhaltend und stand dann eine Weile vor Connys Kleiderschrank in deren Schlafzimmer. Conny hatte Lisa ihre gesamte Garderobe zur Verfügung gestellt.

„Nimm dir, was du brauchst", hatte Conny vor ihrer Abreise zu Lisa gesagt, „ich bin froh, wenn die Teile endlich einmal von irgend jemandem getragen werden. Ich bekomme viel geschenkt, damit ich darüber schreibe, manche Modeketten schicken mir regelmäßig irgend etwas. Das meiste sende ich wieder zurück, sonst würden meine Schränke ja aus allen Nähten platzen. Aber ein paar hübsche Teile behalte ich oder ich verschenke sie weiter."

Lisa stand sprachlos vor der Fülle an Kleidungsstücken. Alles war viel zu modisch oder zu extravagant für sie. Conny war immer sehr mondän gekleidet, aber das musste sie wohl, als Moderedakteurin. Lisa bevorzugte einen dezenteren Stil. Abgesehen davon hatte sie am allerliebsten lässige Kleidung an, bei der man nicht darauf achten musste, ob man etwas zerknitterte oder vielleicht, beim Spielen mit Susi oder beim Kochen, beschmutzte.

Sie hatte Scheu davor, sich an Connys Garderobe zu bedienen. Außerdem hatte sie selbst genug Kleider, die sie getragen hatte, wenn sie Roberts Gäste begrüßen musste. Mit Erstaunen stellte sie auch fest, dass ein Teil des Wandverbaus in Connys Schlafzimmer noch mit Gregs

Sachen gefüllt war. War Connys Freund, dieser unbeständige Fotograf, denn immer noch nicht vollständig aus Connys Wohnung ausgezogen? Unschlüssig stand sie eine Weile vor Connys Kleiderauswahl, dann wählte sie schließlich aus ihrem eigenen Bestand ein Etuikleid, dem sie mit einem peppigen Schal ihrer Freundin einen flotten Pfiff gab.

Als sie auf die Uhr sah und bemerkte, dass Tante Marlis jeden Augenblick kommen konnte, um auf Susi aufzupassen, beeilte sie sich, im Badezimmer vor dem Spiegel ihre Haare zusammenzustecken, und einen Tupfer Parfum hinter ihre Ohren zu geben. Sie blickte kurz auf ihre Hände und starrte auf ihren Ehering, den sie immer noch trug. Entschlossen streifte sie ihn ab und legte ihn auf die Spiegelablagefläche.

„Schick bist du", begrüßte Marlis ihre Ziehtochter bewundernd.

„Danke, dass du kommen konntest, um auf Susi aufzupassen."

„Hetz dich nicht, genieß den Abend mit Bernhard, lass es dir gut gehen, bleib weg, solange du willst", meinte Marlis liebevoll und umarmte Lisa.

„Tschüss Mami", verabschiedete sich Susi von ihrer Mutter und nahm stürmisch ihre geliebte Tante Marlis an der Hand, um sie in das kleine Arbeitszimmer zu entführen, das sie mit Stofftieren und Puppen dekoriert hatte, „komm mit, ich zeig dir, wie schön ich alle meine Spielsachen hergerichtet habe."

Mit klopfendem Herzen und aufgeregt wie ein Teenager beim ersten Date betrat Lisa das elegante Restaurant, in das Bernhard sie eingeladen hatte. Er hatte schon auf sie gewartet und kam ihr entgegen.

„Du hast dich kein bisschen verändert", sagte er

freundlich, als er sie zu dem Tisch begleitete, den er reserviert hatte. Er winkte dem Kellner und bestellte einen Aperitif. Gedämpftes Gläserklirren, Besteckklingeln und Tellergeräusche waren zu hören, Plaudern an den benachbarten Tischen, leise Gespräche und angenehme, kaum hörbare Klaviermusik als Hintergrund. Eine gediegene Atmosphäre umgab die beiden. Lisa fühlte sich entspannt und wohl und merkte ein leises Bangen in ihrem Herzen. Würde Bernhard heute einen Annäherungsversuch machen? Würde er ihr sagen, dass er sie immer vermisst hatte und noch die alten Gefühle für sie hegte? Sie versuchte, ihn unbemerkt zu beobachten, während sie mit ihm anstieß. Was empfand er wohl für sie? Und noch wichtiger schien ihr die Frage, was sie für ihn empfand. War das mehr als einfach nur Vertrautheit, die auf eine gemeinsame Jugendbeziehung gründete? War das vielleicht sogar eine neue Liebe, die da in ihr keimte?

Bernhard erzählte von seinen Jahren in Cambridge, von seinen Kolleginnen und Kollegen, er berichtete von ein paar interessanten Fällen, die er bearbeitet hatte, nannte dabei keine Namen, sodass er keine Geheimnisse offenbarte, die nur seine Klientel etwas angingen.

Lisa gab dann ihre Geschichte zum besten, erzählte viel von Susi, die ihr am allerwichtigsten in ihrem Leben war und derentwegen sie eigentlich ihre Karriere aufgegeben hatte.

„Bedauerst du, dass du nicht weiter zur Uni gegangen bist?", fragte Bernhard.

„Ich habe etwas Schöneres dafür bekommen. Ich kann mir ein Leben ohne Susi einfach nicht mehr vorstellen", antwortete sie, und dabei spielte ein glückliches Lächeln auf ihrem Gesicht.

„Und Robert?", fragte Bernhard, „ein Leben ohne Robert konntest du dir dann doch sehr gut vorstellen?"

Lisa nippte an ihrem Aperitif. Der Kellner kam an ihren Tisch und so konnte sie Bernhard nicht gleich antworten. Als sie ihre Bestellung aufgegeben hatten, zögerte sie.

„Ich habe mich gerade erst vor kurzem von Robert getrennt", sagte sie, nachdem der Kellner wieder gegangen war, „eigentlich erst vor ein paar Tagen. Ich bin ziemlich überstürzt zu Conny gezogen."

Bernhard sagte nichts, sondern zog nur fragend die Augenbrauen hoch.

„Ich glaube, dass er mich betrügt", gestand sie dann leise.

„Wie kommst du darauf?"

„Es ist mir entsetzlich peinlich, aber nachdem wir beide, du und ich, uns einmal sehr gut gekannt haben, kann ich dir ja die ganze Geschichte erzählen", meinte sie dann mutig und berichtete ihm, was vorgefallen war.

Inzwischen hatte der Kellner ihr Essen gebracht. Während Lisa sich das vorzügliche Menü schmecken ließ, dachte sie über ihre Trennung nach. Sie hatte nun schon mit Marlis und mit Conny über ihre missglückte Ehe gesprochen, nun wusste auch Bernhard Bescheid. Und je öfter sie die ganze Geschichte erzählte, desto absurder kam ihr ihr Leid vor. Konnte es vielleicht sein, dass der Schlussstrich, den sie unter ihre Beziehung mit Robert gezogen hatte, auch etwas Gutes zu bieten hatte? Sie war gerade dabei, die ersten Schritte in ein selbstbestimmtes Leben zu machen. Was für ein erbauliches Gefühl das war, dachte sie sich, endlich einmal nicht nur das zu tun, was ein anderer von ihr wollte, sondern was sie selbst bestimmte.

Plötzlich hatte sie keine Lust mehr, über ihre jüngste Vergangenheit und ihr Unglück zu sprechen. Sie wollte den Abend mit Bernhard genießen. Sie wollte seine Gegenwart, seine Freundschaft und vielleicht auch den

Beginn einer neuen Annäherung genießen.

„Ich hoffe jedenfalls", sagte Bernhard dann, „dass deine privaten Umstände deinen Arbeitseifer nicht beeinträchtigen werden."

„Wie meinst du das?", fragte Lisa ein wenig ernüchtert. War es möglich, dass sie seine Freundlichkeit falsch gedeutet hatte?

„Nun, eigentlich habe ich mich heute mit dir verabredet, damit wir ein bisschen über deinen Aufgabenbereich in meiner Kanzlei sprechen können", sagte Bernhard und lächelte nach wie vor sein freundliches Lächeln.

Lisa kam sich wie ein dummes Kind vor. Wie hatte sie sich nur Hoffnungen in diese Richtung machen können. Immerhin hatte sie Bernhard vor vielen Jahren gehörig beleidigt, als sie mit Robert eine Affäre begonnen hatte.

„Ja, selbstverständlich, das dachte ich mir", sagte sie also und bemühte sich, so neutral wie möglich zurückzulächeln.

„Wir kennen uns sehr gut und ich weiß, dass du eine tüchtige junge Frau bist", meinte Bernhard. Dann erklärte er ihr, was sie in der Kanzlei zu tun hätte. Jeweils am Vormittag nicht nur zwei Stunden, sondern sogar vier Stunden lang könnte sie kommen, Ablage erledigen, vielleicht auch ein paar weniger wichtige Telefonate, vielleicht ein paar Schreibarbeiten, vielleicht ab und zu eine Kleinigkeit zum Imbiss besorgen … er würde sich freuen, ihr in ihrer jetzigen Situation behilflich zu sein. Er hätte anfangs natürlich nichts von ihren Schwierigkeiten gewusst, hatte gedacht, dass sie lediglich ein bisschen Abwechslung wollte. Deshalb hatte er nur an ein paar Stunden pro Woche gedacht. Aber nachdem sie nun offenbar einen wirklichen Job brauchte, würde er sich als ihr alter Freund glücklich schätzen, wenn sie sich für die

Übergangszeit mit einem 4-Stunden-Halbtagesjob in seiner Kanzlei etwas dazuverdienen könnte.

„Den ganzen Tag kannst du ja nicht arbeiten, wegen Susi, nicht wahr?", fragte er.

„Nein, leider nicht", meinte Lisa bedauernd, „aber wenn ich einen richtigen Halbtagesjob habe, dann hilft mir das schon sehr. Und ich nehme ja an, dass Robert sich nach den ersten Streitigkeiten einsichtig zeigen wird und mich unterstützen wird. Beziehungsweise seine Tochter."

„Dazu ist er gesetzlich verpflichtet", meinte Bernhard, „da helfe ich dir gern, es ist zwar nicht mein Spezialgebiet, das Scheidungsrecht, aber ein paar Tipps kann ich dir vielleicht geben."

Sie tranken noch ein ein abschließendes Glas Sekt, Bernhard ließ die Rechnung kommen und bezahlte, selbstverständlich sei Lisa eingeladen, das ginge aufs Spesenkonto, immerhin sei sie eine zukünftige Angestellte und dies sei ein Rekrutierungsgespräch. Lisa nahm dankend an. Sie schämte sich zwar sehr vor sich selbst, eine mögliche Wiederaufnahme einer Beziehung zu Bernhard erhofft zu haben, aber gleichzeitig war dieses Treffen mit ihrem Jugendfreund auch nicht gänzlich erfolglos verlaufen. Sie hatte, zumindest für die Übergangszeit, eine kleine Einnahmequelle gefunden.

Bevor sie das Lokal verließen, hörte Lisa Stimmengewirr und Streitigkeiten aus einem hinteren Bereich des Restaurants, offenbar aus der Küche. Die Stimme des einen Mannes kam ihr bekannt vor. Wo hatte sie diese Stimme schon einmal gehört? Da flog die Küchenschwingtür auf und Harry kam heraus, schmiss seine Schürze in eine Ecke der Rezeption, ebenso seine Chefkoch-Haube und verließ wutschnaubend das Lokal durch die Haupteingangstür, die eigentlich nur den Gästen vorbehalten war. Als er an Lisa vorbeirauschte, die gerade dabei war, sich von Bernhard zu verabschieden, blickte er sie verärgert an. Hatte er sie wiedererkannt? Warum hatte er sie so verächtlich angesehen?

Zuhause, als Marlis schon gegangen war und Lisa sich zum Schlafen zurechtmachte, dachte sie nochmals an Harry. Offenbar war er für diese exquisite und wahrlich außergewöhnlich gute Menüfolge verantwortlich, die sie mit Bernhard genossen hatte. Wie konnte ein derart grober Mensch so viel Feingefühl fürs Kochen haben, fragte sie sich.

*Ich selbst hätte die Speisen nicht besser abschmecken können,* dachte sie mit einer gewissen Bewunderung und Wertschätzung. Sie kam sich dabei nicht einmal überheblich vor, immerhin wusste sie, dass sie wirklich eine ausgezeichnete Köchin war, wenn auch nur eine Hobbyköchin.

***

# Kapitel 18

Am Sonntag war Lisa aufgeregt. Morgen würde sie ihren ersten Arbeitstag in Bernhards Kanzlei zu bewältigen haben. Während Susi nach dem Mittagessen am Esstisch saß und sich die Zeit mit Zeichnen und Malen vertrieb, wurde Lisa plötzlich bewusst, wie wenig Freunde sie hatte. Das Leben mit Robert in der Villengegend war eigentlich ein sehr zurückgezogenes gewesen. Lisa hatte all ihre Freundinnen und Freunde aus ihrer Kindheit und Jugend vernachlässigt, zugunsten von Susi und von ihren Pflichten, einen Haushalt zu führen, der Roberts Ansprüchen genügte. Außerdem hatte Robert sie nicht gern mit anderen geteilt, er hatte es nie gebilligt, wenn sie einmal einen Abend mit Bekannten ins Kino oder in ein Konzert hatte gehen wollen. Auf diese Weise waren ihre Bekanntschaften während der vergangenen Jahre eingeschlafen und nun hatte sie, außer Conny, eigentlich niemanden mehr.

Sie nahm ihr Telefon zur Hand und versuchte, Conny zu erreichen. Lisa wollte wissen, wann genau ihre Freundin morgen ankommen würde und sie wollte ihr auch erzählen, dass sie vormittags bei Bernhard in der Kanzlei arbeiten würde. Nach langem Klingeln nahm Conny ab, aber Lisa verstand kaum, was ihre Freundin sagte. Im Hintergrund dröhnte Musik, Lisa hörte Lachen und Gesprächsfetzen.

„Wer ist da? Lisa? Bist du das? Ich kann dich kaum verstehen", rief Conny.

„Feiert ihr gerade irgend etwas?", fragte Lisa und stellte sich Conny bei einem schicken Empfang mit schicken

Leuten vor.

„Ja, wir haben gerade die Abschlussveranstaltung, alles ist gut gelaufen … was willst du denn?"

„Ich will dich nicht stören, wollte nur wissen, wann du kommst", sagte Lisa.

„Ich wollte dir noch … sehr laut hier … Greg … kann dich kaum verstehen …", kam es abgehackt aus dem Hörer.

„Ich kann dich auch nicht …", sagte Lisa, als die Verbindung unterbrochen wurde. Nun, morgen würde also Conny wieder zurückkommen. Eine Flugänderung hätte Conny ihr sicherlich mitgeteilt, schließlich gab es ja die Funktion des Nachrichtensendens. Lisa freute sich auf ihre Freundin. Aber was hatte Conny mit Greg gemeint? War er auch bei ihr in Florenz? Oder was wollte Conny ihr sagen?

Da hörte sie, wie die Wohnungstür aufgesperrt wurde und plötzlich stand Greg im Wohnzimmer.

„Fröhliches Familienleben?", fragte er gut gelaunt, als er Mutter und Kind am Esstisch sitzen sah.

Lisa war erstaunt, dass Greg noch einen Schlüssel zu Connys Wohnung hatte. Ihr fiel ein, dass sie damit nicht gerechnet hatte. Immerhin hätte Greg jederzeit kommen können, wenn Lisa zum Beispiel gerade nackt aus dem Badezimmer kam.

Die beiden begrüßten einander und Susi blickte erfreut von ihrer Malarbeit auf. Sie mochte den immer gut aufgelegten Freund von Conny, den sie ab und zu gesehen hatte, wenn sie mit ihrer Mama Conny und Greg in der Innenstadt getroffen hatte. Greg hatte immer irgendwelche Scherze auf Lager, um die Kleine zum Lachen zu bringen. Wehmütig dachte Lisa an die seltenen Male zurück, wenn sie sich einen Nachmittag von ihren Haushalts- oder Gartenpflichten frei genommen hatte und sich mit ihrer

Freundin im Eissalon oder in einem Café getroffen hatte.

„Ich hau mich mal unter die Dusche und dann schlafe ich eine Runde", sagte Greg mit einer Selbstverständlichkeit, als gehörte ihm hier alles. Er öffnete die Tür zum Arbeitszimmer und blickte erstaunt auf die Koffer und Taschen von Lisa und auf das ausgezogene Sofa, das Lisa mit Susi als Doppelbett benutzte.

„Ihr wohnt also tatsächlich hier?", fragte er, „Conny hat mir irgendwas erzählt …"

„Ja, seit ein paar Tagen", gestand Lisa und erzählte Greg kurz und knapp und so nüchtern wie möglich, dass sie sich von Robert getrennt hätte und als Übergangslösung bei Conny eingezogen war.

„Oh … das ändert meine Pläne … na gut, dann kommt mein Kram eben ins Schlafzimmer", sagte Greg, und wieder benahm er sich so, als wäre alles abgemacht und das normalste von der Welt.

„Weiß Conny, dass du hier bist?", fragte Lisa.

„Na klar, wir haben die letzten Tage die ganze Zeit miteinander telefoniert oder gechattet. Also, jedenfalls soweit Conny Zeit hatte. Conny, Conny, meine heißgeliebte rasende Reporterin …", und Greg lächelte verschmitzt und offenbar wieder ganz verliebt.

Während er seine Tasche, die seine Fotoausrüstung enthielt, auf den Boden stellte und sich im Flur Jacke und Schuhe auszog, meinte er, dass er gerade heute am Vormittag mit Conny telefoniert habe und sie beschlossen hätten, es wieder einmal miteinander zu versuchen. Conny hätte irgend etwas von Lisa erzählt, aber Greg hätte es nicht verstanden, weil die Verbindung so schlecht gewesen wäre. Und da fiel Lisa ein, dass Conny ihr höchstwahrscheinlich hatte sagen wollen, dass Greg kommen würde. So war das also.

Greg verschwand im Badezimmer und Lisa hörte kurz

darauf Wasserrauschen und Greg, der unter der Dusche lauthals eine italienische Arie sang.

„Ach, wie schön, dass Onkel Greg uns besuchen kommt", sagte Susi strahlend zu ihrer Mutter. Aber Lisa wusste, dass das nicht nur ein Besuch war, sondern dass nun alles anders werden würde. Sie konnte unmöglich weiter hier wohnen, wenn Greg und Conny wieder miteinander lebten. Nicht nur waren die beiden ausgesprochen lebenslustige Menschen, Greg rauchte auch gerne in der Wohnung und würde sich das von Lisa sicherlich nicht verbieten lassen, die sich um Susis Gesundheit Sorgen machen müsste.

„Weißt du was, wir besuchen Tante Marlis", sagte Lisa zu Susi. Sie rief die Tante an und fragte, ob sie auf einen Kaffee vorbeikommen könnte. Lisa wollte sich im persönlichen Gespräch mit Tante Marlis erkundigen, wie es denn mit einem möglichen Umzug in die Mansardenwohnung sei. Das wollte sie nicht am Telefon klären.

„Sehr gern, du triffst uns dann im Garten auf der Veranda", antwortete Tante Marlis. Lisa fragte sich, wer mit „wir" gemeint sein könnte.

Als Greg aus dem Badezimmer kam, hatte er nur ein Handtuch um die Hüften geschlungen. Lisa verschlug es nicht wirklich die Sprache, sie wusste, wie lässig Greg war und dass er und Conny recht locker lebten. Wenn sie sich nicht gerade mit Temperamentsausbrüchen gegenseitig Luft machten. Nein, in einer solchen Atmosphäre wollte Lisa ihre Tochter nicht leben lassen. Es musste eine andere Lösung geben.

Lisa sagte Greg, dass sie mit Susi zu Tante Marlis spazieren würde.

„Ich geh sowieso schlafen, hab einen anstrengenden Job hinter mir, grüß die Tante von mir", meinte er und verschwand gähnend in Connys Schlafzimmer.

Als Lisa das Gartentor zu Marlis' kleinem Haus öffnete, hörte sie schon herzliches Lachen und Plaudern aus dem Garten. Sie ging um das Haus herum und traf Tante Marlis und einen Mann an, der ungefähr im selben Alter wie die Tante war. Die beiden saßen in einträchtigem Scherzen nebeneinander auf der Gartenbank vor einem mit Kuchen und Kaffee und vier Tellern und Tassen gedeckten Tisch.

„Lisa, jetzt kann ich dir endlich Herrn Mayer vorstellen", sagte Marlis, und Lisa glaubte so etwas wie Schamröte auf dem strahlenden Gesicht der Frau zu sehen.

„Ja, ich bin also der Herr Mayer, aber sag doch bitte Herbert zu mir", meinte Herr Mayer, als er aufgestanden war und Lisa freundlich die Hand entgegenstreckte.

„Herbert, das ist meine Zweittochter Lisa", stellte Marlis vor, „ich habe dir ja schon viel von ihr erzählt."

„Setz dich doch zu uns, Lisa, und Susi, du bekommst gleich ein schönes Stück vom Kuchen", lud Marlis die beiden Neuankömmlinge ein, auf den beiden Gartenstühlen Platz zu nehmen.

„Wir … also, wir …", fing Tante Marlis nach ein paar Minuten des freundlichen und herzlichen Plauderns zu sprechen an. Man hatte schon die erste Runde Kaffee und Kuchen hinter sich. Marlis blickte Herbert Mayer an, er griff nach ihrer Hand und drückte sie leicht.

„Ich hatte ein Jobangebot in der Hauptstadt, aber ich habe es nicht geschafft, mich von deiner Tante Marlis zu trennen", gestand dann Herr Mayer. Er hatte eine warme liebe Stimme und erinnerte Lisa an ihren geliebten Onkel Leopold, den verstorbenen Mann von Tante Marlis.

„Ich habe mich ein bisschen geschämt … in meinem Alter …", sagte Marlis, und wieder huschte eine kleine Schamröte über ihr Gesicht. Sie lächelte wie ein junges Mädchen.

Marlis hatte ein paar Spielsachen für Susi hergerichtet, mit denen sich das Kind beschäftigte. Die Kleine war ganz vertieft in ihr Spiel und bekam von dem Gespräch der Erwachsenen nichts mit. Sie sah glücklich und zufrieden aus, wie sie, satt von Kuchen und Saft, mit den einzelnen Puzzleteilen spielte und dabei ein paar kleine Püppchen hin und her schob, die ihr beim Lösen der kniffligen Aufgabe behilflich waren.

Lisa sah ihrer Tochter zu und versuchte, ihren Schock darüber, dass sie nun nicht in in die Mansardenwohnung einziehen konnte, zu verbergen. Andererseits freute sie sich sehr über das neue Glück ihrer Tante, die unter der Einsamkeit nach dem Tod von Onkel Leopold gelitten hatte, obwohl sie sich das nie hatte anmerken lassen.

„Herbert wohnt ja schon seit längerer Zeit hier, auch wenn du ihn nie gesehen hast. Er hat ja viel gearbeitet und war immer weg, wenn du gerade gekommen bist", erklärte Tante Marlis, „ja, und in dieser Zeit haben wir uns mehr und mehr miteinander vertraut gemacht. Wir haben die gleichen Interessen, gehen gern ins Theater, ins Konzert, lesen gern dieselben Bücher, plaudern dann darüber …"

„Es ist ein großes Glück für mich, so eine Frau getroffen zu haben wie dich", sagte Herbert zu Marlis und man hörte den beiden bei jedem Wort an, dass sie sich wirklich gefunden hatten.

Lisa brachte es nicht übers Herz, die beiden nach der Wohnung zu fragen. Aber zum Glück wusste Marlis, was Lisa eigentlich wissen wollte.

Mit Bedauern in ihrer Stimme gestand die Tante: „Ich weiß, dass du bei mir einziehen wolltest, aber ich kann Herbert ja nicht einfach raus werfen. Und zusammenziehen will ich in meinem Alter nicht mehr. Die getrennten Wohnungen sind ideal für uns. Jeder hatte sein Leben, seine Erfahrungen und auch so seine Marotten. Wir möchten uns nicht gegenseitig auf die Nerven gehen, indem wir zusammenziehen."

Herbert Mayer erzählte Lisa dann von den Gesprächen, die er bezüglich der Mansardenwohnung mit Marlis geführt hatte, von den Gewissensbissen, die Marlis gehabt hätte, als Lisa so dringend eine Wohnung brauchte. Wohnmöglichkeiten waren knapp in der kleinen Stadt. Aber er würde sich umhören, ob es irgendwo etwas für Lisa gäbe.

„Du hast es ja jetzt mit Conny so schön, ihr beiden passt herrlich zueinander, ein Drei-Mädel-Haus hat Conny das doch genannt, nicht wahr? Ihr seid ja wirklich wie echte Schwestern. Und noch dazu ist die Wohnung mitten in der Innenstadt, nicht weit von Susis Schule entfernt", sagte Marlis. Lisa nickte und bejahte, sie wollte und konnte dieser herzensguten Frau, die jetzt endlich wieder einen Lebensinhalt und einen netten Mann an ihrer Seite gefunden hatte, nicht ihr Glück vermiesen, indem sie von ihren eigenen Schwierigkeiten erzählte. Das war nicht fair. Marlis hatte immer alles für Lisa getan, sie war ihr die beste und größte Stütze nach dem Tod der Eltern gewesen. Jetzt musste Lisa zurückstecken und selbst zurechtkommen.

So lenkte sie das Gespräch auf ihren neuen Aufgabenbereich und erzählte von Bernhard, vom Treffen mit ihm in dem eleganten Restaurant, von dem, was sie in der Kanzlei zu tun hätte und dass sie schon am kommenden Tag zu arbeiten beginnen würde.

„Das ist ja wunderbar", freute sich Tante Marlis, „einen richtigen Halbtagesjob. Besser hätte es ja gar nicht sein können. Siehst du? Alles wendet sich zum besten."

*Eigentlich nicht wirklich,* dachte Lisa, ließ sich aber nichts anmerken. Beim Nachhausespazieren war das Wetter dieses Frühsommersonntags nach wie vor strahlend schön, aber in Lisas Gedanken bauten sich bedrohliche Wolken auf. Wie sollte es nur weitergehen?

***

# Kapitel 19

An Lisas erstem Arbeitstag hatte sie von Anfang an ein mulmiges Gefühl. Sie hatte den schnarchenden Greg durch die Schlafzimmertür gehört, als sie die Wohnung mit Susi verlassen hatte, und sie dachte daran, dass Conny heute zurückkommen würde und dass es ihrer Freundin sicherlich zu viel wäre, wenn so viele Menschen in ihrer kleinen Wohnung wären. Wie würde das enden? Wo sollte Lisa mit ihrer Tochter wohnen?

Mit Susi verabredete sie, dass die Kleine im Foyer der Schule auf sie warten sollte, falls Lisa nicht rechtzeitig aus dem Büro kommen könnte.

„Du musst wirklich nur ein paar Minuten auf mich warten, ich komme ganz sicherlich, auch wenn es vielleicht sogar fünf Minuten später werden können", hatte sie ihrer Tochter erklärt.

„Klar Mami, manche Kinder warten ja auch, wenn ihre Mamis oder Papis sich ein bisschen verspäten. Ich komm schon zurecht, und viel Spaß im neuen Büro", hatte Susi fröhlich zu ihr gesagt, nachdem Lisa die Kleine in der Schule abgeliefert hatte.

Lisa kam rechtzeitig in der schönen Kanzlei an, doch alle schienen schon sehr beschäftigt zu sein und keiner hatte Zeit, sich um sie zu kümmern.

Die Rezeptionistin bat sie, sich an ihren Platz zu setzen. „Herr Dr. Schima hat gesagt, Sie sollen mal die Rezeption übernehmen. Ich muss nach Hause, meine Mutter ist krank, zu Mittag komme ich wieder", sagte sie, schnappte sich ihre Handtasche und machte sich auf den Weg, einfach zu verschwinden.

Lisa wusste, dass das Fräulein Louise Huber hieß, denn das hatte ihr ein Stehschildchen verraten, das auf dem Rezeptionstisch stand.

„Fräulein Huber", rief sie der jungen Frau nach, „was soll ich denn jetzt machen?"

„Einfach abheben und verbinden, ich zeige es Ihnen schnell", sagte Fräulein Huber, kam wieder zum Schreibtisch zurück, erklärte Lisa die Funktion des Telefons und zeigte ihr die Liste mit den verschiedenen Nebenstellen der Mitarbeiter.

„Aber die meisten hier haben ohnehin ein Mobiltelefon und werden direkt angewählt", sagte sie noch schnell und verschwand dann ziemlich gehetzt.

Und da läutete das Telefon auch schon. Mutig hob Lisa ab.

„*Kanzlei Wittenbacher, Weber & Partner*, was kann ich für Sie tun", sagte sie, denn so stellte sie sich vor, dass man in einem Büro einen Anruf entgegennahm. Ihr Herz klopfte ihr bis zum Hals.

Der Anrufer wünschte, mit einem bestimmten Mitarbeiter zu sprechen, und Lisa schaffte es tatsächlich, die Verbindung herzustellen.

Nach einer Weile hatte sie sich an die Anrufe gewöhnt und schon eine gewisse Routine im Verbinden gefunden. Endlich, nach ungefähr einer Stunde, kam Bernhard aus seinem Zimmer.

„Hier bist du ja. Gefällt es dir?", fragte er und begrüßte sie.

„Darf ich mich vorstellen? Ich bin die neue Rezeptionistin", scherzte Lisa. Sie war gut aufgelegt, weil sie die erste Hürde schon geschafft hatte.

„Komm, ich zeige dir, wie die Kaffeemaschine funktioniert, damit du mal Kaffee servieren kannst", meinte er freundlich und erklärte ihr, wie die moderne

schicke Espressomaschine zu bedienen war. Gemeinsam
tranken sie dann einen Kaffee, während Lisa wieder ein
paar Telefonate entgegennahm und Bernhard ihr zusah,
wie geschickt sie sich anstellte.

„Heute bleibst du mal hier", meinte Bernhard
zufrieden, „morgen kannst du dann bei Frau Dammwieser
in deren Büro aushelfen."

Zu Mittag kam Fräulein Huber wieder zurück und
übernahm die Aufgaben, die Lisa während ihrer
Abwesenheit erledigt hatte.

Erleichtert, dass sie den ersten Tag bewältigt hatte, ohne
irgend ein Unheil anzurichten, machte Lisa sich zur Schule
auf, um Susi abzuholen. Doch anstatt ihre Tochter im
Eingangsbereich der Schule auf sie warten zu sehen, traf
sie dort auf Peter und Ulla, die Lydia gerade abgeholt
hatten.

„Dein Mann hat Susi abgeholt, sie hat sich gefreut,
ihren Papa zu sehen", sagte Ulla und sah erstaunt in Lisas
entsetztes Gesicht.

Lisa hatte das Gefühl, als würde ihr der Boden unter
den Füßen weggezogen. Sie schwankte leicht. Was hatte
Robert nur vor?

Ulla griff beherzt nach Lisas Arm.

„Magst du zu uns kommen?", fragte sie, „du siehst so
aus, dass ich dich jetzt nicht allein lassen kann." Lisa nahm
das Angebot gern an. Ohnehin wusste sie nicht, was sie
jetzt in Connys Wohnung machen sollte, mit dem
vielleicht immer noch schnarchenden Greg im
Schlafzimmer, oder der spazierte wieder halbnackt durch
die Wohnung. *Was für eine Katastrophe*, dachte sie mutlos
und hoffnungslos, *wie soll ich das alles nur überleben?*

Mit Peter, Ulla und der kleinen Lydia spazierte sie dann
in die Vorstadt, ein vielleicht zwanzig Minuten langer
Weg, während dem sie langsam wieder zur Besinnung

kam. Die schöne Luft, die warme Sonne und das Gehen taten ihr gut und sie erzählte Ulla, was sich in den letzten Tagen in ihrem Leben ereignet hatte.

„Mein Mann hat mich betrogen, vielleicht schon sehr lange", sagte Lisa, „und ich bin ziemlich überstürzt ausgezogen. Ich wohne jetzt bei einer Freundin. Aber die hat sich gerade wieder mit ihrem Freund versöhnt, der ist gestern wieder eingezogen und jetzt weiß ich nicht, wohin ich mit Susi soll. Und wenn mein Mann meine Kleine entführt hat, um mich wieder zur Rückkehr zu erpressen … ich weiß einfach nicht mehr ein noch aus."

Peter und die kleine Lydia gingen vor den beiden Frauen, die sich leise miteinander unterhielten. Ulla wusste keinen anderen Rat, als dass Lisa sofort mit Robert telefonieren musste, um herauszufinden, was er vorhatte. Folgsam nahm Lisa ihr Telefon, aber Robert hob nicht ab.

In Ullas Zuhause roch es nach Pizza. Die Mieter, die in der oberen Wohnung wohnten, hatten es sich im Gemeinschaftsraum im Erdgeschoss gemütlich gemacht, um den Tisch saßen die Eltern, deren drei Kinder und zu Lisas Schreck auch Harry, der sie prüfend anblickte. Sie hatte eines ihrer tagestauglichen Kleider an, das für den Büroalltag geeignet war, aber alles andere als ein alternatives Outfit war. Alle anderen, auch Peter und Ulla, waren lässig gekleidet. Lisa kam sich deplatziert vor.

„Fertigpizza?", fragte Peter, „aus dem Tiefkühler?"

„Nur weil ich gekündigt habe, spiele ich hier nicht für euch den Koch", antwortete Harry. Es war eindeutig als scherzhafte Bemerkung gemeint und alle lachten, aber immer noch sah er Lisa an, als wäre sie ihm genauso unsympathisch wie er ihr.

„Pizza", jubelte indessen Lydia und setzte sich zu den Kindern an den Tisch, schnappte sich ein Stück und begann sofort zu essen.

Lisa wurde eingeladen und schaffte es tatsächlich, ein bisschen Nahrung zu sich zu nehmen, obwohl sie einen Stein im Magen zu haben glaubte.

„Lisa, das ist Harry. Und das sind Hanni und Rüdiger", stellte Ulla die Erwachsenen einander vor, dann kamen noch die Namen der Kinder von Hanni und Rüdiger dazu: Sven, Sören und Silvia, sieben, acht und neun Jahre alt.

Lisa versuchte wiederholt, Robert auf seinem Telefon zu erreichen. Niemand hob ab. Dann rief sie Conny an. Die war gerade in ihrer Wohnung angekommen und hörte sich glücklich und zufrieden an.

„Wo bist du denn?", fragte Conny.

„Bei einer Schulfreundin von Susi", antwortete Lisa.

„Wenn du kommst, werde ich wahrscheinlich nicht da sein, Greg und ich gehen zu einer Vernissage, eine Fotoausstellung eines Kollegen von Greg. Wir kommen wahrscheinlich erst spät nach Hause."

„Falls Robert sich zufälligerweise bei dir melden sollte oder Susi vorbeibringen will, dann ruf mich bitte gleich an. Oder sag ihm, dass er mich dringend zurückrufen soll", bat Lisa.

„Susi ist mit Robert unterwegs?", wollte Conny wissen, Erstaunen in ihrer Stimme.

Lisa wollte ihre Freundin nicht beunruhigen. „Ja, aber nur heute, ausnahmsweise", sagte sie.

„Na, du lässt dich auf Sachen ein", meinte Conny, antwortete dann aber auf irgend etwas, das Greg gesagt zu haben schien. Lisa beendete das Gespräch, ihre „Sister Forever" hatte jetzt andere Prioritäten, als einer Mutter in Nöten zu helfen. Lisa gönnte es ihrer Freundin, dass sie sich wieder mit Greg verstand, aber sie vermisste die Möglichkeit, sich mit Conny auszutauschen. Auch hätte sie ihr gern von ihrem ersten Arbeitstag erzählt und wie sie sich zurechtgefunden hatte. Nun, das würde dann an einem der nächsten Tage geschehen.

Hanni und Rüdiger sowie Ulla und Peter sagten schließlich, dass sie zu arbeiten hätten und Lisa mit Harry allein lassen müssten.

„Was arbeitet ihr denn?", fragte Lisa neugierig.

„Wir stellen gerade eine Modekollektion zusammen", erklärte Peter.

„Wir kreieren eine Modelinie für Kinder, aus biologisch-organischen Materialien", sagte Ulla.

„Alles aus Naturfasern, die hier in Europa wachsen", fügte Hanni hinzu.

„Und keine Kinderarbeit in Indien, wie du vielleicht denken würdest", meinte Rüdiger, „sondern ein Projekt, bei dem wir hiesige Langzeitarbeitslose beschäftigen, die endlich wieder eine sinnvolle Tätigkeit finden."

Lisa war beeindruckt. „Was für eine wunderbare Aufgabe", sagte sie bewundernd. Ihr wurden diese „Alternativos" mehr und mehr sympathisch.

Die Erwachsenen zogen sich ins obere Stockwerk zurück, die Kinder beschäftigten sich am Esstisch mit ihren Hausaufgaben und Lisa und Harry gingen in die Küche, um das Geschirr abzuwaschen. Bei der gemeinsamen Tätigkeit kamen sie ganz automatisch ins Gespräch.

„Du wirst dir noch dein schickes Kleid schmutzig machen", sagte Harry, aber an seinem Ton merkte sie, dass er sie nur aufziehen wollte. Er reichte ihr eine Schürze.

„Ich trage sowas nur, weil ich in einer Anwaltskanzlei zu arbeiten angefangen habe", antwortete sie, „normalerweise trage ich keine solchen Sachen."

„Du brauchst dich nicht zu entschuldigen. Manchmal muss man sich einfach verkleiden, damit man ernst genommen wird", meinte er.

Schweigend erledigten die beiden dann die weiteren

Aufgaben, um die Küche wieder in Ordnung zu bringen. Lisa stellte erfreut fest, dass ihre und Harrys Handgriffe sich harmonisch ineinander fügten, als hätten sie solche Arbeiten schon seit Jahren gemeinsam gemacht.

Als sie fertig waren, fragte Harry, ob sie noch einen Kaffee mit ihm trinken würde. Sie willigte ein und dann setzten sie sich auf die Veranda, während die Kinder ihre Aufgaben fertig machten und dann in den Garten zum Spielen gerannt kamen.

„Und? Was machst du so?", fragte Harry und im Tonfall seiner Stimme hörte Lisa etwas heraus, dem sie vertrauen konnte. Ihre anfängliche Zurückhaltung ihm gegenüber, ja ihre Antipathie, begann zu bröckeln. Er schien nett zu sein, netter als sie gedacht hatte.

„Ich versuche gerade, mein Leben irgendwie in den Griff zu bekommen. Mein Mann hat mich betrogen und ich habe ihn vor ein paar Tagen verlassen", sagte Lisa und ihr wurde bewusst, dass sie das nun schon zum wiederholten Male jemandem erzählte. Es kam ihr fast schon normal vor, davon zu berichten.

„Das ist doch keine große Geschichte", meinte Harry, „glaubst du denn, nur weil du hübsch und blond und schlank bist, dass du gegen so etwas gefeit bist? Männer betrügen und Frauen betrügen und dann lassen sie sich scheiden oder bleiben doch zusammen. Allerweltsgeschichten."

Lisa sah Harry erstaunt an, sagte aber nichts. War er wirklich so gefühllos? Aber gegen ihren Willen freute sie sich gleichzeitig, dass er sie als hübsch und blond und schlank bezeichnet hatte.

„Entschuldige, ich will dich nicht kränken, aber so ein besonderer Fall ist das auch wieder nicht", meinte Harry, als hätte er Lisas Schweigen als Ablehnung gedeutet.

„Na ja, eigentlich hast du recht", gestand Lisa nach

einigem Zögern, sie war noch immer verwirrt über seinen Einwand, „aber so plötzlich und von einem Tag auf den anderen aus allen Wolken zu fallen, darüber kommt man nicht so einfach hinweg. Wir waren neun Jahre zusammen.“

„Es tut mir leid für dich“, sagte Harry einlenkend, „neun Jahre sind wirklich eine lange Zeit.“ Er beugte sich zu ihr und drückte ihren Arm. Seine Berührung erstaunte sie. Dann sah sie einfach nur in den schönen Garten und freute sich daran, wie die Kinder ausgelassen spielten.

„Die Verantwortung für meine kleine Susi hilft mir, dass ich nicht in Selbstmitleid versinke“, sagte Lisa. Sie erzählte von ihrem Kummer, dass Robert die Kleine von der Schule abgeholt hätte, ohne Lisa über irgend etwas zu informieren und dass sie nicht die leiseste Ahnung hatte, wo das Kind sei und was Robert vorhatte.

„Und er hebt nicht ab, wenn du ihn anrufst?“, fragte Harry.

„Nein, er sieht ja, dass das meine Nummer ist, da geht er einfach nicht ran und lässt mich quasi in meiner Unwissenheit leiden. Das macht er mit Absicht, damit ich mürbe werde.“

„Dann rufe ich ihn einfach an“, sagte Harry, „gib mir seine Nummer.“ Er nahm sein Telefon zur Hand und Lisa diktierte ihm die Nummer von Robert. Harry schaltete auf Lautsprecher und tatsächlich wurde sofort abgehoben.

„Hier Dr. Robert Hebenstreit, bitteschön?“

Harry legte seinen Zeigefinger vor seine Lippen und deutete Lisa, dass sie schweigen solle.

„Hier ist die Kriminalpolizei. Wir behandeln gerade einen Fall einer Kindesentführung“, sagte Harry mit gespielt amtlicher Stimme, „sind Sie der Vater der kleinen Susi Hebenstreit?“

„Ja“, kam es zögernd aus dem Lautsprecher.

„Ich darf Sie bitten, auf das nächstgelegene Kommissariat zu kommen. Ihre Tochter ist von einem unbekannten Mann von der Schule entführt worden.“

„Oh, da muss es sich um einen Irrtum handeln, Herr … wie ist nochmal Ihr Name, Herr Inspektor?“

„Inwieweit ein Irrtum?“, ging Harry nicht auf die Frage nach seinem Namen ein.

„Ich selbst habe meine Tochter von der Schule abgeholt“, sagte Robert, seine Stimme hörte sich nicht mehr selbstsicher an.

„Ich habe hier einen Akt angelegt, Fallnummer 2X10P5“, fabulierte Harry, ohne seinen behördlichen Ton zu vernachlässigen, „wenn Sie wollen, dass der Fall nicht weiter verfolgt wird, dann bitte ich Sie tunlichst, sich sofort mit der Mutter des Kindes in Verbindung zu setzen, ansonsten müssen wir …“

„Selbstverständlich, Herr Inspektor, sofort. Und wie war nochmal Ihr Name?“

„Das tut nichts zur Sache. Ich bin lediglich Handlungsbeauftragter des Kommissariats. Rufen Sie umgehend die Mutter an, sie sitzt hier im Warteraum vor meinem Büro. Wenn ich nicht innerhalb von fünf Minuten von ihr eine positive Nachricht höre, werden wir leider gezwungen sein, weitere Schritte einzuleiten.“ Harry legte auf.

Und tatsächlich klingelte fast unmittelbar danach Lisas Telefon.

„Sag mal, was soll das?“, fing Robert an und schien ganz eindeutig in Streitlaune zu sein.

Aber Lisa hatte Gefallen am Schauspielern gefunden und erklärte ihm ruhig, dass sie „hier im Kommissariat“ nicht so laut sprechen könnte und sie bat Robert, die Kleine umgehend zu Connys Wohnung zu bringen.

„Ist das die Mami?“, hörte sie Susi fragen.

„Ja, ich bring dich jetzt wieder zur Mami", sagte Robert und fügte dann zu Lisa ins Telefon gewandt hinzu, dass er in einer halben Stunde losfahren würde.

Sie hatte also genügend Zeit, sich auf den Weg zu machen.

„Danke", sagte sie zu Harry und reichte ihm die Hand. Jeden anderen hätte sie umarmt und geküsst für das einfallsreiche Schauspielern. Aber bei ihm wusste sie nicht so recht, woran sie war.

„Kein Problem", sagte er, als ginge ihn das alles nichts mehr an. Er trank seinen Kaffee aus und verließ sie, ohne ein weiteres Wort zu verlieren.

Eilig lief sie nach Hause und kam rechtzeitig an, um noch ein paar Minuten zu verschnaufen, bevor Roberts Mercedes vor dem Wohnhaus vorfuhr, in dem sich Connys Wohnung befand. Robert stieg aus und öffnete Susi die Fondtür. Die Kleine kam ihrer Mama begeistert entgegengelaufen. Unter den Arm geklemmt hielt sie ein teuer aussehendes elektronisches Gerät.

„Mein Geburtstagsgeschenk, schau nur Mami, ein iPad", rief Susi voller kindlicher Freude.

„Wieder mal mit einem teuren Geschenk freigekauft", sagte Lisa so leise, dass nur Robert es hören konnte, der gerade zu ihr getreten war.

Robert sah Lisa erstaunt an. Ihre vom Laufen geröteten Wangen, ihre frischen strahlenden Augen, in denen die Freude über Harrys Schauspielerei noch leuchtete, ihr schickes Kleid und ihre Selbstsicherheit gefielen ihm ganz offensichtlich.

„Ich würde dir alles schenken, was du dir auch nur irgendwie wünschst", sagte Robert mit dieser ganz speziellen Stimme, der sie früher nicht widerstehen konnte, zu Lisa.

„Schenk mir meine Freiheit", sagte sie nur, nickte ihm

zu und verschwand mit Susi im Eingang des Mehrfamilienhauses.

***

# Kapitel 20

Marlis hatte eingewilligt, Susi von der Schule abzuholen, sodass die Kleine den Nachmittag bei ihrer geliebten Tante Marlis und Herbert Mayer, dem „neuen Onkel", verbringen konnte. Lisa hatte nämlich mit Bernhard ein gemeinsames Mittagessen vereinbart. Sie wollte ihn um Rat fragen, wie sie mit ihrer Scheidung vorankommen konnte.

Lisa war erschöpft. In den vergangenen Tagen hatte sie sich Kleinanzeigen von Wohnungen angesehen. Entweder sie lagen ungünstig, viel zu weit von der Schule entfernt, oder sie waren viel zu teuer. Sie hatte bisher nichts gefunden, das für sie und Susi passend gewesen wäre. Außerdem musste sie auch etwas zum Wohnen finden, das in guter Erreichbarkeit von Bernhards Kanzlei lag. Sie arbeitete nun schon einige Tage in der Kanzlei und war hauptsächlich für Frau Dammwieser zuständig. Akten kopieren, Ablagen erledigen, Mails verschicken, verschiedene Ordner hierhin und dorthin schleppen, den einzelnen Mitarbeitern Memos und Notizen bringen … bei all diesen Aufgaben, die an sich nicht wirklich schwierig waren, hatte sie doch immer wieder Angst, etwas falsch zu machen. Frau Dammwieser war zwar professionell hilfsbereit, wenn Lisa Fragen hatte, aber dennoch war der Alltag im Büro stressig, es gab ständig Termindruck und keiner hatte Zeit für einen kleinen Plausch zwischendurch.

Beim gemeinsamen Mittagessen, für das Bernhard sich eine halbe Stunde Zeit stehlen konnte, gestand Lisa ihm dann, dass sie sich so schnell wie möglich von Robert scheiden lassen wollte.

„Er hat dich also betrogen? Das ist zwar kein strafrechtliches Vergehen, aber er wird sich sicherlich nicht auf einen Streit mit dir einlassen wollen, wenn du handfeste Beweise hast. Immerhin riskiert er seine Karriere, wenn öffentlich Schmutzwäsche gewaschen wird, wie man so sagt", meinte Bernhard.

Lisa zeigte Bernhard die Kurznachricht, die Robert ihr irrtümlich geschickt hatte, jene mit den nachtblauen Dessous.

„Das ist kein Beweis", sagte Bernhard nachdenklich, „das kann er auch mit Absicht an dich geschickt haben. Es liest sich wie eine ganz normale Nachricht eines verliebten Ehemannes."

Lisa war entsetzt. An die Möglichkeit, dass sie ohne irgendwelche Beweise für Roberts Untreue dastand, hatte sie nicht im Traum gedacht. Sollte Robert alle Karten in der Hand halten und sie keine einzige?

„Und du hast ihn verlassen? Mit deiner Tochter? Einfach so? Ohne vorher vor Zeugen irgend eine wirkliche Verfehlung seinerseits als Beweis zu haben?", fragte er weiter.

Lisa schüttelte den Kopf. „Conny war bei mir, als es mir so dreckig ging. Robert hat herumgeschimpft und sie hat das alles mitbekommen."

„Conny könnte das bestätigen? Dass es irgendwie bedrohlich für dich war? Dass du dich nicht sicher gefühlt hast in deinem Zuhause?"

Lisa versuchte, den Abend ihrer Flucht in ihrer Erinnerung wachzurufen. „Also, wenn ich ganz ehrlich bin und wenn ich mich richtig erinnere, dann hat er eigentlich nur Conny beschimpft. Nicht mich", meinte Lisa und kam sich sehr kläglich vor.

„Und was hast du sonst noch? Irgend welche Textnachrichten? Oder Sprachnachrichten?"

„Ein paar Sprachnachrichten hat er mir geschickt, warte mal, die könntest du dir anhören", meinte Lisa und spielte die auf ihrem Telefon gespeicherten Anrufe von Robert ab. Aber tatsächlich hatte Robert nur immer wieder betont, dass er Lisa zurückhaben wolle, dass sie es sich anders überlegen solle, dass sie ihn verlassen habe und dass sie sein Kind entführt habe.

„Sieht nicht allzu gut aus, wenn du ihn fertigmachen willst. Da ist Robert eindeutig im Vorteil. Dein grundloser Auszug aus der gemeinsamen Wohnung, das könnte als böswilliges Verlassen gewertet werden. Dann die Verweigerung des Kontaktrechts zu Susi … wie sieht es mit dir aus, irgend eine außereheliche Beziehung, mit der er dich in die Mangel nehmen könnte?"

Lisa war viel zu verzagt, um empört zu sein. Sie schüttelte nur den Kopf. Es fühlte sich in ihrem Inneren an, als könnte sich das Loch in ihrem Herzen nie mehr wieder schließen. Gerade hatte sie gehofft, dass sich alles doch zum Besseren wenden könnte, wenn Bernhard ihr mit seinem Fachwissen half. Und nun stand sie als eine hinterhältige Frau da, die ihren liebenden Ehemann böswillig verlassen hatte und ihm auch noch das Kind weggenommen hatte. Tränen rannen über ihr Gesicht, für die sie sich nicht einmal schämte.

In diesem Moment meldete ihr Telefon ein eingegangenes Mail von Robert. Lisa öffnete es und ihre Verzweiflung steigerte sich ins Uferlose.

„Schau nur", sagte sie schluchzend zu Bernhard, „jetzt habe ich doch außereheliche Beziehungen." Und sie zeigte Bernhard die Fotos, die Robert ihr gerade im Anhang zum Mail geschickt hatte, höchstwahrscheinlich aufgenommen von einem Privatdetektiv. Nun bestätigte sich ihr Gefühl, beobachtet worden zu sein. Sie sah sich selbst mit Bernhard, als sie ihn zum Abschied vor dem Restaurant küsste, nachdem sie sich das erste Mal mit ihrem Jugendfreund nach seiner Rückkehr getroffen hatte. Ein weiteres Foto zeigte Lisa mit Greg, der sie am Vortag vor dem Hauseingang vor Connys Wohnung zum Abschied umarmt hatte. Und ein weiteres Foto zeigte Lisa mit Harry im Garten, als er ihren Arm berührt hatte und sich zu ihr gebeugt hatte. Vom Blickwinkel der Kamera aus kam Harry ihrem Gesicht verdächtig nah.

Der Text des Mails war von Robert offenbar mit Sorgfalt verfasst worden, keine Beschimpfungen, keine Drohungen, sondern er hatte unverfänglich geschrieben: „Ich habe nicht vor, dich wegen deiner Männerfreundschaften fallen zu lassen. Du bist meine Frau und ich stehe zu dir. Komm zurück und ich verzeihe dir alles."

„Warum will er dich unbedingt zurückhaben? Liebt er dich denn wirklich?", wollte Bernhard wissen.

„Ich habe keine Ahnung. Er hat sich nicht mehr um mich gekümmert, wie es mir geht, warum ich frustriert bin, warum ich traurig bin … das war ihm alles egal. Ich habe nicht die leiseste Idee, warum er unbedingt will, dass ich zurückkomme."

„Ich habe noch eine andere Frage", sagte Bernhard, „wie lange seid ihr denn eigentlich schon getrennt von Tisch und Bett?"

„Warum?"

„Das Trennungsjahr. Ihr müsst mindestens ein Jahr lang getrennt von Tisch und Bett leben. Außerdem kannst du dich nicht einfach so ohne weiteres scheiden lassen. Robert muss in die Scheidung einwilligen. Oder ihr reicht gemeinsam ein."

Lisa hatte sich alles viel einfacher vorgestellt. Sie ärgerte sich über sich selbst, so naiv gewesen zu sein und mit

Bernhard dieses Gespräch zu führen. Sie sah in den Augen ihres Jugendfreundes die eigentümliche Frage, warum sie wie eine Volksschülerin Fragen stellte, die sie eigentlich selbst beantworten könnte, wenn sie ein bisschen online recherchiert hätte. Immerhin hatte sie zwei Semester studiert. Ganz fremd sollte ihr die Materie nicht sein. In ihrer Verwirrtheit über ihre jetzige katastrophale Lebenssituation hatte sie gehofft, dass das alles viel schneller gehen würde.

„Du warst einmal eine sehr fleißige Studentin", meinte Bernhard nachdenklich.

„Entschuldige, aber ich bin einfach nicht mehr ich selbst", sagte Lisa leise.

Dann brach sie auf, sie wollte zu Marlis. Ihre Ziehmutter schien ihr die einzige Person zu sein, die ihr Rückhalt geben konnte. *Erst in einem Jahr,* dachte sie hoffnungslos, als sie los spazierte.

***

# Kapitel 21

Susi war mit Onkel Herbert zum Spielplatz gegangen. Marlis servierte Obsttorte und selbstgemachte Limonade im Garten auf der Terrasse. Für Kaffee war es an diesem schönen Nachmittag fast schon zu heiß. Der Sommer kündigte sich in voller Pracht an.

Lisa erzählte von ihrem frustrierenden Gespräch mit Bernhard.

„Ich dachte, dass diese Nachricht, die ich irrtümlich von Robert bekommen hatte, ein Beweis wäre. Aber Bernhard hat natürlich vollkommen recht. Robert kann das auch an mich geschickt haben."

Marlis sah ihre Ziehtochter an. Die Schatten unter Lisas Augen waren unübersehbar, da half auch kein Makeup. Schlaflose Nächte und nun auch noch die ungewohnte Arbeit in Bernhards Kanzlei hatten Spuren hinterlassen. Und heute in der Früh hatte Lisa im Spiegel ein paar Linien um ihre Lippen entdeckt, die sie vor ihrem Auszug aus dem gemeinsamen Haushalt mit Robert noch nicht hatte.

Da klingelte Lisas Telefon. Auf dem Display erkannte sie Roberts Nummer. Sie hörte dem Klingeln zu und sah ihr Telefon an, ohne das Gespräch anzunehmen.

„Ist das Robert?"

„Ja."

„Warum willst du ihn nicht sprechen?"

„Immer das gleiche."

„Beschimpft er dich?"

„Nein, im Gegenteil, er ist freundlich und nett und man könnte meinen, dass er mich unbedingt wieder zur

Rückkehr überreden will."

„Und? Denkst du darüber nach?"

„Keinesfalls. Ich habe das Gefühl, da steckt irgend etwas dahinter. Ich habe nur keine Ahnung, was."

„Aber am Anfang, gleich nach deinem Auszug, da hat er dich doch beschimpft, hast du erzählt", wandte Marlis ein.

„Ja, aber Robert hat mir nie irgend ein böses SMS geschickt, immer nur telefoniert. Anfangs war er unglaublich wütend, aber in jüngster Zeit hat sich sein Ton verändert. Er ist freundlich, fast zuvorkommend, will, dass ich wieder zu ihm zurückkehre, er sagt, es tut ihm leid, er will alles wieder gut machen. Was steckt da dahinter? Meint er es wirklich ernst? Er hört sich fast so an wie an jenem ersten Tag, als er mich zuerst auf einen Kaffee eingeladen hatte und dann zu sich nach Hause, in seine kleine Wohnung."

Lisa erinnerte sich an diese erste Begegnung mit Robert, als sie seine Wohnung betreten hatte, die sich gegenüber der Universität in der Innenstadt befand, eine teure Wohngegend, aber er kam nun einmal aus einer alteingesessenen Familie. Ganz im Gegensatz zu Lisa, deren brave und fleißige Eltern nichts geerbt hatten und sich eine kleine bescheidene Sicherheit erarbeitet hatten. Lisas Vater war bei der Bundesbahn beschäftigt gewesen, ihre Mutter hatte als Aushilfe in einem Altenheim gearbeitet.

„Du musst dich einfach wieder auf dich besinnen", sagte Marlis, nachdem das nervtötende Geklingel von Roberts Anruf endlich aufgehört hatte, „du musst dich auf deine Kraft besinnen, auf deine Ausdauer, auf deine Fähigkeit, mit allen Schwierigkeiten fertig zu werden. Das ist eine deiner großartigen Fähigkeiten, für die ich dich auch immer bewundert habe. Du hast schon als Kind eine

Stärke in dir gehabt, die du jetzt offenbar einfach vergessen hast. Ich verstehe das natürlich, du steckst in einer Situation fest, wo der Ausweg nicht wirklich auf der Hand liegt. Aber alles wird sich bessern. Du musst nur deine Zuversicht wieder zulassen. Lass dich nicht unterkriegen!", redete Marlis der jungen Frau gutmütig zu.

Durch die lieben Worte hatte Lisa das Gefühl, wie wenn sich etwas in ihr wieder öffnen würde, das durch den Schock der Trennung verschlossen gewesen war. Sie atmete tief durch und sah mit klarem Blick ins Gesicht ihrer Tante.

„Ja, du hast vollkommen recht. Ich will mich hier nicht wie ein kleines Kind benehmen, das keine eigenen Meinungen hat, das keine eigenen Entscheidungen treffen kann. Ich muss aktiv werden, nicht immer nur warten, dass irgend ein schwarzer Ritter auf einem schönen Rappen daherkommt, mich zu sich auf seinen Sattel schwingt und mit seinem Schwert alle Feinde besiegt."

Die beiden Frauen lachten.

Lisa verabschiedete sich dann, um Susi vom Spielplatz abzuholen. Auf dem Weg nach Hause in die Innenstadt wollte Susi noch einen Abstecher zu Lydia machen, die ja in der Nachbarschaft wohnte. Im Garten von Ullas und Peters Haus spielten die Kinder und Susi lief ihnen begeistert entgegen.

Lisa ging ins Hausinnere und traf auf Harry, der auf dem großen Esstisch Papiere ausgebreitet hatte, Rezeptbücher, Notizzettel, Ausrisse aus Kochmagazinen. Hochkonzentriert blätterte er durch Hefte und Bücher, machte sich Notizen, schrieb auf, strich durch.

„Ach, das Schicki-Micki-Fräulein schon wieder", sagte Harry, als er aufblickte und sie in ihrem Business-Kleid musterte.

Lisa dachte an ihren ersten Eindruck von ihm, als er ihr sofort unsympathisch gewesen war. Dann erinnerte sie sich an das nette Plaudern mit ihm. Wer war der echte Harry? Hatte sie sich getäuscht, als sie sich so gut mit ihm unterhalten hatte und sich ihm anvertraut hatte?

Aber dann meinte er: „Lass dich nicht aufziehen, Lisa. Es gefällt mir, wie du dich anziehst. Vielleicht trägst du das nur wie eine Art Tarnanzug. Die echte Lisa würde ich mir in Leggings und T-Shirt vorstellen, eine Frau, die tüchtig anpackt und sich nicht scheut, sich die Hände schmutzig zu machen."

Scherzte er mit ihr oder war sie ihm immer noch unsympathisch? Sie wurde nicht klug aus diesem Mann. Am liebsten wäre sie wieder gegangen, aber draußen im Garten hörte sie Kinderlachen, und sie wollte ihrer Tochter nicht die Freude am Spielen verderben. Außerdem wartete zuhause Conny mit Greg. Und einer zu erwartenden Auseinandersetzung, wann Lisa denn nun endlich ausziehen würde, wollte sie sich noch nicht stellen.

„Was machst du da?", fragte sie Harry und trat schüchtern näher.

„Ich stelle Fingerfood zusammen. Ich möchte einen Cateringservice aufziehen. In so ein blödes Restaurant, wo ich in der Küche mit diesen ganzen Idioten verkomme, gehe ich sicherlich nicht wieder zurück. Da wird man ja krank davon, wenn der Restaurantbesitzer sich ständig einmischt, dabei hat der vom Kochen keine Ahnung."

Harry erzählte ihr, dass das elegante Restaurant, in dem er bisher gearbeitet hatte, einen neuen Besitzer bekommen hatte, der keinen blassen Schimmer vom Führen einer Restaurantküche hatte, sich selbst für einen Gourmet-Experten hielt, aber lediglich am schönen Aussehen der Gerichte interessiert war, und die billigsten Zutaten bestellen ließ, anstatt auf Qualität zu achten.

„Nouvelle Cuisine … da hat er diese Fotos in den Zeitschriften gesehen, wo minimalistische Unkenntlichkeiten serviert werden, nur damit die Gäste sich schick vorkommen, wenn sie etwas essen, von dem sie nicht einmal wissen, was es ist, Hauptsache, es sieht extravagant aus und hat irgend einen unverständlichen Namen." Er sprach mit ärgerlicher Stimme, und Lisa wusste nicht genau, ob er noch auf den neuen Besitzer des Restaurants wütend war oder sich von ihr gestört fühlte, wie sie ihm bei seiner Arbeit zusah.

Harry berichtete dann von seinem Stress, den er aufgrund der heftigen Streitigkeiten mit dem neuen Besitzer durchmachen musste. Aber jetzt sei er wieder vollauf da und wolle etwas Neues beginnen. Lisa beugte sich über den Tisch, sah sich seine Unterlagen durch und konnte sich nicht zurückhalten, ein paar Bemerkungen zu machen, welche Gerichte sie als Caterer in seine Liste aufnehmen würde, wie sie dekorieren würde, wie sie Haltbarkeit und Transportfähigkeit der Gerichte beurteilte. Schließlich musste alles perfekt beim Besteller ankommen, ohne durch die Fahrt und den Transport Schaden zu nehmen. Schon fürchtete sie, zu weit gegangen zu sein, aber Harry nickte ernst.

„Die Schicki-Micki-Tussi weiß ganz gut übers Kochen Bescheid", meinte er, über seine Arbeit gebeugt.

Ulla und Peter kamen aus dem oberen Stockwerk die Treppe herunter. Offenbar hatten sie wieder an ihrer Kinderkollektion gearbeitet. Während sie die Treppe herunter kamen, hörte Lisa ein paar ihrer Gesprächsfetzen über gewebte und gewirkte Stoffe in verschiedenen Qualitäten, aus Baumwolle, Leinen, Hanf, Brennnessel, Seide oder Schurwolle.

*Was für ein kreativer Haushalt*, dachte Lisa und musste sich eingestehen, dass sie ein bisschen neidisch darauf war, weil sie gar nichts Schöpferisches leistete.

Ulla und Peter meinten, dass Harry den Esstisch räumen müsste, weil sie das Abendessen herrichten wollten.

„So spät ist es schon?", fragte Lisa. Sie hatte über dem Gespräch mit Harry ganz vergessen, dass die Zeit verrann. Gerade kamen die Kinder ins Esszimmer gelaufen. Lisa bat Susi, sich noch schnell die Hände zu waschen, dann wollte sie sich verabschieden.

Während Susi mit den anderen Kindern im Badezimmer verschwand, half Lisa Harry, die Bücher, Magazine und Papiere zusammen zu schieben. Dann nahm sie einen Stapel und ging damit zur Treppe, um ihm beim Hinauftragen in seine Dachwohnung zu helfen. Sie hatte das Gefühl, als könnte sie durch die von ihr angebotene Hilfe den Eindruck einer Schicki-Micki-Tussi, für die er sie offenbar hielt, wettmachen, indem sie ihm half. Als die Kinder stürmisch aus dem Badezimmer gelaufen kamen, versuchte Lisa auszuweichen, aber mit den Papieren auf ihrem Arm übersah sie die erste Stufe der Treppe und stürzte schwer. Stöhnend blieb sie liegen.

„Was ist denn los?", rief Ulla aufgeregt.

„Mein Knöchel … ich glaube, ich habe mir den Knöchel verstaucht", stöhnte Lisa.

Harry lief ins Bad und kam mit einem nassen Handtuch zurück, dann eilte er in die Küche und brachte nach einer Minute eine Ladung Eiswürfel in einem Sektkübel.

„Sekt gibt es keinen, den heben wir uns für später auf", sagte er, während er sich über Lisas Fuß beugte, die Eiswürfel in das Handtuch packte und dann um Lisas Knöchel wickelte.

*Ein seltsamer schwarzer Ritter, der mich da rettet*, dachte Lisa und musterte Harry, der seine Hilfe unbeteiligt erledigt hatte. Lisa fragte sich, ob er ihr nur aus ganz normaler Mitmenschlichkeit geholfen hatte oder ob er sich tatsächlich um sie sorgte. Sie konnte sich keinen Reim auf diesen Mann machen. Am besten wäre es wohl, dachte sie, so wenig wie möglich mit ihm zu tun zu haben.

Sie blieb ein bisschen liegen, versuchte dann aufzustehen, aber sie verzog ihr Gesicht unter Schmerzen und knickte wieder ein. Ihr Fuß tat ihr entsetzlich weh.

„Ich kann unmöglich nach Hause gehen", seufzte sie, „ach, was bin ich für eine Last für euch."

„Ich trage dich hinauf, du kannst dich im Gästezimmer ausruhen", sagte Harry und hob Lisa hoch. Er mied ihren Blick und trug sie die Treppe hinauf bis ins Dachgeschoss. Wenn ich ein Sack Kartoffeln wäre, würde er mich genau so unbeteiligt hinauf tragen, dachte Lisa.

„Hier wohne ich", sagte er und nickte mit seinem Kopf in Richtung einer geöffneten Tür, durch die Lisa in seine Garçonnière blicken konnte. Gemütlich sah es aus, aufgeräumt und gar nicht chaotisch, wie sie sich eine Junggesellenwohnung vorstellte.

„Und hier ist dein Krankenlager", nickte er zur danebenliegenden Kleinwohnung, in die er Lisa dann trug und dort aufs Sofa bettete. Er schob ein Kissen unter ihren kranken Fuß.

„Ruh dich aus", sagte er nüchtern und verschwand wieder. Sie hörte seinen Schritten nach, wie er die Treppe hinunterging.

Leise trat Susi ins Zimmer. „Tut es sehr weh, Mami?" Lisa schüttelte tapfer den Kopf.

„Ich muss nur ein bisschen rasten, dann gehen wir nach Hause."

Susi ging auf Entdeckungsreise durch die Wohnung. Die Räumlichkeiten waren klein, aber gerade richtig dimensioniert. Das Sofa, auf dem Lisa lag, stand in einem kleinen Wohn-Essraum, der mit einer modernen

Kochnische versehen war. „Hier ist noch ein Zimmer“, sagte die Kleine, nachdem sie die Tür zu einem kleinen Raum geöffnet hatte. „Und hier ist das Bad, wow, ist das schön“, meinte Susi und kam wieder zu ihrer Mutter zurück. „Bei Tante Conny mag ich nicht mehr sein, da macht Onkel Greg immer laute Musik. Und sein Rauchen stinkt.“ Susi verzog das Gesicht. Lisa betrachtete verträumt die Dachschräge, die den Räumen eine kuschelige Atmosphäre gab. Hier hätte sie gern gewohnt. Aber mit diesem Harry als Wohnungsnachbar? Wie sollte so etwas funktionieren?

Nach ungefähr einer Stunde, als Lisa und Susi gemeinsam auf dem Sofa gelegen hatten, kam Ulla zur Tür herein und fragte, wie es Lisa gehe. Lisa fühlte sich glücklich und unglücklich zugleich. Einerseits genoss sie es, dass man sich um sie kümmerte, andererseits wollte sie den lieben Menschen hier nicht auf die Nerven gehen.

„Danke, schon besser“, antwortete Lisa und fügte hinzu, wie sehr ihr die Atmosphäre in dieser kleinen Wohnung gefiel.

„Ursprünglich wollte Harry die Wohnung zusätzlich zu seiner haben, damit er das ganze obere Stockwerk für sich hat. Dann hat er es sich aber anders überlegt, weil er schon wusste, dass er kündigen wird. Und jetzt steht die Wohnung leer. Es ist schwierig, jemanden zu finden, der sich in unseren Gemeinschaftshaushalt fügen kann. Da muss die Chemie wirklich hundertprozentig stimmen“, meinte Ulla.

Lisa überlegte, ob ihre Chemie da hineinpassen würde. Aber selbst wenn, dann wäre die Chemie zwischen ihr und Harry schwierig miteinander zu vereinen.

„Ich habe gerade mit allen gesprochen wegen unseres Gemeinschaftsautos. Wir haben nur eines, das wir uns teilen. Wir wollen so ökologisch wie möglich sein. Also, was ich sagen will ist, dass ich dich nach Hause fahren kann", sagte Ulla dann zu Lisa.

Lisa willigte dankend ein und schaffte es tatsächlich, humpelnd die Treppe hinunter zu gehen.

Hanni kam ihr im ersten Stock entgegen: „Hier, nimm diese Creme, die haben wir noch von unserem letzten Indien-Aufenthalt vor ein paar Monaten. Ayurveda. Einfach perfekt, diese indischen pflanzlichen Heilmittel. Morgen kannst du dann schon wieder laufen, als hättest du nie etwas gehabt."

Lydia wollte unbedingt mitfahren. Im Auto fragte sie Susi, ob sie am Wochenende wieder zu Besuch kommen würde.

„Was macht ihr am Wochenende? Magst du kommen?", fragte Ulla, „Lydia würde sich freuen! Und wir uns auch. Morgen Samstag oder übermorgen Sonntag, uns ist alles recht, ruf einfach an."

***

# Kapitel 22

Lisa stand eine Weile vor der Eingangstür zu Connys Wohnung. Von drinnen hörte sie Stimmen, aber sie konnte nicht verstehen, worüber Conny mit Greg sprach. Sie wollte nicht lauschen, also öffnete sie die Tür, Susi rannte hinein und direkt in das kleine Arbeitszimmer von Conny. Lisa ging langsam ins Wohnzimmer, wo Conny und Greg am Esstisch saßen und stumm zu ihr aufblickten.

„Lisa, wir müssen reden", sagte Conny mit Bedauern in ihrer Stimme. Unglücklich blickte sie Lisa an.

„Ich ziehe jedenfalls wieder in mein Atelier. Da kann ich zwar nur auf der Matratze auf dem Boden schlafen, aber immer noch besser, als hier auf Zehenspitzen herumzuschleichen, keine Musik zu hören, keine Zigarette rauchen zu können …", sagte Greg und versuchte ganz offensichtlich, nicht allzu laut zu sprechen, damit Susi in ihrem Zimmer nichts hörte.

Lisa ging ins Arbeitszimmer und erlaubte Susi, sich einen Trickfilm auf ihrem neuen iPad anzuschauen, mit Kopfhörern, damit die Kleine vom folgenden Gespräch der Erwachsenen nichts mitbekommen sollte.

Lisa setzte sich an den Esstisch. Conny war aufgestanden, hatte ein Glas aus der Kredenz geholt und schenkte Lisa ein Glas Rotwein ein. Wortlos stießen die drei miteinander an.

„Aus Florenz, ein edler Tropfen, Chianti, Riserva, drei Jahre alt", sagte Conny und blickte Lisa an, als wollte sie ihr ohne Worte etwas sagen, das nichts mit Florenz oder Rotwein zu tun hatte.

„Ich habe mit  Bernhard gesprochen. Meine Scheidung

dauert zwar nicht drei Jahre, aber wahrscheinlich doch noch ein ganzes Jahr" gestand Lisa.

Conny sah Lisa erschrocken an. „Du Arme, so lange … aber … hier bei mir … in meiner Wohnung …"

„Ich habe eine wunderschöne kleine Wohnung in Aussicht. Ich weiß nur noch nicht, ob die Chemie stimmt", sagte Lisa.

„Welche Chemie?", fragte Greg.

Und so erzählte Lisa von ihren neuen Freunden und dem bezaubernden alternativen Haushalt, in dem sie sich so wohl fühlte, wie sie es nie für möglich gehalten hatte. Die Unstimmigkeiten mit ihrem möglichen Wohnungsnachbarn Harry verschwieg sie.

„Du hast mir so viel geholfen, liebe Conny, ich möchte das nicht überstrapazieren. Und morgen werde ich Ulla und Peter fragen, ob ich in diese kleine Dachwohnung ziehen kann. Für Susi wäre es ideal, sie hätte Freunde und für sie würde das Abenteuer weitergehen."

„Vermisst sie ihren Vater nicht?", erkundigte sich Greg.

„Erstaunlicherweise nicht, aber er hat sich ja wirklich nie viel um sie gekümmert. Sie ist sehr selbständig und am liebsten mit ihren Freundinnen zusammen. Das war ihr ja früher nicht möglich, weil Robert das nicht mochte. Und jetzt ist sie glücklich, weil sie fast jeden Tag zu Lydia geht oder bei Tante Marlis ist. Und Onkel Herbert ist ein wirklich besonders netter neuer Onkel."

„Und du? Wie sieht es mit dir aus? Vermisst du Robert?", meinte Conny einfühlsam. Ganz eindeutig bemühte sich Conny, Mitgefühl zu zeigen. Sie wollte vielleicht wettmachen, dass sie Lisa nicht mehr bei sich wohnen lassen konnte.

„Ich vermisse das, was ich zu haben glaubte. Also, ich dachte, ich habe eine glückliche Ehe und eine schöne Familie. Das habe ich mir zumindest einzureden versucht.

Ja, das vermisse ich. Das Gefühl, eine schöne Beziehung zu haben. Aber Robert vermisse ich nicht. Das ist etwas ganz anderes. Ich könnte ihm nie wieder vertrauen. Alles sieht jetzt im Rückblick anders aus, als es tatsächlich war. Meine Perspektive hat sich verschoben. Ich habe mir etwas vorgemacht. Eine wirklich gute Ehe, die ich vermissen könnte, gab es nie."

Lisa schwieg und starrte in ihr Weinglas. Sie hatte nur einen kleinen Schluck genommen, wollte auch nicht mehr trinken. Sie musste nüchtern über ihre Situation nachdenken.

Marlis und Herbert waren glücklich. Conny und Greg waren glücklich. Alle hatten jemanden, mit dem sie ihr Leben und ihre kleinen Alltagsnöte teilen konnten. Nur sie nicht. Und dann wollte sie auch noch neben diesen Harry ziehen, von dem sie sich kritisiert und abgelehnt fühlte.

„Ich möchte euer Glück nicht stören", sagte sie leise zu Conny und Greg. „Ich weiß, dass ihr ein anderes Leben als ich führen wollt. Ihr seid in der Nacht lange auf, kommt, wenn ihr ausgeht, spät nach Hause, dann wird noch ein Glas getrunken, Musik, Zigaretten … und das geht nicht, wenn man ein Kind hat."

„So ungefähr haben Greg und ich das auch besprochen", meinte Conny langsam.

„Ich hab jetzt fast ein schlechtes Gewissen, dass ich mich da zwischen euch Busenfreundinnen dränge", lachte Greg, aber man sah ihm an, dass er nicht wirklich zu Scherzen aufgelegt war. Die Situation war ernst, Lisa musste ausziehen. Greg hatte nicht vor, seine Conny allein zu lassen und vielleicht zuzusehen, wie sie sich auf der freien Wildbahn vergnügte.

„Wir haben diese Wohnung vor Jahren gemeinsam bezogen, Greg und ich, das weißt du ja. Der Mietvertrag läuft auf uns beide", erinnerte Conny ihre Freundin, „und um ganz ehrlich zu sein, kann ich mir diese hohe Miete in der Innenstadt auch nicht allein leisten."

„Ach, nur des Geldes wegen nimmst du mich wieder zurück", scherzte Greg, beugte sich zu Conny und küsste sie liebevoll auf die Wange. Man sah ihm an, dass ihm die Schwere des Gesprächs zu schaffen machte. Für sein Künstlerleben war ihm das alles zu kompliziert. Mütter mit Kindern, Schulaufgaben und regelmäßige Essens- und Schlafenszeiten waren nichts, mit dem er sich beschäftigen wollte. Und Conny passte in diesem Sinne perfekt zu ihm. Aber eben nicht Lisa und Susi.

„Ein Lottogewinn würde uns alle retten", versuchte Conny einen Scherz.

„Ein Lottogewinn …", murmelte Lisa versonnen. Irgend etwas in ihrer Erinnerung wollte sich aufgrund von Connys scherzhafter Bemerkung in ihr Bewusstsein drängen. Aber die jetzige Situation war für Lisa so fordernd, dass sie dem Gefühl, etwas vergessen zu haben, gar nicht nachgehen wollte.

„Morgen ist Samstag, ich werde mit Ulla und Peter sprechen", sagte sie stattdessen, „dann könnte ich am Sonntag hier ausziehen." Sie versuchte, Zuversicht und Sicherheit in ihre Stimme zu legen. Würden ihre neuen Freunde zustimmen? Würde Lisas Chemie zu der der anderen passen? Sie hoffte es inständig.

„Fein, wir helfen dir natürlich beim Umzug", meinte Greg. So sehr Lisa den Freund von Conny mochte und schätzte, so sehr kam ihr zu Bewusstsein, dass sie eben nicht Teil dieser locker-lässigen Schicki-Micki-Gesellschaft war, in der Conny und Greg zuhause waren und von der wohl auch Harry glaubte, dass Lisa dazugehörte. Wie würde das Leben Tür an Tür neben diesem eigenartigen Mann sein, der sie und ihren vermeintlichen Lebensstil verachtete? Wenn sie denn überhaupt einziehen durfte.

Bevor sie sich zum Schlafen hinlegte, trug sie die Ayurveda-Salbe, die ihr Hanni geliehen hatte, auf ihren immer noch leicht geschwollenen Knöchel auf. Der feine Duft der indischen Kräuter beruhigte sie ein wenig.

***

# Kapitel 23

Conny und Greg schliefen am frühen Morgen noch, als Lisa schon an ihrem Computer saß und sich durch ihre Rezeptsammlung arbeitete. Im Halbschlaf hatte sie eine Idee gehabt. Die Idee kam ihr dreist vor, ein bisschen frech und ein bisschen verrückt. Sollte sie dieser Idee nachgehen? Warum nicht? Sie schob alle Zweifel, die ihr ihre Vernunft einzureden versuchten, beiseite und sprang aus dem Bett. An ihrem Computer suchte sie dann etwas ganz bestimmtes. Als sie gefunden hatte, was sie suchte, schrieb sie eine Einkaufsliste. Schnell machte sie noch eine Tasse Kakao für Susi und strich ihr ein Butterbrot. Dann küsste sie ihre Tochter, die gerade aufgewacht war und sagte ihr, dass im Esszimmer das Frühstück auf sie warten würde, wenn sie Hunger hätte. Sie würde gleich wieder da sein, hätte nur ein paar Erledigungen zu machen. Dann machte sie sich zum Einkaufen auf. Ihr Knöchel hatte sich tatsächlich so gebessert, als wäre nie etwas passiert. Vielleicht hatten Harrys Eiswürfel aus dem Sektkübel geholfen, vielleicht Hannis indische Wundersalbe. Jedenfalls konnte Lisa so gut gehen, als wäre nicht der kleinste Stolperer passiert.

Aber andererseits hatte dieser kleine Stolperer dazu geführt, dass sie die Dachwohnung des Alternativ-Haushalts gesehen hatte … und von Ulla erfahren hatte, dass diese Wohnung zu mieten wäre. *Was ein kleines Missgeschick doch für ungeahnte Folgen haben kann*, dachte Lisa erstaunt.

Zurück in Connys Wohnung rief sie zuerst Ulla und Peter an und fragte, ob sie am Nachmittag kommen könnte, sie würde alle gern zu einer Kleinigkeit zum Probieren einladen. Dann machte sie sich ans Kochen. Conny war mit ihren Gerätschaften zwar nicht so ausgestattet wie Lisa in ihrer modernen Küche in ihrem ehemaligen Zuhause, aber mit ein bisschen Organisation schaffte Lisa, was sie sich vorgenommen hatte. Susi kam zwischendurch immer wieder zum Naschen, und als dann Conny und Greg aufgewacht waren, gab es schon die eine oder andere kleine Kostprobe von Lisas Köstlichkeiten.

„Wo hast du das nur gelernt? Einfach phantastisch", lobte Greg.

„Ich hab ja gewusst, dass du gut kochen kannst, aber das übertrifft wirklich alles", sagte Conny.

„Ich habe mir etwas ganz bestimmtes vorgenommen, das will ich umsetzen", sagte Lisa mysteriös und wollte nicht mehr verraten. Sorgfältig packte sie schließlich ihre Kunstwerke in verschiedene Behältnisse und Schüsseln, verstaute alles in Taschen, dann wollte sie sich mit Susi auf den Weg zu Ulla und Peter machen.

„Wie willst du das denn alles schleppen?", fragte Greg.

„Ich dachte, ich ruf mir ein Taxi", antwortete Lisa.

„Ach was, ich fahr dich", sagte Greg, „irgendwie muss ich wettmachen, dass wir dich rausschmeißen. Da muss ich noch Pluspunkte sammeln, damit du nicht für den Rest deines Lebens sauer auf mich bist, weil ich dir deine Conny wegnehme."

„Das schaffst du nie, mir meine Conny wegzunehmen. Und böse bin ich euch niemals. Ich verstehe eure Situation. Und ich muss endlich auf eigenen Füßen stehen."


Im Gemeinschaftsesszimmer von Ulla und Peter packte sie dann alles aus, arrangierte es auf Tellern, die Ulla gebracht hatte und schließlich versammelten sich alle und staunten. Auf vielen Tellern bot sich verlockendes leckeres

Fingerfood den Blicken der Umstehenden dar. Appetithäppchen, Canapés und kleine Cocktailspießchen, frisch gebackenes Baguette und Dips, Blätterteigtäschchen, Minipizza, Apérohäppchen und eine kleine Kollektion von Keksen.

„Das gibt's ja nicht, ich dachte, du bringst einfach irgend einen Kuchen vom Konditor. Hast du das alles selbst gemacht?", fragte Ulla.

„Ja", sagte Lisa, blickte zu Boden und wollte eigentlich gar nicht im Mittelpunkt stehen. Dann hob sie ihre Augen und blickte alle der Reihe nach an.

Die Kinder hatten schon zum Probieren angefangen, sie konnten dem Anblick der verführerischen kleinen Häppchen nicht widerstehen.

„Hier ist auch ein veganer Teller, und hier ein vegetarischer", erklärte Lisa mit fester Stimme.

„Und was bezweckst du jetzt mit dieser Vorstellung?", fragte Hanni mit vollem Mund. Rüdiger stand neben ihr und hatte sich schon das fünfte Stück in den Mund geschoben.

„Ich möchte bei euch einziehen", begann Lisa mutig, „ich möchte gern Teil von eurer Gemeinschaft werden. Ich habe noch nie einen Kreis von Menschen kennen gelernt, der so wie ihr zusammenhält und gemeinsam lebt. Ich kann mir nichts schöneres vorstellen, als mit euch zu leben und zu arbeiten. Und wenn ich Harry beim Kochen assistieren kann, mit meinen Fingerfood-Kreationen, dann würde ich mich riesig freuen, etwas zum Gelingen seines Projektes beizutragen."

Lisa hatte mit der ganzen ihr möglichen Überzeugungskraft gesprochen. Susi sah ihre Mutter an, als könnte sie es nicht glauben. Die Kleine beugte sich leise zu Lydia, Lisa hörte, wie sie ihrer Freundin flüsternd sagte, wie toll sie es finden würde, jetzt hier zu wohnen.

„Du stiehlst mir die Show", meinte Harry, aber seiner Stimme hörte Lisa die Wertschätzung an.

Lisa nahm ihren ganzen Mut zusammen und sah Harry direkt in die Augen. „Ich weiß nicht, ob wir einander sympathisch sind oder nicht", sagte sie, „aber ich kann kochen und das ist sozusagen das einzige, was ich zu eurer Gemeinschaft beisteuern kann. Ich habe Galamenüs für die Geschäftsfreunde meines … na ja, meines zukünftigen Exmannes zusammengestellt. Ich weiß, worauf es beim Kochen ankommt. Ich will bei deinem Cateringprojekt einsteigen."

Lisa fragte sich, ob sie zu weit gegangen war. Sie war hier einfach aufgetaucht, versuchte die anderen mit einem zugegebenermaßen exquisiten Essen zu bestechen … plötzlich kam ihr ihre Idee, einfach spontan und ohne groß zu überlegen die Initiative ergriffen zu haben, verwegen, falsch und dumm vor. Sie schaute in die Runde. Alle waren mit Essen und Naschen und Plaudern über die Häppchen beschäftigt. Keiner schien sich Gedanken darüber zu machen, dass Lisa gerade einen Vorschlag zu einer wichtigen Änderung in ihrem Leben gemacht hatte.

Lisa überlegte. Wenn sie bei Harrys Projekt nicht mitmachen konnte, eben weil er sie immer noch für die Schicki-Micki-Tussi hielt, die sie anfangs in seinen Augen gewesen war, dann musste sie einen anderen Weg wählen. „Oder ich koche für euch, ich führe den Haushalt hier und ihr könnt euch um eure Projekte kümmern. Das mit Harrys Cateringprojekt war vielleicht eine etwas überspannte Idee von mir, immerhin bin ich ja nur eine Hausfrau", versuchte sie einzulenken.

Harry ließ seine Blicke zuerst über die schon halb geleerten Teller auf dem Esstisch gleiten, dann betrachtete er Lisa. Sie hatte ihren ganz normalen Alltagsdress an, Jeans und T-Shirt. In den Bund ihrer Jeans hatte sie sich als

Schürze ein Geschirrtuch gesteckt.

„Du bist mehr als eine Nur-Hausfrau. Die Schicki-Micki-Tussi hat definitiv eine Ahnung vom Kochen", meinte er. Lisa konnte dem Ton dessen, was er gesagt hatte, nicht entnehmen, ob er es ironisch oder ernst meinte.

„Was haltet ihr von *Schicki-Micki-Food* als Name vom Cateringunternehmen?", fragte er dann aber, und er lachte schallend.

Alle stimmten in das Lachen ein und Lisa atmete erleichtert auf.

„Probemonat", warf Peter dann ein.

„Ja, Probemonat. Das ist sozusagen eine der Regeln, wenn wir jemanden bei uns aufnehmen", erklärte Ulla, „einen Monat lang Probezeit, ob es auch klappt. Du weißt ja, die Chemie muss stimmen. Bei dir habe ich ein gutes Gefühl, was meinst du, Peter? Was meint ihr, Hanni und Rüdiger? Und du, Harry? Um dich geht es ja hier. Du würdest ja Tür an Tür mit Lisa und ihrer Tochter wohnen."

„Mit Käse fängt man Mäuse", sagte Harry nur lakonisch.

*Liebe geht durch den Magen*, wollte Lisa sagen, aber ihr fiel ein, dass das bei Robert nicht funktioniert hatte und dass Harry das missverstehen konnte. Von Liebe mit ihrem zukünftigen Wohnungsnachbarn war hier bestimmt keine Rede. Ihr genügte es vollauf, wenn sie sich mit Harry auf geschäftlicher Basis verstand. Sie glaubte an diese Zukunftsvision, die weit interessanter und vielversprechender war als der langweilige und auch finanziell nicht sehr interessante Job bei Bernhard.

„Wir versuchen es einfach einmal. Du mit deinen Ideen, ich mit meinem professionellen Wissen, Kalkulationen, Kontakte … außerdem habe ich einen guten Freund, der eine Profi-Küche und das dazugehörige

Logistikprogramm hat. Dann Kundenstock aufbauen und so weiter", meinte Harry, „ich habe von verschiedenen Kunden des Restaurants, in dem ich gearbeitet habe, die Kontaktdaten … mit vielen habe ich persönlich gesprochen, wenn ich nach dem Essen die Runde durchs Restaurant gemacht habe, um zu fragen, ob es geschmeckt hat."

„Ich dachte, du hast nur Verachtung für die übrig gehabt?", warf Lisa ein und stellte mit Erstaunen fest, dass sie ein ganz normales Gespräch mit Harry führen konnte, in dem sie ihm sogar kontern konnte.

„Nicht für alle, manche haben durchaus noch Geschmackspapillen, die noch funktionieren und nicht von Junkfood vollständig zerstört worden sind", meinte er. Er sah sie an und Lisa erkannte in seinem Blick Achtung dafür, dass sie ihm widersprechen konnte, obwohl sie hier eigentlich als Bittstellerin gekommen war. *Du traust dich,* sagte sein Blick.

„Wie geht es eigentlich deinem Fuß?", fragte er dann und sah an ihr herunter.

„Gut, danke, alles wieder bestens", meinte Lisa, während Harry weiter auf ihren Fuß starrte. Sie fühlte sich unwohl, so angestarrt zu werden, darum wühlte sie in ihrer Handtasche, um Hanni die Salbe zurückzugeben.

„Die hat wirklich Wunder gewirkt", sagte sie und Hanni nickte zustimmend: „Ja, die indischen Heilkräfte sind etwas ganz anderes als das Chemiezeug, das es von der normalen Pharmaindustrie gibt."

Die Kinder waren schon in den Garten zum Spielen gelaufen und Ulla besprach mit Lisa den Umzug in die Dachwohnung.

Die Miete war erschwinglich und dank Lisas Sparbuch waren die ersten paar Monate gesichert. Dann würde sich etwas ergeben. Dann musste sich einfach etwas ergeben.

Lisa dachte kurz an die Zukunft und wollte schon wieder in ihre alten Zweifel zurückfallen. Aber dann begann Zuversicht und ein vorsichtiger Blick in ein Morgen ohne Sorgen wieder langsam in ihr zu wachsen. Sie hatte es geschafft. Sie hatte etwas vollbracht, an das ihre Intuition geglaubt hatte und das sie, bei rationalem Überlegen, vielleicht gar nicht getan hätte. Sie hatte sich auf ihr untrügliches Gefühl verlassen, dass sie zu etwas taugte. Nun musste sie sich nur noch beweisen.

***

# Kapitel 24

„Ich kann es kaum glauben, jetzt wird endlich alles gut und Susi und ich werden ein geregeltes Leben haben", sagte Lisa glücklich zu Conny, während die beiden die Sachen zusammenpackten, die sich in Connys Arbeitszimmer angesammelt hatten.

„Und, Susi, freust du dich darauf, zu Lydia zu ziehen?", fragte Conny die Kleine, die gerade damit beschäftigt war, ihre Puppen und Teddybären in einer Tasche zu verstauen.

„Ja, und wie", strahlte Susi, „und wir können immer spielen, wenn wir wollen, und gemeinsam zur Schule können wir spazieren, und Hausaufgaben zusammen machen, und mit Sören und Sven und Silvia spielen und … und … und." Die Kleine war kaum zu bremsen in ihrer Begeisterung. Im Stillen war Lisa überrascht und glücklich, wie selbstverständlich ihre Tochter sich an die Gegebenheiten anpasste. Dann kam ihr zu Bewusstsein, dass Kinder nun einmal so waren. Lisa hatte einmal in einem Artikel gelesen, dass Nomadenkinder und Zirkuskinder und Kinder von fahrendem Volk sich ohne viel zu fragen an ein Leben an verschiedenen Orten gewöhnten. Am wichtigsten war diesen Kindern, eine Beständigkeit an Freunden zu haben. Und die hatte Susi ja. Und jetzt zum Glück noch mehr als früher, als sie durch Roberts Abneigung, seine Tochter mit anderen Kindern spielen zu lassen, eigentlich recht abgeschnitten von der Möglichkeit zum geselligen Spielen mit anderen gewesen war. Nun hatte sie Lydia, nun hatte sie noch zusätzliche Freunde durch Sören, Sven und Silvia, die hoch erfreut waren, mit Susi eine neue Kameradin zu bekommen.

Greg machte sich daran, die Koffer und Taschen in seinen Kombi zu tragen, der unten auf der Straße vor dem Haus geparkt war. Schließlich war alles verstaut und der Abschied von Lisas vorübergehendem Zuhause stand bevor.

„Ich bin so glücklich, dass du mir ermöglicht hast, bei dir zu wohnen", sagte Lisa zu Conny, „ich kann dir gar nicht genug danken, dass du so selbstlos für mich da warst."

„Sisters forever", meinte Conny und grinste übers ganze Gesicht, „daran wird sich nie etwas ändern. Ich hatte ein bisschen ein schlechtes Gewissen, als ich dir sagen musste, dass das mit Greg und mir und Susi und dir jetzt doch ein bisschen eng wird. Aber zum Glück hat sich dann ja deine neue Freundschaft mit Ulla und Peter ergeben."

„Ich freue mich darauf, dass du sie kennen lernst. Ihr Haushalt ist etwas ganz Besonderes. Alle dort sind so lieb und kreativ und nett und heißen mich und Susi so herzlich willkommen", meinte Lisa, zögerte dann aber, weiter zu erzählen, denn ihr kam in den Sinn, dass ihr nunmehriger Wohnungsnachbar Harry vielleicht doch nicht die allerbeste Lösung war. Aber sie hoffte einfach, dass sich auch das regeln würde. Er war ein merkwürdig zurückhaltender Mann, gleichzeitig aber doch wieder feinfühlig. Sie erinnerte sich daran, wie unsympathisch er ihr anfangs gewesen war, dann dachte sie an die netten Gespräche, die sie mit ihm geführt hatte. Etwas schlummerte in diesem Mann, auf das sie gespannt war. Und kochen konnte er, das wusste sie und das freute sie. Eine Gemeinsamkeit hatten sie beide, die vielleicht als Brücke dienen konnte für etwas, das Lisa sich noch gar nicht ausmalen wollte. Dann kam ihr der Probemonat in den Sinn. *Ach was, ich lasse jetzt einmal alles auf mich zukommen*, dachte sie zuversichtlich.

Lisa und Susi verabschiedeten sich herzlich von Greg, der zuhause bleiben wollte, auch, weil es im Auto zu eng sein würde, wenn er mitkäme. Conny setzte sich ans Steuer und Susi machte es sich auf Lisas Schoß bequem, die auf dem Beifahrersitz saß. Auf dem Rücksitz stapelten sich die Koffer und Taschen, die im Stauraum des Kombis keinen Platz mehr gefunden hatten.

„Erlaubt ist das nicht gerade, aber wir fahren langsam und hoffen einfach, dass uns kein Polizist aufhält", meinte Conny gut gelaunt. Gerade als sie losfahren wollten, kam Greg angelaufen und winkte ihnen zu. „Ich fahre mit dem Cabrio hinterher", rief er und rannte zu seinem schicken kleinen Sportwagen, der ein paar Meter entfernt geparkt war „ich muss doch wissen, wo du unterkommst. Und außerdem bin ich gespannt auf die Leute, die du als kreativ bezeichnet hast. Da kommt meine Berufsehre ins Spiel. Immerhin bin ich hier der Szene-Fotograf, bisher war ich der Vorzeige-Kreative." Er lachte schallend und jeder wusste, dass er das nicht ganz ernst meinte.

„Die Kinder waren ganz ausgelassen, als sie gehört haben, dass Susi zu uns zieht", sagte Ulla, nachdem Lisa mit der Hilfe von Conny und Greg alle ihre Sachen in die neue Dachwohnung getragen hatte. Man saß am Esstisch im großen Gemeinschaftsraum im Erdgeschoss, alle außer Harry waren da und unterhielten sich mit Conny und Greg über dies und das. Ulla und Peter hatten eine Kleinigkeit als Imbiss hergerichtet und man trank Kaffee und Saft. Die Kinder spielten schon im Garten, das Wetter war wunderschön und ab und zu sah Lisa zum großen Fenster hinaus, wo sie ihre kleine Tochter mit den anderen Kindern herumtoben sah. Sie freute sich sehr, dass Susi nun ein Gesellschaftsleben mit Gleichaltrigen hatte, das ihr bisher gefehlt hatte. Aus der ernsthaften und fast ein wenig zu erwachsenen Susi würde in diesem Haushalt ein fröhliches und unbefangenes Mädchen werden.

„Kinder haben ein untrügliches Gefühl", meinte Hanni, „dem kann man vertrauen. Da stimmt die Chemie, da sind wir sicher."

„Sag mal, du bist doch Moderedakteurin", meinte Rüdiger zu Conny, „interessierst du eigentlich auch für Kinderkleidung?"

„Na ja, das ist nicht unbedingt meine Abteilung, aber warum fragst du?", wollte Conny wissen.

Rüdiger erzählte ihr dann von dem Gemeinschaftsprojekt der Kinderkollektion, an dem alle Erwachsenen außer Harry beteiligt waren.

„Wir würden einfach nur gern deine professionelle Meinung wissen", meinte Rüdiger. Er hatte seinen Laptop dabei und öffnete die Homepage, die er angelegt hatte, um die Kollektion anzubieten. Interessiert sahen sich Conny und Greg die Fotos an. Die Kollektion hieß *Bio-Kids* .und der Einleitungs-Text beschrieb, dass Kinderkleidung oft unter unwürdigen Bedingungen hergestellt werden würde und vor allem bedenkliche Schadstoffe enthielte. Dem wollte *Bio-Kids* sich entgegensetzen.

Lustige und farbenfrohe Bilder zeigten Sören, Sven und Silvia und die kleine Lydia, die im sonnendurchfluteten Garten des Hauses spielten und die schönen neuen Kleider trugen.

„Oh, das ist aber eine wirklich schöne Homepage?", sagte Lisa.

Rüdiger erzählte, dass er bisher als Webdesigner gearbeitet hätte und dass das für ihn ein Kinderspiel gewesen war. „Kinderkleidungs-Kinderspiel", sagte er scherzend.

„Ja, wir sind eigentlich schon so gut wie fertig, wir

haben schon produziert und sind gerade dabei, unseren Absatzmarkt weiter zu erforschen", sagte Ulla.

„Derzeit wollen wir nur online anbieten und sehen, wie alles so läuft", erklärte Peter.

„Ja, aber ein Geschäft wäre doch auch gut", meinte Conny, „damit ihr Laufkundschaft habt, die dann vielleicht nicht unbedingt sofort kauft, aber es spricht sich dann herum. Die Homepage ist toll, aber nur online? Genügt das?"

Rüdiger und Peter wandten ein, dass sie hier in der Vorstadt nicht daran glaubten, Kundschaft für eine Boutique zu haben, hier käme ja kaum jemand vorbei, es wäre eine reine Wohngegend. Und in der Innenstadt wäre es kaum möglich, ein Geschäft zu finden.

Hanni hatte ein paar der Kleidungsstücke zum Ansehen gebracht. Conny war sehr angetan von der wunderbaren Sorgfalt, mit der die Stücke gearbeitet worden waren, vom Design und vor allem von der herrlichen Qualität der Stoffe.

„Wer das angreift, der will das sofort haben", sagte Conny begeistert, „das würde ich sofort tragen wollen, das fühlt sich großartig an." Sie strich mit ihren Händen über die Stoffe und schmiegte sich ein entzückendes Kleidchen an die Wange. „So weich, so sanft, einfach wunderbar", meinte sie.

„Kinder sollen sich in ihren Kleidern wohlfühlen, sie sollen keine Schaufensterpuppen sein, die das tragen, was ihre Eltern schick finden. Kinderkleidung soll zweckmäßig sein, mit guter Qualität, die man auch weiter verschenken kann, wenn die Kinder raus gewachsen sind. Wir sind gegen diese Wegwerfgesellschaft", berichtete Hanni von ihrem Geschäftskonzept.

Greg hatte sich bisher im Hintergrund gehalten, nun sagte er zögernd: „Also, was die Fotos auf der Homepage betrifft …“

„Ja?“, fragte Rüdiger.

„Da würde ich gern meine Hilfe anbieten, ich habe ein Studio, mit perfektem Licht, also … wenn ich mich da einmischen darf … ich könnte euch wirklich professionelle Fotos machen, wo die Qualität der Kleidungsstücke auch wirklich gut erkennbar ist.“

„Oh, das werden wir uns nicht leisten können“, wandte Hanni ein.

„Eure Kinder sind großartige Models, besser hätte ich diese Stimmungsfotos im Garten auch nicht machen können“, meinte Greg, „aber es geht mir um die Qualität der Stoffe und der Arbeit, das sollte auch auf der Homepage zu sehen sein. Das mache ich gern für euch, es sind ja nur ein paar Fotos, die man da braucht. Alles andere ist perfekt, wie gesagt.“

Hanni packte ein paar der Kleider in eine Tasche und gab sie Greg, der sich mit Conny zum Aufbruch aufmachte.

„Ich schicke es euch dann zu, sobald ich fertig bin, ich habe gerade eine Woche lang Zeit bis zu meinem nächsten Auftrag“, sagte Greg, „eure E-Mail-Adresse habe ich ja jetzt, von der Homepage.“

Lisa begleitete ihre Freunde zum Gartentor.

„Wunderbar ist es hier, da wirst du dich sicherlich wohlfühlen. Ich habe jetzt kein schlechtes Gewissen mehr, dass du nicht mehr bei uns wohnen kannst“, sagte Conny, als sie Lisa umarmte.

Lisa fühlte sich so entspannt und glücklich wie schon lange nicht, als sie ihre Sachen in ihrem neuen Zuhause arrangiert hatte. Die Koffer waren geleert, die Taschen ausgepackt, Susi hatte ihr kleines Zimmer bezogen und nun sank Lisa nach getaner Arbeit müde und erschöpft auf das Sofa, das sich kinderleicht in ein Bett verwandeln ließ.

Spät am Abend, als Susi schon eingeschlafen war, ging Lisa in den Gemeinschaftsraum hinunter, wo sie leise Gespräche der Erwachsenen gehört hatte. Harry war gekommen.

„Oh, die neue Mitbewohnerin", begrüßte er sie.

„Wohnungsnachbarin. Tür an Tür", meinte Lisa und reichte Harry die Hand.

Er sah sie an, von Kopf bis Fuß, sie fühlte sich wieder ein bisschen unbehaglich, wie er sie betrachtete. Sie erinnerte sich daran, als er ihren Fuß angestarrt hatte. Sie trug lässige Kleidung, zum Arbeiten hatte sie sich Jeans und ein T-Shirt angezogen.

„Wo sind die Schicki-Micki-Keider?", fragte er.

„Das ist mein normales Outfit", antwortete sie und blickte ihm fest in die Augen, „ich habe schicke Kleidung, aber das bin ich nicht wirklich. Das ist wie eine Verkleidung für mich."

„Nun hack doch nicht ständig an ihrem Outfit herum", schimpfte Ulla gutgelaunt, „wir wissen ja, dass du eine Marotte hast mit dieser so genannten Schickeria, die immer bei dir im Restaurant war. Aber so ist Lisa nicht, das haben wir schon erkannt. Sonst hätten wir sie gar nicht hier bei uns haben wollen. Und du wirst das schon noch akzeptieren."

Harry lächelte. „Weiß ich doch, ich mache ja nur Spaß." Er setzte sich zu den anderen und leise begannen alle miteinander zu plaudern. Man trank Kräutertee, die Kinder schliefen schon alle, man unterhielt sich entspannt. Draußen war es schon dunkel.

Harry erzählte, dass er schon seit einer Weile mit einem Ex-Kollegen die Eröffnung eines Catering-Services besprochen hatte. Erwin, wie der Mann hieß, war begeistert von Harrys Catering-Idee und wird mit ihm zusammenarbeiten. Er hatte eine Küche, Personal und alles, was es brauchte, um sozusagen sofort zu beginnen.

„Catering liegt voll im Trend", sagte Harry, „die Leute haben genug von diesen Restaurants, die wollen in ihren eigenen Räumen exzellentes Essen genießen."

„Und ich?", fragte Lisa, „werde ich da jetzt nicht mehr mitmachen?"

„Und ob du mitmachen wirst. Du wirst Erwin in den nächsten Tagen kennen lernen. Du wirst ihn mögen. Er ist ein bisschen exzentrisch, aber ein exzellenter Koch. Wir haben gemeinsam beim Sternekoch Christoph Fehlinger gearbeitet, der ist ja seit Jahren laut Gault & Millau der allerbeste."

Als Lisa sich zum Schlafen hinlegte, ging sie die Ereignisse des Tages noch einmal durch. Dass Greg die Fotos für die Kinderkollektion machte, war ein weiterer kleiner Pluspunkt für ihren Einzug ins neue Zuhause. Mit Hanni hatte sie vereinbart, sich beim Hinbringen und Abholen der Kinder in die Schule abzuwechseln, alles würde sich nun in einem geregelten Ablauf abspielen. Nur dieses Treffen mit diesem Erwin war etwas, das ihr nicht ganz geheuer war. Schon allein die Möglichkeit einer Zusammenarbeit mit Harry war ihr noch nicht ganz vorstellbar. Und nun sollte noch ein exzentrischer Mann dazukommen, der noch dazu, wie auch Harry, bei einem berühmten Sternekoch gearbeitet hatte. Würde sie da genügen können? Mit ihrem Hausfrauenkochen?

***

# Kapitel 25

Als wollte das Wetter sich von seiner allerschlechtesten Seite zeigen, regnete es am Montag in Strömen. Zum Glück war das Gemeinschaftsauto gerade frei und Ulla fuhr die Kinder in die Stadt und nahm auch gleich Lisa mit, die zu Bernhard in die Kanzlei musste.

„Normalerweise gehen wir bei jedem Wetter zu Fuß", sagte Ulla, „wir wollen so wenig wie möglich mit dem Auto unterwegs sein. Aber heute ist es ja extrem, so heftig hat es seit Ewigkeit nicht geregnet." Man sah kaum die Straße, die Scheibenwischer konnten diese Sturzflut kaum bewältigen. Der Verkehr fuhr langsam, die Straßen waren glitschig vom Blütenstaub der langen Trockenheit.

Als die Kinder ausgestiegen waren und ins Schulgebäude rannten, verabschiedete sich Lisa von Ulla, die gesagt hatte, sie würde die Kinder auch wieder abholen, entweder zu Fuß oder mit dem Auto, je nach Wetterlage.

Den Vormittag verbrachte Lisa also wieder in Bernhards Kanzlei, wo sie hauptsächlich Telefondienst machte, Akten kopierte und ein paar weniger wichtige Schreibarbeiten erledigte. Sie fühlte sich nicht unwohl bei ihrer Arbeit, die sie sicher und fehlerfrei erledigen konnte. Aber ausgelastet und befriedigt kam sie sich nicht vor. Sie war eine Hilfskraft, mehr nicht. Ihr wahres Können lag woanders.

Bernhard bat sie zwischendurch, Kaffee für ihn und einen Kollegen zu machen. Als sie den Kaffee servierte, hatte sie auch ein paar der Kekse, die sie selbst gebacken hatte und die noch von ihrem samstäglichen

„Bestechungsbesuch" bei Ulla und Peter übrig geblieben waren, auf einen kleinen Teller gelegt.

Als sie die Kaffeetassen nachher wieder aus Bernhards Zimmer holte, bedankten er und sein Kollege sich für die wunderbare Nascherei.

„Selbstgemacht?", fragte Bernhard lächelnd.

„Selbstverständlich", antwortete Lisa und lächelte zurück. *Mit Speck fängt man Mäuse*, dachte sie, als sie das Zimmer wieder verlassen hatte. Und sie überlegte, ob hier vielleicht ein potentieller neuer Kunde fürs Schicki-Micki-Catering wartete.

Zu Mittag hatte der Regen einigermaßen nachgelassen. Lisa spazierte durch die Fußgängerzone und kam bei der Boutique von Fräulein Gertrud vorbei. Auf dem Fenster klebte ein Plakat mit der Aufschrift *Sale – Alles muss raus – Geschäftsauflösung*.

Ulla hatte ihr eine Textnachricht geschickt, dass sie die Kinder mit dem Auto abholen würde. Also betrat Lisa das Geschäft und begrüßte Gertrud.

„Was ist denn los?", fragte sie.

„Ich muss zusperren, kein Umsatz mehr", antwortete Gertrud, die gerade damit beschäftigt war, Kleidungsstücke zusammenzufalten und in Kartons zu verstauen. Ein Mann half ihr dabei.

„Das ist mein Freund Richard, darf ich vorstellen, und das ist … ach, ich weiß nicht einmal Ihren Namen?"

„Lisa, einfach nur Lisa, und bitte kein Sie. Wir können Du zueinander sagen", antwortete Lisa herzlich und reichte zuerst Gertrud und dann Richard die Hand.

„Die Miete ist unglaublich günstig, ich habe das Geschäft von meiner Mutter übernommen, und die hatte es schon von ihren Eltern. Früher war das ein Gemischtwarenladen, Taschenmesser, Bürsten, Gürtel, Hosenträger, Geldbeutel, Faden, Nadeln, Scheren,

Regenschirme, jeder nur erdenkliche Krimskrams. Ich habe dann diese Boutique aufgemacht. Aber so richtig gut gelaufen ist es eigentlich nie. Erst recht, wo jetzt diese Billigmode-Kette in der Fußgängerzone einen neuen Laden aufgemacht hat. Da muss ich zusperren, keine Chance." Gertrud packte weiter ein, ging hin und her und sah richtig traurig aus. „Wenn ich nur wüsste, was ich mit diesem Geschäft machen soll. Einfach den Mietvertrag zu kündigen, ist mir auch nicht recht, wo es doch so billig ist. Aber ich muss mir irgend eine andere Arbeit suchen, ich kann sonst nicht überleben", sagte sie betrübt.

Unschlüssig stand Lisa da, während die beiden arbeiteten.

„Kinderkleidung", platzte es aus ihr heraus. Sie hatte gar nicht überlegt, als sie das gesagt hatte.

„Wie bitte? Was meinst du?", fragte Gertrud.

„Ich zeig euch was", sagte Lisa, eine seltsame Euphorie hatte sie gepackt, „hast du einen Computer?"

„Klar", antwortete Gertrud und ging zu einer kleinen Nische, wo auf einem kleinen Schreibtisch ihr Laptop stand. „Was willst du uns denn zeigen?", fragte sie neugierig.

Schnell tippte Lisa die Adresse der Homepage von *Bio-Kids* ein.

Interessiert sahen sich Richard und Gertrud die Kollektion an.

„Das ist ja wunderschön", meinte Gertrud, „etwas ganz Außergewöhnliches. Und noch dazu aus Bio-Material. So etwas gibt es hier nicht in der Stadt, das wäre wirklich etwas Neues."

Im Gesicht der jungen Verkäuferin begann ein Hoffnungsschimmer zu strahlen.

„Was meinst du, Richard?", fragte sie ihren Freund.

„Na ja, gekündigt hast du den Mietvertrag fürs

Geschäft noch nicht, also warum nicht?", meinte er.

Begeistert besprachen die drei diese neue Möglichkeit und Lisa sagte dann, sie würde für die nächsten Tage einen Termin vereinbaren, wo sich alle treffen könnten, um die genaue Vorgehensweise zu besprechen. Gertrud reichte Lisa eine Visitenkarte mit ihrer Telefonnummer.

Lisa dachte an ihre erste Begegnung mit Gertrud und dass ihr diese junge Frau sofort sympathisch gewesen war. „Wie schön, dass wir uns kennen gelernt haben", meinte sie zum Abschied und Gertrud nickte erfreut. Lächelnd und beglückt verließ Lisa das Geschäft und machte sich im nun schon leichteren Nieselregen auf nach Hause.

Am frühen Nachmittag saßen alle im Gemeinschaftsraum des Alternativ-Haushaltes und unterhielten sich über diese neue Option, mit Gertrud zusammen zu arbeiten.

„Warum wollen wir uns nicht gleich jetzt mit ihnen treffen?", fragte Rüdiger.

„Ja, wir laden sie zum Abendessen ein, dann könnten wir schon einmal ganz konkret darüber reden", sagten Ulla und Hanni fast gleichzeitig, worüber sie herzlich lachen mussten.

„Und wer kocht?", fragte Harry.

„Wir zwei", antwortete Lisa ihm sofort, „und zwar Fingerfood. Ich rufe schnell Gertrud an und dann schauen wir in der Küche nach, was wir alles brauchen." Sie war selbst erstaunt über ihr Engagement. Sie fühlte sich beschwingt und hatte Lust auf Neues. Tatendrang schlummerte in ihr, den sie in ihrem bisherigen Leben mit Robert nie zu Tage hatte kommen lassen.

Lisa nahm ihr Telefon und rief Gertrud an. Zum Glück sagte die sofort zu, hocherfreut und begeistert, dass aus dem vielleicht gar nicht ernst gemeinten Angebot der Kinderkollektion nun tatsächlich ein reales Projekt werden würde.

Lisa und Harry gingen in die Küche und sahen nach, was es an Vorräten gab und was noch zu kaufen wäre.

Während sie am Küchentisch standen und eine Liste erstellten, während sie über den Zettel gebeugt nebeneinander standen, kamen sich ihre Köpfe näher, als wäre es eine Selbstverständlichkeit. Die gemeinsame Besprechung war für Lisa etwas Neues. Nie hatte sie mit Robert eine Kameradschaftlichkeit gespürt, wenn sie mit ihm etwas plante. Immer hatte er über sie bestimmt und alles selbst regeln wollen. Er hatte sie nicht für mündig gehalten und sie so behandelt. Wie schön war es, ein Gemeinschaftsprojekt zu haben, zu dem beide beisteuern konnten, ohne Angst zu haben, etwas Falsches zu sagen oder zu machen, dachte Lisa.

„Und für die Kinder?", fragte Harry.

„Selbstgemachte Pizza, die geht immer", lachte Lisa.

Sie besprachen den Zeitablauf, die verschiedenen Handgriffe, wer was tun würde und als alles geplant war, machte sich Harry noch schnell auf den Weg, um die restlichen Kleinigkeiten zu kaufen.

Nachdem Harry wieder zurück war, begannen die beiden zu arbeiten. Das gemeinsame Tun in der Küche gestaltete sich genau so harmonisch, als wären die beiden schon seit langer Zeit ein eingespieltes Team. Lisa erinnerte sich an ihre erste kleine Zusammenarbeit mit ihm, als sie bei ihrem ersten Treffen gemeinsam in der Küche das Geschirr abgewaschen hatten. Damals gab es Fertigpizza aus dem Tiefkühler. Hier und jetzt wurde alles selbst hergestellt. Gemeinsam mit Harry, einem Mann, den Lisa zu Anfang höchst unsympathisch gefunden hatte, der ihr nun aber in seiner ruhigen, sachlichen Art und in seiner kameradschaftlichen Mitarbeit mehr und mehr vertraut wurde. Genau so einen Menschen hatte sie sich immer an ihrer Seite gewünscht, kam es ihr zu Bewusstsein. Jemand, der sie ernst nahm, jemand, dem sie vertrauen konnte. Jemand, den sie – vielleicht – lieben konnte? Würde sie den Schmerz ihrer gescheiterten Beziehung mit Robert vergessen können? Konnte sie neues Vertrauen aufbauen? Während sie Gemüse kleinschnitt und Zwiebeln hackte, musste sie innerlich über sich selbst lachen. Gerade hatte sie eine Selbständigkeit erreicht und sich erarbeitet, die sie jahrelang nicht hatte, und schon dachte sie an eine neue Beziehung. Einfach lächerlich, dachte sie.

„Was gibt es Lustiges?", fragte Harry sie.

„Wieso?"

„Du hast gekichert", meinte er.

„Ich finde es schön, mit dir zu arbeiten", sagte sie und hätte die Worte am liebsten ungesagt gemacht. Wie würde er reagieren?

„Ich auch", sagte er und blickte nicht auf vom Backblech, wo er Pizzateig mit Schinken und Käse belegte.

Gertrud und Richard kamen an. Das Abendessen wurde serviert, die herrlich anzusehenden Platten und Teller mit dem Fingerfood standen auf der Anrichte, daneben ein Stapel mit Servietten. Keiner musste sich mit Tellern abmühen, alles ging unkompliziert und freundschaftlich vonstatten.

Gertrud und Richard hatten sich sofort mit den Hausbewohnern angefreundet, ein entspanntes Gespräch über dies und das war entstanden. Man war sich sofort gegenseitig sympathisch. Auf dem großen Esstisch breiteten Hanni und Rüdiger nach dem Essen die Kleiderkollektion aus und Gertrud besah sich die einzelnen Stücke begeistert.

„Da habe ich nicht den geringsten Zweifel, dass ich das verkaufen kann", sagte sie zuversichtlich, „eine solche Qualitätsware muss man wirklich suchen, das gibt es hier in der Stadt bisher noch nicht.“

Gerade als Lisa eine Kaffeekanne und Tassen auf einem Servierbrett auf die Anrichte stellte, neben einen großen Teller mit selbstgebackenen Keksen, bekam sie einen Anruf von einer ihr unbekannten Nummer.

„Frau Hebenstreit?“, sagte eine Frau am anderen Ende der Leitung mit ernster Stimme.

„Ja? Das bin ich. Was kann ich für Sie tun?“

„Hier ist das Krankenhaus, ich bin Schwester Angela. Ihr Mann hatte einen Autounfall.“

„Oh …“, meinte Lisa erschrocken, „wie geht es ihm?“

„Es wäre besser, wenn Sie kommen.“

„Warum? Wie geht es ihm?“

„Wie gesagt, es wäre besser, wenn Sie kommen. Sofort. Geht das?“

„Ja, selbstverständlich.“

„Intensivstation, im ersten Stock, fragen Sie nach Professor Doktor Weber.“

Lisa war bleich geworden, ihre Beine zitterten. Sie setzte sich auf einen Stuhl, das Handy entglitt ihrer Hand und fiel zu Boden. Harry ging zu ihr, sah sie besorgt an, hob das Handy auf und gab es ihr. Alle sahen sie fragend an.

„Ich muss ins Krankenhaus“, sagte sie mit unsicherer Stimme, „Robert hatte einen Autounfall. Offenbar geht es ihm nicht so gut, sie wollen, dass ich sofort komme.“

„Ich rufe dir ein Taxi“, meinte Ulla.

„Nein, ich fahre dich“, sagte Harry mit bestimmter Stimme. Erstaunt blickte Lisa ihn an. Wieder sah er sie mit einem Gesichtsausdruck an, den sie nicht deuten konnte. Er kümmerte sich um sie, wie schon damals, als sie sich ihren Knöchel verstaucht hatte. Lag ihm etwas an ihr? Jeder andere der Anwesenden hätte sie auch ins Krankenhaus bringen können. Aber er hatte sofort und ohne zu zögern seine Hilfe angeboten. Sie hätte sich ja wirklich ein Taxi nehmen können. Aber offenbar wollte Harry ihr helfen. Dieser seltsame Mann hatte vielleicht doch positive Gefühle ihr gegenüber. Dankbar folgte sie ihm zur Haustür.

***

# Kapitel 26

Sie sprachen nicht miteinander. Schweigend fuhr Harry den Wagen durch die schon dunklen Straßen zum Krankenhaus. Lisa saß neben ihm, hielt ihre Handtasche auf ihrem Schoß umklammert, als bräuchte sie etwas, an dem sie sich anhalten konnte.

„Liebst du ihn noch?", unterbrach Harry das lange Schweigen.

„Nein", antwortete Lisa. Sie brauchte eine Weile, um aus ihren Gedanken herauszukommen. Sie stellte ernüchtert fest, dass sie Robert tatsächlich nicht mehr liebte. Schon lange nicht mehr. Es war eine Verliebtheit gewesen, eine kindliche Schwärmerei für einen erwachsenen Mann, der ihr vielleicht so eine Art Vaterersatz hätte sein können, wenn er die Situation, mit einer so jungen Frau zusammen zu sein, nicht für sein eigenes Selbstwertgefühl ausgenutzt hätte.

„Nein, ich liebe ihn nicht mehr, und es ist möglich, dass ich ihn ohnehin nie wirklich geliebt habe. Vielleicht war es einfach nur eine Illusion der Liebe", sagte sie dann, „aber ich habe natürlich ganz normale Sorgen um jemanden, wer auch immer das ist, der einen offenbar so schweren Verkehrsunfall hatte, dass er nun auf der Intensivstation liegt."

„Sie hätten dir am Telefon sagen sollen, was los ist. Das ist seltsam, dass sie dir nichts sagen wollten, wie es ihm geht. Ich will dich nicht beunruhigen, ich mache mir nur so meine Gedanken", meinte er besorgt.

„Du beunruhigst mich nicht, bitte mach dir diesbezüglich keine Sorgen. Aber es geht ja auch darum, dass Robert der Vater meiner kleinen Tochter ist. Daran muss ich denken, dass es für sie schwer wird, wenn es ihrem Vater schlecht geht."

Robert lag im Koma. Durch die Glasscheibe auf der Intensivstation sahen Lisa und Harry den an verschiedene Geräte angeschlossenen und wie vermummt daliegenden Patienten. Robert lag reglos da.

„Professor Doktor Weber?", fragte Lisa mit zitternder Stimme den Arzt, der gerade mit zwei Kollegen aus der Intensivstation zu ihr getreten war. Er nickte.

„Sie sind Frau Hebenstreit, nicht wahr", sagte er und nahm sie bei der Hand. Lisa musste sich Schutzkleidung anziehen und die Hände desinfizieren und durfte dann zu Robert. Das quälende Geräusch der piependen Überwachungsapparate und das Fauchen der Beatmungsgeräte drangen in Lisas Gehirn wie ein zerstörerisches Alarmsignal. Monitore zeigten Kurven an, die sie nicht verstand.

„Vitalparameter", erklärte der Arzt, als er Lisas Blick sah, wie sie verwirrt auf den Bildschirm starrte „wir überwachen den Blutdruck, die Sauerstoffsättigung, Herzfrequenz, EKG-Ableitung."

„Wie geht es ihm", flüsterte Lisa verängstigt.

Eine Krankenschwester und ein Pfleger standen an den Geräten, machten hier und dort verschiedene Handgriffe. Leise Gespräche zwischen dem Personal, übertönt von den Maschinen, die Robert am Leben hielten.

„Contusio cerebri", sagte der Arzt, „schweres Schädel-Hirn-Trauma. Wir haben ihn ins künstliche Koma versetzt", erklärte der Arzt.

„Oh Gott, Koma?", fragte Lisa schockiert.

„Künstliches Koma, wie gesagt", beruhigte der Arzt, „das hilft dem Patienten beim Heilungsprozess. Im medizinisch kontrollierten Zustand kann Ihr Mann schmerzfrei gesund werden. Das Risiko für bleibende Schäden ist verringert. Durch die Verminderung von Stress und Angstreaktionen, die mit seinem eingeschränkten Gesundheitszustand zusammenhängen."

Lisa hatte zugehört, dann nahm sie spontan Roberts Hand, die unbeweglich auf dem Bett lag.

„Ja, sehr gut, halten Sie seine Hand", sagte der Arzt mit sanfter Stimme, „er weiß, dass sie da sind. Komapatienten, auch solche im künstlichen Koma, wissen mehr von der Wirklichkeit, als man annehmen sollte."

„Wie geht es ihm den nun wirklich?", fragte Lisa, diesmal schon mit weniger Angst in ihrer Stimme.

„Er wird durchkommen", meinte Dr. Weber mitfühlend, „seien Sie bei ihm, geben Sie ihm das Gefühl, dass alles seine Richtigkeit hat. Das macht es leichter für ihn."

Roberts Kopf war fast vollständig bandagiert, in seinem Mund steckten Schläuche. Seine Augen waren geschlossen, er sah trotz allem friedlich aus. Lisa nahm an, dass das an den hochdosierten Medikamenten lag. Sie blickte in das Gesicht des Mannes, den sie einstmals geliebt hatte, vielleicht nicht wirklich mit reifen Gefühlen, aber sie war in ihn verliebt gewesen. Und sie hatte ein Kind von ihm. Eine seltsame Sicherheit durchflutete ihr Denken. Sie musste stark sein. Für sich und auch für Robert.

„Er hat eine extrem gute Grundkonstitution", sagte der Arzt, „wahrscheinlich werden wir ihn in ein paar Tagen schon aus dem künstlichen Koma aufwecken können."

„Und dann?", fragte Lisa.

„Dann wird er vielleicht Therapie machen müssen, sich wieder ans normale Leben gewöhnen müssen, vielleicht kann er nicht richtig sprechen, vielleicht nicht richtig laufen. Ob und wie ausgeprägt bei ihm

Funktionsstörungen zurückbleiben, kann ich noch nicht beurteilen. Sein Gehirn hat einen gehörigen Schock erlitten, körperlich hat er den Unfall gut überstanden, ein paar kleinere Prellungen, aber das ist unerheblich. Aber das Gehirn ist das Zentrum."

„Wie lange wird die Therapie dann dauern? Bis er wieder normal ist?", fragte Lisa.

„Das hängt ausschließlich von seiner Willensstärke ab", meinte er.

Lisa blickte Robert an. Ein eigenartiges Mitgefühl kam in ihr auf. Sie ließ Roberts Hand sanft los. „Ich komme gleich wieder", sagte sie zu ihm, nicht wissend, ob er sie hören konnte.

Sie ging nach draußen zu Harry.

„Er wird es schaffen, meint der Arzt", sagte sie zu Harry, „ich bleibe bei ihm, bis ich mehr weiß."

„Ich warte hier auf dich", meinte er mitfühlend und nickte zu der kargen Sitzbank, die in dem kahlen langen Gang stand.

„Danke", sagte sie nur und ging wieder in den Intensivraum.

Die Schwester rückte einen Stuhl für sie an Roberts Bett. Wieder nahm Lisa seine Hand in die ihre. Sie drückte sie sanft.

„Ich wollte keinen Rosenkrieg", sagte sie leise zu ihm, „ich wollte nur nicht mehr leiden, auch für Susi wollte ich eine glückliche Mutter sein. Es geht ja um sie, nicht unbedingt um mich."

Sie zögerte. Es gab viel, was sie Robert gern an den Kopf geworfen hätte. Doch plötzlich, im Angesicht seines Zustandes, kam ihr das alles unwichtig vor. Hier lag ein Mann, der seine eigenen Schwierigkeiten gehabt hatte, der mit sich und dem Leben gekämpft hatte, auf seine Weise. Auf eine Weise, die vielleicht andere nicht gerade glücklich gemacht hatte, aber andererseits war Robert vielleicht auch nur ein von unerfüllbaren Wünschen und Sehnsüchten geplagter Mensch.

„Ich habe ein wunderschönes neues Zuhause für Susi gefunden", begann sie dann zu erzählen, „sie spielt jeden Tag mit Lydia, ihrer Lieblingsfreundin. Du wirst dich freuen, wenn du sehen kannst, wie ausgelassen sie auf einmal geworden ist. Gar nicht mehr so ernst und viel zu erwachsen, wie sie bisher war. Es tut ihr gut, mit anderen Kindern zusammen zu leben."

Wieder schwieg sie. Was sollte sie noch sagen? Dass sie ihm nicht böse war? Dass alles gut werden würde?

„Ich bin dir nicht mehr böse", sagte sie also, „du hast gut für mich gesorgt. Ich habe eigentlich alles gehabt, was sich eine junge Frau wünschen kann. Manchmal habe ich deine Nähe vermisst, aber du musstest ja viel arbeiten."

Sie wollte ihm keine Vorwürfe machen, jetzt nicht mehr. Sie wollte ihn beruhigen und ihn auch von einer Schuld, die er möglicherweise ihr gegenüber fühlen würde, befreien.

„Alles wird gut", sagte sie schließlich, weil ihr nicht mehr einfiel, was sie noch sagen konnte, „und ich werde mich um Susi kümmern. Um deine Tochter. Sie soll eine wunderbare Zukunft haben." Und da glaubte sie ein Zucken in seinen geschlossenen Augen zu sehen und auch zu fühlen, wie wenn eine kaum spürbare Bewegung durch seine Hand gehen würde.

Sie beugte sich dicht zu ihm.

„Robert", flüsterte sie, „ich bin bei dir."

Plötzlich begannen die Monitore verrückt zu spielen. Die Kurven auf dem Bildschirm begannen wild zu flattern. Der Alarm sprach mit einem hohen, scharfen und nicht enden wollenden Signalton an. Der Arzt, die Schwester und der Pfleger stürzten an Roberts Bett. Die langen hochfrequenten Signale des aufladenden Defibrillators zischten durch den Raum.

Verängstigt wich Lisa zurück und drehte sich vom Krankenbett weg. Sie wollte nicht sehen, wie sich Roberts Körper unter dem Elektroschock aufbäumte. Die schrecklichen Geräusche der Gerätschaften ließen sie erzittern.

„Sie müssen jetzt gehen", sagte der Arzt in strengem Ton. Die Schwester kam zu Lisa gelaufen und nahm sie an der Hand, führte sie hinaus. „Er wird durchkommen", sagte die Schwester beruhigend, „gehen Sie nach Hause, ruhen Sie sich aus, morgen wissen wir mehr."

Harry fuhr sie nach Hause. Kein Wort wurde gesprochen, weil Harry wahrscheinlich wusste, dass Lisa nun in einer Gemütsverfassung war, in der Gespräche nichts helfen würden.

Als sie vor dem Haus in der Vorstadt vorfuhren, sagte Harry: „Ich hatte vorhin schon angerufen, damit sie Bescheid wissen."

Lisa nickte dankbar. Erklärungen abzugeben hätte sie jetzt nicht geschafft.

Drinnen lief ihr Susi entgegen, mit traurigem Gesicht.

„Stimmt das?", fragte die Kleine leise, „dass der Papi sehr krank ist?"

„Ja", meinte Lisa, und jetzt liefen Tränen über ihr Gesicht. Sie bückte sich und nahm ihre Tochter fest in die Arme.

„Aber er wird wieder gesund. Er hat meine Hand gedrückt. Und er hat dich sehr lieb", sagte sie sanft und streichelte Susi über den Kopf.

Lisa lag lange wach. Neben ihr schlief Susi in ihren Armen. Lisa hörte dem Atem ihrer Tochter zu, spürte, wie sich der Brustkorb der kleinen hob und senkte. Leben durchflutete dieses warme Kind. Lisa hatte ihre Eltern durch einen Verkehrsunfall verloren, nun wäre auch Susi durch einen schweren Verkehrsunfall fast zur Halbwaisen geworden. Aber anders als Lisa hatte Susi eine Mutter, die alles daran setzte, um ihre Tochter umsorgen zu können. Das Schicksal hatte es mit Lisa als kleines Kind nicht gut gemeint, aber für Susi wollte sie da sein, da wollte sie alles wettmachen, worauf sie als Kind verzichten musste. Lisa dachte an Marlis, wie fürsorglich sie sich um sie gekümmert hatte. Aber trotz aller Liebe, die Marlis ihr entgegengebracht hatte, war eine echte Mutter eben doch nicht zu ersetzen. Vorsichtig drückte Lisa ihre Tochter an sich. *Alles wird gut*, dachte sie zuversichtlich und trotz ihres Schocks über die vorangegangenen Ereignisse fühlte sie sich stark und dem Kommenden gewachsen.

Behutsam löste sie sich aus den Armen ihrer Kleinen und stand auf. An ihrem Computer suchte sie die E-Mail-Adresse von Roberts Eltern. Sie hatte nur gelegentlichen Kontakt per Mail mit ihnen gehabt, hatte sie nie persönlich kennen gelernt. Robert und seine Eltern hatten sich so sehr auseinander gelebt, dass es nie zu einem Besuch gekommen war. Lisa überlegte, mit welchen Worten sie an ihre Schwiegereltern im fernen Australien schreiben sollte. Dann entschied sie sich, die Eltern anzurufen. Eine E-Mail kam ihr viel zu unpersönlich vor. In der Suchmaschine ihres Browsers suchte sie die Homepage der Yogafarm, die die Eltern von Robert in Byron Bay gegründet hatten, als sie vor mehr als zehn Jahren ausgewandert waren. Schließlich wurde sie fündig. Kurz errechnete sie die Zeitverschiebung, es musste ungefähr Vormittag in Australien sein. Dann nahm sie ihr Telefon, schloss sich im Badezimmer ein, um Susi nicht aufzuwecken und rief an.

„Namaste-Yogafarm", meldete sich eine junge Frauenstimme.

„This is Mrs. Robert Hebenstreit, I am calling from Germany. Could I please talk to Mr. or Mrs. Hebenstreit?"

„Yes, just hold on for a minute", antwortete die junge Frau gut gelaunt, „Germany, how nice, I go to get Heidi!"

Im Hintergrund hörte Lisa Stimmen.

„Ja? Hallo? Robert?", sagte dann eine ältere Frauenstimme auf Deutsch.

„Ich bin's, Lisa, deine Schwiegertochter", begann Lisa unsicher.

„Ach, wie schön, dass du mal anrufst, wie geht es denn bei euch? Wir kennen dich ja gar nicht, aber Robert hat uns ja nie eingeladen. Und der Aufbau der Yogafarm … so viel zu tun … und die Flüge sind so teuer und Gerhard verträgt das Fliegen nicht mehr so gut, mit seinem Herzen … na ja, was soll's. Wir wollten euch aber dieses Jahr mal besuchen. Alles gesund bei euch?"

„Leider nein", sagte Lisa. Sie setzte sich auf den Badewannenrand und dann erzählte sie mit stockenden Worten, was passiert war. Am anderen Ende der Leitung, auf der anderen Seite der Erdkugel, war es still geworden.

„Hallo?", rief Lisa, „hallo? Bist du noch da?"

„Ja, ich bin noch da. Und wir kommen sofort", sagte Lisas Schwiegermutter mit erstickter Stimme, „lass uns morgen noch mal telefonieren. Oder schreib mir, wegen der Zeitverschiebung. Ich muss das jetzt erst mal Gerhard beibringen."

Unter Tränen verabschiedeten sich die beiden Frauen voneinander.

Leise schlich Lisa zurück ins Zimmer. Susi schlief tief und fest. Vorsichtig legte Lisa sich wieder zu ihrer Tochter und fand dann nach ein paar Minuten doch zu einem guten Schlaf.

***

# Kapitel 27

Lisa konnte sich nur schwer auf ihre Arbeit konzentrieren, als sie in Bernhards Kanzlei in der Rezeption saß. Ihre Disziplin und ihr Pflichtbewusstsein halfen ihr, die Telefonate höflich und freundlich und professionell entgegenzunehmen. Louise Huber, die nette junge Rezeptionistin, arbeitete nun am Vormittag als Sekretärin für Frau Dammwieser, während Lisa alleinverantwortlich in der Rezeption saß. Sie begrüßte Besucher, machte Kaffee und sorgte im Empfang für eine angenehme Atmosphäre. Lisa fühlte sich wohl und zuhause in dieser Kanzlei, sie war froh, eine stabile Beschäftigung zu haben, die ihr Ablenkung schenkte, auch wenn es nicht unbedingt die Beschäftigung war, die sie sich als idealen Beruf ausgesucht hätte.

In einer kleinen Pause kam Bernhard an ihren Schreibtisch.

„Sag mal, stimmt das, was ich von einem Kollegen aus einer anderen Kanzlei gehört habe? Dass Robert einen schrecklichen Unfall hatte?", fragte er.

„Ja", sagte Lisa, „aber er wird durchkommen. Der Arzt meinte, dass er körperlich fast keine Schäden hat, nur sein Gehirn, ein Schädel-Hirn-Trauma."

„Das hört sich ja schrecklich an", sagte Bernhard mitfühlend.

„Ich werde am Nachmittag zu ihm gehen, damit ich Bescheid weiß, wie es ihm nun wirklich geht und wie lange sie das künstliche Koma aufrechterhalten müssen."

„Nun, hoffen wir das beste … Übrigens, eine ganz

andere Sache ... Deborah, du erinnerst dich ...“, meinte er.

„Ja, natürlich. Deborah. Selbstverständlich erinnere ich mich, dass du mir von deiner ehemaligen Freundin erzählt hast. Sie ist in Afrika, nicht wahr?“

„Sie kommt in einer halben Stunde hierher, sie ist mit ihrem Auftrag in Afrika fertig und will sich hier in der Stadt ein wenig umsehen.“

„Wie schön ... dann werde ich sie kennen lernen“, sagte Lisa und spürte, dass sie sich vor der Begegnung mit dieser erfolgreichen Frau ein wenig fürchtete.

„Du wirst sie sofort gern haben“, sagte Bernhard und ging wieder in sein Büro zurück.

„Ruf mich am Nachmittag an und sag mir, wie es Robert geht“, rief er ihr noch zu, bevor er die Tür zu seinem Zimmer schloss.

Eine halbe Stunde später kam dann tatsächlich eine gutaussehende Frau in die Kanzlei, die allein schon durch ihre Sicherheit im Auftreten für Respekt sorgte. Sie war ungeschminkt und von natürlicher Eleganz.

„Sie müssen Lisa sein, nicht wahr?“, fragte Deborah Lisa und ging um den Schreibtisch herum, um Lisa herzlich in die Arme zu nehmen und zu drücken, „Bernhard hat mir von Ihnen erzählt, und dass Sie jetzt hier arbeiten, finde ich ausgesprochen nett.“

Lisa hatte die Frau sofort gern. Deren Fraulichkeit, gepaart mit einer ärztlichen Mütterlichkeit, berührte sie sogleich.

„Wie schön, dass ich Sie kennen lerne“, sagte Lisa lächelnd, „Ihr Deutsch ist umwerfend, einfach perfekt.“

„Meine Mutter ist Deutsche, mein Vater Franzose, und wir haben seit meiner Geburt in England gelebt. Ich hatte das große Glück, dreisprachig aufzuwachsen. Das hat mir viel geholfen in meinem Beruf“, erklärte Deborah.

Bernhard kam aus seinem Büro und umarmte Deborah.

Die beiden begrüßten sich mit einer Innigkeit, die für Lisa keinen Zweifel daran ließ, dass die beiden sich sehr zugetan waren. Innerlich freute sie sich und hoffte, dass Bernhard wieder mit Deborah in eine gemeinsame Zukunft sehen würde. Denn ganz offensichtlich mochten die beiden sich sehr.

„Ich bringe euch Kaffee", sagte sie gut gelaunt und vergaß über der Begegnung mit der netten Deborah ihren eigenen Kummer und ihre eigenen Sorgen.

„Hast du noch diese leckeren Kekse?", fragte Bernhard.

„Ja, ein paar habe ich wieder mitgebracht", sagte Lisa.

Gerade als sie den Kaffee und die Kekse auf einem Servierbrett arrangiert hatte und an Bernhards Tür klopfte, betraten ein paar Uniformierte die Kanzlei. Und dann überschlugen sich die Ereignisse.

„Frau Hebenstreit? Das sind Sie, nicht wahr?", fragte der eine, als er zu ihr getreten war. Er blickte von seinem Smartphone, auf dem Lisa ihr Foto sehen konnte, zu ihr auf.

„Ja? Einen Moment bitte", sagte Lisa. Bernhard hatte gerade die Tür geöffnet. Deborah kam, nahm Lisa das Servierbrett ab und alle drei blickten die Uniformierten an.

„Wir müssen Sie mitnehmen. Bitte folgen Sie uns sofort", sagte der Mann mit strenger Stimme.

„Warum? Ist etwas mit Robert?", fragte Lisa verunsichert. Ihre Beine zitterten.

„Nein, mit Ihnen. Steuerhinterziehung, Unterschlagungen, Schwarzgeld, Immobilienbetrug. Bitte kommen Sie sofort mit. Wir haben ein paar Fragen an Sie."

„Das geht nicht so ohne weiteres", sagte Bernhard mit professioneller Anwalts-Stimme, „haben Sie einen Haftbefehl?"

„Der folgt", sagte der Uniformierte, „und mischen Sie sich nicht ein, das hat mit Ihnen und Ihrer Kanzlei absolut nichts zu tun."

„Werde ich verhaftet?", flüsterte Lisa entsetzt.

„Untersuchungshaft möglicherweise. Wenn überhaupt", sagte Bernhard beruhigend und versuchte, Lisa Sicherheit zu schenken, „und ich organisiere dir auf jeden Fall einmal sofort einen guten Anwalt, mach dir vorerst keine Sorgen."

Lisa packte ihre Sachen zusammen und folgte den Polizisten. *Wenigstens werde ich nicht in Handschellen abgeführt*, dachte sie verzweifelt.

„Wir kümmern uns um dich", rief Deborah ihr nach.


Lisa saß mit dem Staatsanwalt und zwei Beamten vor dem Büro des Untersuchungsrichters.

„Ich muss telefonieren, meine Tochter ...", stammelte Lisa.

„Das dürfen Sie", meinte er unbeteiligt. Lisa fühlte, dass sie für diesen Mann einfach nur ein Fall unter vielen war, er wollte ihr persönlich nichts tun, sie war einfach nur eine von vielen, die er schon dem Untersuchungsrichter vorgeführt hatte.

„Ulla?", fragte Lisa ins Telefon, „du, es ist etwas ganz Schlimmes passiert, ich bin verhaftet worden?"

„Waaaas?", schrie Ulla auf der anderen Seite der Verbindung.

„Ja, irgendwas wegen Steuerhinterziehung, und das mir, ich hab doch nichts und bin nichts", schluchzte Lisa.

„Keine sachbezogenen Gespräche, die diesen Fall betreffen", rief einer der Beamten in strengem Ton. Lisa zuckte zusammen.

„Also, Ulla, wegen Susi, ich weiß nicht, wie lange das hier dauern wird ..."

„Ja, alles klar, ich kümmere mich um sie. Und Robert?", fragte Ulla besorgt.

„Jetzt kommt wirklich alles zusammen", flüsterte Lisa erschöpft.

„Bitte beenden Sie das Gespräch", sagte der Staatsanwalt nun.

„Ich muss aufhören", sagte Lisa.

„Ja, wie gesagt, wir kümmern uns um Susi", beruhigte Ulla.

Dann öffnete sich die Tür des Untersuchungsrichters und Lisa betrat verschüchtert dessen Büro, gefolgt vom Staatsanwalt. Die beiden Beamten blieben draußen.

In Roberts Unfallwagen hatte die Polizei Dokumente gefunden, die eindeutig ein schweres Vergehen betrafen. Robert war offenbar an Steuerhinterziehungen und Schwarzgeldaffären beteiligt, auch von Immobilienschiebereien war die Rede. In einer Blitzaktion, die nur ein paar Stunden in der Nacht und in den frühen Morgenstunden angedauert hatte, war die Wirtschaftspolizei bei der Durchsuchung von Roberts Villa zwar nicht fündig geworden, aber in Roberts Büro, auf seinem Laptop und seinem Handy waren sie auf Unmengen an Beweismaterial und auch auf Lisas Namen gestoßen. Sie schien als Besitzerin verschiedener Immobilien auf, die durch unsaubere Hände gegangen waren.

„Aber mir gehört doch nichts! Absolut nichts!", schluchzte Lisa, als der Untersuchungsrichter ihr die ihr zur Last gelegten Vergehen an den Kopf warf.

„Tut mir Leid, da ist aber Ihre Unterschrift auf allen diesen Kaufverträgen drauf", sagte der Richter.

Lisa durfte sich die Dokumente ansehen. Sie war verunsichert. Das sah zwar aus wie ihre Unterschrift, auch auf einer Vollmacht, die sie vor einem Notar an Robert gegeben haben sollte … aber sie hatte ihm niemals eine solche Vollmacht gegeben.

„Das habe ich nie im Leben unterschrieben", beharrte sie aufgebracht. Nun wurde sie wütend. Da wollte ihr jemand etwas unterschieben, wer auch immer. Vielleicht sogar Robert? War er deswegen so unwirsch zu ihr gewesen? Hatte er mit ihrem guten Leumund gespielt? Hatte er tatsächlich mit ihrem Namen und unter ihrer Identität kriminelle Handlungen begangen?

Während der Untersuchungsrichter und der Staatsanwalt miteinander sprachen, fühlte sich Lisa wie in einer Seifenblase. Sie erinnerte sich an die Stunden, die sie an Roberts Krankenbett in der Intensivstation verbracht hatte, als sie seine Hand gehalten hatte, als sie zu ihm gesagt hatte, dass alles gut werden würde. Sie hatte ihm verziehen gehabt. Aber nun? Wenn das wirklich stimmte, dass er so ein mieser Betrüger war, der zu allem Überfluss auch noch sie in seine betrügerischen Machenschaften hineingezogen hatte, indem er ihre Unterschrift gefälscht hatte … dann konnte sie niemals wieder gut über ihn denken.

Es klopfte an der Tür, ein Beamter trat ein und meldete, dass ein Anwalt bekommen wäre, der Frau Lisa Hebenstreit vertreten wollte.

„Na, das geht bei Ihnen ja blitzschnell", sagte der Untersuchungsrichter. Seiner Stimme war nicht zu entnehmen, wie er das meinte. War er auf Lisas Seite? Oder vermutete er tatsächlich, dass sie eine Kriminelle war? Von seiner Entscheidung hing offenbar ab, ob Lisa in Untersuchungshaft genommen werden würde.

„Soll reinkommen", sagte der Untersuchungsrichter.

„Dr. Guido Föhnscheid", stellte sich der gutaussehende ältere Herr vor, der dann eintrat. Er war vielleicht knapp siebzig Jahre alt und ging auf Lisa zu, gab ihr die Hand.

„Dr. Bernhard Schima hat mich angerufen, ein ehemaliger Student von mir, mit dem ich jahrelang den

Kontakt aufrecht erhalten habe. Einer der tüchtigsten ist er", sagte er zu Lisa, „ihm liegt offenbar viel an Ihnen. Und darum kümmere ich mich ab jetzt sehr gern um Sie."

„Danke", sagte Lisa erleichtert. Sie hatte nicht damit gerechnet, dass Bernhard so schnell Hilfe organisieren konnte. Sie war überglücklich, dass er ihr sofort jemanden zur Seite gestellt hatte. *Jetzt wird sich alles klären*, dachte sie. Trotzdem fühlte sie sich verunsichert. Sie hatte zwar zwei Semester studiert, aber mit derartigen Vorkommnissen hatte sie niemals gerechnet. Sie hatte keine Ahnung, wie sie sich verhalten sollte und was möglicherweise auf sie zukommen würde. Vom Strafrecht hatte sie nicht die leiseste Ahnung.

„Guido, schön, dich wieder mal zu sehen", sagte der Staatsanwalt. Die beiden Männer gaben sich die Hand.

„Na, dann sehen wir uns das alles mal an", sagte der Untersuchungsrichter, nachdem auch er Dr. Föhnscheid begrüßt hatte, und alle beugten sich über die Akten. Stumm und unbeweglich hörte Lisa den Verhandlungen zu, die der Staatsanwalt, der Untersuchungsrichter und Dr. Föhnscheid führten. Sie hörte Begriffe wie dringender Tatverdacht, Mitwisserschaft, Verdunkelungsgefahr und Fluchtgefahr und kannte sich überhaupt nicht aus.

„Es besteht keinesfalls Fluchtgefahr. Frau Hebenstreit hat eine Tochter, um die sie sich kümmern muss. Sie ist eine aufopfernde und liebevolle Mutter und hat sich bisher niemals einer Straftat schuldig gemacht. Nicht einmal irgend ein Strafzettel wegen Falschparken oder Geschwindigkeitsüberschreitung. Meine Mandantin ist absolut unschuldig. Eine gute Bürgerin, die durch ein Missgeschick in unhaltbare Anschuldigungen geraten ist. Und Verdunkelungsgefahr ist in diesem Falle nicht gegeben, weil meine Mandantin in einem Haushalt lebt, der nicht das mindeste mit den ihr zur Last gelegten

Vergehen zu tun hat. Sie können das jederzeit überprüfen", sagte Dr. Föhnscheid. Lisa bewunderte diesen Mann. In kürzester Zeit, nicht einmal zwei Stunden waren seit ihrer Festnahme vergangen, hatte er sich über ihren privaten Hintergrund informiert. Lisa nahm an, dass Bernhard ihm alles von ihr erzählt hatte.

Schlussendlich wurde Lisa auf freiem Fuß angezeigt, bis die weiteren Untersuchungen durchgeführt werden konnten.

Herr Dr. Föhnscheid brachte sie in seinem Auto nach Hause. Lisa kam sich wie ein Kind vor, als sie in den luxuriösen Wagen einstieg und sich in die komfortablen Ledersitze sinken ließ.

„Machen Sie sich keine Sorgen. Die Anschuldigungen sind lächerlich. Aber Ihr Mann … na ja, da kommt einiges auf ihn zu, wenn er sich von seinem Unfall erholt hat", sagte der Anwalt zu Lisa, während er langsam und bedächtig seinen Wagen durch den Innenstadtverkehr lenkte.

„Ich bin seit Jahrzehnten auf Wirtschaftsrecht spezialisiert", meinte er, als er vor dem Haus in der Vorstadt hielt, „ich kann ohne Stolz behaupten, dass ich so ziemlich der beste bin. Bei mir sind Sie gut aufgehoben. Ich werde mich sofort weiter über Ihren Fall informieren und dann melde ich mich umgehend bei Ihnen. Wahrscheinlich schon diesen Abend."

Als Lisa ausstieg und sich dankbar von dem distinguierten Mann verabschiedete, kam ihr Conny aus dem Haus entgegen.

„Ulla hat mich angerufen", sagte Conny, schnell nahm sie Lisa in die Arme und drückte sie, „und ich bin sofort gekommen. Du Arme, jetzt kommt es ja wirklich dicke auf dich zu."

„Ich weiß wirklich nicht, wie ich das alles schaffen soll",

sagte Lisa bedrückt. Aber so leicht wollte sie sich auch nicht unterkriegen lassen. Schließlich musste sie ja für Susi stark sein.

***

# Kapitel 28

„Robert ist da in Sachen verwickelt, mit denen ich mich überhaupt nicht auskenne", sagte Lisa zu Conny. Die beiden Frauen saßen in der Küche auf der Eckbank, vor der ein Arbeitstisch stand, der normalerweise zum Herrichten der Speisen und für kleinere Imbisse benutzt wurde. Sie tranken Kaffee. Lisa hatte im Krankenhaus angerufen und sich nach Roberts Zustand erkundigt, alles schien sich gut zu entwickeln, Schwester Angela hatte ihr von Dr. Webers Freude berichtet, dass Robert sich stabilisiert hatte und das künstliche Koma nicht allzu lang aufrechterhalten werden müsste.

„Die Polizei war auch im Krankenhaus, aber da konnten sie nichts machen, weil Robert eben noch im Koma liegt", erklärte Lisa.

„Und du hast nie irgend etwas bemerkt?", fragte Conny.

„Nur, dass er immer gestresst war und fast nie zu Hause war. Das weißt du ja. Und wenn ich meine Gala-Menüs für seine Geschäftsfreunde gemacht habe, dann habe ich mich mit denen eigentlich nie viel unterhalten. Über Geschäftliches ist nie geredet worden, nur übers Golfspielen oder über Tennisturniere oder über schicke Urlaube in der Karibik. Die Robert und ich nie gemacht haben. Er hat immer nur ans Arbeiten gedacht."

„Und an seine kriminellen Unterschlagungen", meinte Conny verärgert, „in die er dich auch noch hineingezogen hat."

„Wenn das stimmt, was man ihm zur Last legt", warf Lisa ein.

„Sag nur, du willst ihn verteidigen", fragte Conny verwundert.

Lisa schüttelte nur stumm den Kopf.

„Jedenfalls hat der dir schon genug angetan. Und vergiss die nachtblauen Dessous nicht. Das ist auch noch so eine Sache, die geklärt werden muss", sagte Conny, „ich habe dem nie vertraut. Der ist ein ganz mieser Kerl."

Lisa dachte an den vermummten und bandagierten Robert, den sie in seinem Krankenbett gesehen hatte und an das seltsame Mitgefühl, das sie für ihn empfunden hatte. Von ihrer ganz natürlichen Mitmenschlichkeit, die sie für jeden empfand, wollte sie sich nicht abbringen lassen. Auch wenn Robert tatsächlich ein hinterhältiger Betrüger sein sollte, der sie nur geheiratet hatte, damit er nach außen hin ein sauberes Image vorweisen konnte.

„Und wie geht es dir jetzt mit Greg?", fragte Lisa, denn ihr kam plötzlich zu Bewusstsein, dass sich alles nur um sie drehte und um ihre Schwierigkeiten. Aber Conny hatte ein eigenes Leben, eine eigene Beziehung, die durchaus auch ihre Schwierigkeiten bot.

„Oh, besser als je zuvor, die Trennung hat uns gut getan", lächelte Conny und man sah ihr an, dass sie überglücklich war, „wir wissen jetzt einfach, dass wir zwei sehr komplexe Menschen sind, und dass wir mehr Verständnis für unsere gegenseitigen Marotten haben müssen. Aber so verliebt wie jetzt waren wir eigentlich noch nie in ihn."

„Das freut mich riesig für dich", sagte Lisa hocherfreut.

„Weißt du, liebe Sister Forever, jetzt, wo du deine Probleme mit Robert hast, haben Greg und ich viel gesprochen miteinander und wir haben erkannt, wie schön wir es miteinander haben können, wenn wir es wirklich wollen. So etwas wirft man nicht leichten Herzens weg."

„Du wirst ja noch richtig seriös", meinte Lisa lächelnd.

„Durchaus möglich", grinste Conny.

Dann erzählte Conny von Greg, der gerade die Fotos für die Homepage von *Bio-Kids* fertiggemacht hatte, er hatte die ganze Nacht im Studio durchgearbeitet.

„Er muss sie nur noch auswählen und überarbeiten, im Photoshop, dann schickt er sie an Hanni und Rüdiger", erzählte Conny und stand auf, sie wollte sich verabschieden.

Beim Hinausgehen aus der Küche entschieden sich die beiden Frauen, noch in den Gemeinschaftsraum zu gehen, wo Hanni und Rüdiger mit Ulla und Peter saßen und über die Neueröffnung des Geschäfts von Fräulein Gertrud plauderten. Im Nebenraum sah Lisa die Kinder beim gemeinsamen Spiel. Susi war sofort ein Teil der Gemeinschaft geworden und alle akzeptierten sie mit großer natürlicher Selbstverständlichkeit.

Conny erzählte den um den Esstisch Sitzenden, dass die Fotos von Greg jederzeit per Mail kommen könnten. Alle waren sehr erfreut, dass das so schnell geklappt hatte.

„Wir haben gerade mit Gertrud und Richard gechattet, wir treffen uns morgen mit ihnen, um alle Details der Neueröffnung zu besprechen", sagte Peter.

„Ja, wir werden in zwei Wochen aufsperren", sagte Hanni, „wir müssen nur noch so etwas wie einen Vertrag aufsetzen, aber da sehen wir alle keine Schwierigkeiten. Gertrud und Richard sind unglaublich nette und ehrliche Leute, das haben wir sofort erkannt."

„In zwei Wochen schon?", fragte Lisa erstaunt, „das ging ja wunderbar schnell."

„Wir wollen jetzt die Sommerkollektion anbieten, gerade der richtige Zeitpunkt", sagte Rüdiger.

Harry war gerade nach Hause gekommen und trat hinzu.

„Ich stehe unter Anklage, auf freiem Fuß", sagte Lisa

schüchtern zu den nun komplett Anwesenden, „mein zukünftiger Ex-Mann ist in Sachen verwickelt, die mit Steuerhinterziehung und Unterschlagungen zu tun haben. Und irgendwie glaubt die Polizei, dass ich davon etwas wusste oder sogar daran beteiligt war."

„Da brauchst du sofort einen guten Anwalt", sagte Peter, „wie sieht es da mit deinem Bernhard aus?"

„Der hat mit solchen Fällen nichts zu tun, seine Kanzlei arbeitet nur mit karitativen Organisationen."

„Karitativ ist das nicht gerade, was deinem … zukünftigen Ex-Mann, wie du ihn nennst, vorgeworfen wird", scherzte Harry.

Lisa grinste. Sie fand Harrys Bemerkung zutreffend, auch wenn sein Sarkasmus vielleicht nicht unbedingt angebracht war. Aber zumindest konnte sie lächeln.

„Ich habe einen sehr guten Anwalt. Bernhard hat mir einen organisiert, der ist sofort und umgehend gekommen und kennt sich mit meinem Fall offenbar schon gut aus. Aber angeklagt bin ich trotzdem irgendwie. Ich kann euch in meinem Zustand nicht helfen, tut mir Leid", sagte sie bekümmert. Sie hätte gern mitgearbeitet an der Neueröffnung. Und auch mit Harry und seinem Freund Erwin hätte sie sich gern getroffen, um das *Schicki-Micki-Catering* zu besprechen. Besorgt sagte sie das zu Harry.

„Experimentieren können wir hier, unsere Küche ist groß genug. Und mit Erwin können wir chatten. Wozu gibt es denn die großartige Erfindung Internet?!", meinte Harry nicht im mindesten beunruhigt über die Tatsache, dass Lisa unter Verdacht stand.

Lisa brachte Conny zur Tür und verabschiedete sich.

„Ich bin immer für dich da, wenn du mich brauchst", sagte Conny.

„Sisters forever. Und ich hoffe, dass ich dir mal genauso helfen kann, wie du das jetzt für mich tust."

„Das hast du schon getan, allein schon dadurch, dass es dich gibt. Sonst wäre ich ein verzogenes, egoistisches und unerträgliches Einzelkind geworden, das allen fürchterlich auf die Nerven geht. Du hast mich stabilisiert, du bist unbezahlbar, einfach, weil es dich gibt", sagte Conny liebevoll.

Lisa ging ins Spielzimmer und fragte Susi, wie es ihr ging.

„Alles ist so schön hier, ich bin so froh, dass wir hier wohnen", meinte Susi mit lachender Stimme. Dann fragte das Kind besorgt: „Und der Papa? Wird er wieder ganz gesund? Können wir ihn besuchen?"

Lisa nickte und lächelte. Sie wollte die Kleine nicht beunruhigen.

„Sobald es ihm besser geht, gehen wir ihn gemeinsam besuchen", sagte sie also zuversichtlich.

„Und wir bringen ihm Blumen und Schokolade", lächelte Susi und lief wieder zu ihren Freunden.

Lisa ging in den oberen Stock, um ihre Nachrichten auf ihrem Laptop durchzusehen. Zum Glück hatte die Polizei hier keine Hausdurchsuchung gemacht und den Computer nicht beschlagnahmt. Wahrscheinlich hatten sie schon genug Beweismittel gegen Robert in dessen Büro gefunden.

Eine Nachricht von Roberts Eltern war eingetroffen, sie kündigten an, einen Flug für den nächsten Tag gebucht zu haben und am übernächsten Tag anzukommen. Sie würden direkt in die Villa fahren, zu der sie ohnehin immer noch einen Schlüssel hatten. *Wir treffen dich ja dann dort an*, stand in dem Mail. Lisa schüttelte sich innerlich. Wie sollte sie diesen wahrscheinlich sehr netten Menschen sagen, was nun alles passiert war? Was, wenn die Villa versiegelt war? Gab es so etwas überhaupt? Sie kannte derartige Fälle nur aus Filmen, wenn Tatorte mit Plastikbändern abgesichert wurden und Türen mit Klebestreifen verklebt waren, sodass man nicht eintreten konnte.

Zuversichtlich schrieb sie indessen zurück, dass sie sich auf die Ankunft ihrer Schwiegereltern freuen würde. *Alles wird gut*, sagte sie sich.

„Kennen Sie eine Alissa Manoretti?", fragte Dr. Guido Föhnscheid Lisa am Telefon.

„Nein, der Name sagt mir gar nichts", antwortete Lisa, „wer soll das sein?"

„Eine Kollegin Ihres Mannes, seine Sekretärin, um genauer zu sein", sagte der Anwalt, „sind Sie jetzt zuhause? Kann ich kommen?"

„Wo soll ich denn sonst sein, ich stehe ja sozusagen unter Hausarrest", meinte Lisa und hoffte, dass ihre Antwort nicht allzu frech erschien.

„Humor haben Sie ja offenbar noch. Ich bin in einer halben Stunde bei Ihnen."

Inzwischen war es draußen schon dunkel geworden. Viele Stunden waren seit dem Vorfall in Bernhards Kanzlei und beim Untersuchungsrichter vergangen. Während dieser langen Zeit hatte Dr. Föhnscheid mit befreundeten Wirtschaftsexperten und Kollegen die Akten durchgearbeitet, die den Fall Robert Hebenstreit betrafen.

„Macht es Ihnen etwas aus, wenn wir uns in die Küche setzen?", fragte Lisa ihren Anwalt, als der ins Haus getreten war, „im Esszimmer sitzen alle Hausbewohner und besprechen die Vorgehensweise zur Neueröffnung von einer Boutique mit Bio-Kindermoden."

„Spannend. Meine Schwiegertochter kauft für meine Enkelkinder grundsätzlich nur Biosachen. Wenn es soweit ist, müssen Sie mich das wissen lassen", sagte Dr.

Föhnscheid, als er Lisa in die Küche begleitete. Sie hatte aufgeräumt und einen kleinen Imbiss hergerichtet, natürlich Fingerfood von den Sachen, die sie im Kühlschrank gefunden hatte und die sie schnell hatte verarbeiten können.

„Aber nun zu Ihrem Fall", meinte Dr. Föhnscheid dann, nachdem er ein paar Häppchen gekostet hatte. „Köstlich", sagte er anerkennend und tupfte sich den Mund ab.

Dann legte er ihr ein Foto einer umwerfend gutaussehenden jungen Frau vor.

„Alissa Manoretti. Kennen Sie sie wirklich nicht? Das ist die Sekretärin Ihres Mannes."

Lisa fühlte einen Stich im Herzen. War das die Frau mit den nachtblauen Dessous? Gegen diese Schönheit hatte keine Frau – rein aussehensmäßig – eine Chance.

„Nein", antwortete sie zögernd, „nie gesehen."

„Nun, das Büro Ihres Mannes hat jedenfalls Geschmack bei der Rekrutierung der weiblichen Angestellten bewiesen. Aber das nur so nebenbei. Rein äußerlich. Ich bin ja auch ein Mann und diese Frau sieht wirklich ausgesprochen gut aus. Ich habe sie im Büro Ihres Mannes kennen gelernt. Und ich habe Zweifel, ob die äußerliche Schönheit etwas mit ihrem Innenleben zu tun hat."

„Diese Frau, diese Alissa Manoretti, wie lange ist die schon bei meinem Mann angestellt gewesen?", wollte Lisa wissen. Sie dachte an die Abendgesellschaften, die sie gegeben hatte, und wo alle wichtigen Geschäftskontakte ihres Mannes anwesend gewesen waren. Nie hatte jemand den Namen dieser Frau erwähnt. Aber andererseits war auch nie von Geschäftlichem gesprochen worden. Alle hatten nur über Privates geplaudert. Welche Geheimnisse waren da verschwiegen worden?

„Sieben Jahre."

Lisa rechnete nach. Die sieben Jahre deckten sich

ungefähr mit dem Moment, als sie an Robert erstmals Nervosität, ja sogar eine lauernde Aggressivität festgestellt hatte.

„Ich werde Sie jedenfalls auf dem Laufenden halten. Machen Sie sich keine unnötigen Sorgen. Derzeit prüft ein Forensiker im Landeskriminalamt Ihre Unterschriften, ein öffentlich bestellter und beeidigter Sachverständiger für Handschriftvergleichung."

„Ein öffentlich bestellter was?"

„Der Laie nennt das einen Graphologen. Wenn Ihre Unterschrift sich als Fälschung herausstellen sollte, dann könnte damit Ihre Unschuld bewiesen werden."

„Wie sicher sind diese Beurteilungen eines Graphologen?", fragte Lisa.

„Sachverständiger für Handschriftvergleichung", betonte Dr. Föhnscheid, „im Gegensatz zu einem Graphologen, der die Charaktereigenschaften einer Person anhand von dessen Schriftstücken feststellen will. Was ich im Grunde für Humbug halte, aber das nur nebenbei."

„Und wie sicher ist das jetzt, diese Handschriftenvergleichung?", bohrte Lisa nach. Immerhin ging es hier nicht um eine korrekte Berufsbezeichnung, sondern darum, ob sie mit einer Gefängnisstrafe rechnen müsste.

„Mit an Sicherheit grenzender Wahrscheinlichkeit. Das ist forensische Detailarbeit, unter dem Mikroskop werden alle Schnörkel, der Druck, mit dem geschrieben wurde, kleinste charakteristische Schriftelemente und so weiter verglichen."

„Aber dazu müsste ich doch meine Unterschrift vor der Polizei machen? Damit das korrekt verglichen werden kann?", wunderte sich Lisa.

„Nein, Schriftprobenabnahmen von der Polizei gelten heutzutage als wertlos, wichtiger sind Schriftstücke, die ungefähr zu demselben Zeitpunkt entstanden sind wie die fraglichen Dokumente."

„Wie soll ich das denn jetzt organisieren?", fragte Lisa verzweifelt. Sie hatte keine Ahnung, wie sie Schriftstücke vorlegen sollte, die vor Jahren geschrieben worden waren.

„Ihre Kochbücher", sagte Dr. Föhnscheid lächelnd, „Ihre handschriftlichen Notizen, die Sie in Ihren Kochtagebüchern offenbar seit vielen Jahren führen. Die hat die Polizei auf mein Betreiben aus der Villa Ihres Exmannes beschlagnahmt. Ich war ja auch in Ihrem ehemaligen Zuhause und habe mich umgesehen."

„Sie sind ein Engel!", rief Lisa begeistert.

„Ich will Sie freibekommen, das habe ich Dr. Schima versprochen. So schnell wie möglich. Er hat mich vehement darum gebeten. Er glaubt an Ihre Unschuld. Ich inzwischen übrigens auch."

Er nahm noch ein Häppchen, schloss genüsslich die Augen.

„Woher haben Sie diese Häppchen? Einfach wunderbar", fragte er.

„Selbstgemacht, von meiner gerade im Entstehen begriffenen neuen Catering-Firma", sagte Lisa lächelnd.

„Schön, dass Sie neue Projekte haben. So etwas lenkt ab. In die Zukunft blicken, das ist immer das beste Motto. Nun, dann wünsche ich uns beiden, dass sich alles so schnell wie möglich regeln wird. Ich werde alles daran setzen, Sie umgehend freizubekommen."

***

# Kapitel 29

„Gehst du denn gar nicht arbeiten?", fragte Susi erstaunt, als Lisa ihr beim Frühstück sagte, dass sie heute zuhause bleiben würde.

„Nein, ich möchte mich auch mal ausruhen", vermied Lisa, ihrer Tochter die Wahrheit zu sagen. *Eine echte Lüge ist das ja nicht,* dachte sie, immerhin wollte sie sich wirklich von den ermüdenden Belastungen, die sie gerade durchlebte, ausruhen. Bernhard hatte ihr bei einem Telefonat gesagt, dass sie zuhause bleiben solle, wenn sie es wünschte. Er wollte nicht, dass sie in ihrem aufgewühlten Zustand arbeitete. Er grüßte sie von Deborah, die vollstes Verständnis für die schwierige Lage von Lisa zeigte.

Lisa dachte über ihre Situation nach. Susis Vater lag im Koma im Krankenhaus und sie selbst stand unter einer Anklage, die sich, wenn Dr. Föhnscheid gut arbeitete, als falsch herausstellen würde. Lisa konnte und wollte ihre Tochter nicht mit Dingen belasten, die für die Kleine kaum verständlich waren. Selbst für Lisa war das Chaos, in dem sie sich gerade befand, unverständlich und unfassbar.

„Gehst du den Papa besuchen?", fragte Susi, „heute hast du ja viel Zeit." Gedankenverloren packte Lisa Susis gesunden Snack in deren Schultasche und wusste nicht recht, was sie antworten sollte. Lydia machte sich mit Ulla schon für den Aufbruch in die Schule zurecht und so vergaß Susi ihre Frage.

Lisa log nicht gern. Aber sie wusste auch, dass es für Susi besser war, nicht in Erwachsenenangelegenheiten gezogen zu werden, die sie belasten würden. Ulla nickte

Lisa aufmunternd zu und brach mit den Kindern auf. Lisa nahm ihr Telefon zur Hand und rief im Krankenhaus an. Wenn sie Robert schon nicht besuchen konnte, so wollte sie wenigstens wissen, wie es ihm ging.

„Der Zustand Ihres Mannes hat sich gut entwickelt. Zum Glück hat er eine robuste Gesundheit, wir können ihn wahrscheinlich schon in zwei oder drei Wochen aus dem Koma aufwecken", sagte Dr. Weber.

„Das ist eine schöne Nachricht", antwortete Lisa.

„Sie sollten kommen, für Ihren Mann ist es ungemein wichtig, dass eine Vertrauensperson anwesend ist", insistierte der Arzt.

Alle waren mit irgend etwas beschäftigt. Ulla kam von der Schule zurück und zog sich gleich mit Peter, Hanni und Rüdiger ins obere Stockwerk zurück, um die Neueröffnung der Boutique zu planen. Dann verließen sie das Haus, um zu Gertrud und Richard in die Innenstadt zu fahren. Harry war bei seinem Freund Erwin, um die Details der Catering-Firma zu besprechen. Alle hatten etwas zu tun, nur Lisa war untätig und litt darunter. Also entschloss sie sich, einmal das Haus gründlich zu putzen. *Wieder einmal pure Hausfrauenarbeit*, dachte sie heiter, als sie sich mit Staubsauger und Staubtuch durch die Gemeinschaftsräume arbeitete. Sie brachte die Küche auf Hochglanz und bereitete schließlich alles vor, um das Mittagessen kochen zu können, wenn alle wieder zuhause sein würden. Über der Arbeit vergaß sie ein bisschen ihre Sorgen.

Als nichts mehr zu tun war, ging sie in ihre Dachwohnung und setzte sich an ihren Computer. Besorgt überprüfte sie die Flugdaten von Roberts Eltern und stellte fest, dass der Flug tatsächlich erst am nächsten Abend ankommen würde. Roberts Eltern hatten geschrieben, dass sie sofort in die Villa fahren würden, die ja auch ihr ehemaliges Zuhause gewesen war, bevor sie vor zwölf Jahren nach Australien ausgewandert waren.

Lisa freute sich, ihre Schwiegereltern endlich kennen zu lernen, gleichzeitig fürchtete sie sich auch davor. Nicht nur, weil sie in großen Schwierigkeiten steckte, nicht nur, weil Roberts Eltern mit dem Schock zurechtkommen mussten, dass ihr Sohn im Koma lag, sondern auch, weil sie dieses ältere Ehepaar gar nicht kannte. Wie würden ihre Schwiegereltern sie empfangen? Robert hatte kaum von ihnen erzählt und auf Lisas Fragen immer nur ausweichend geantwortet.

Seine Eltern waren erfolgreiche Geschäftsleute gewesen, die dann aber, durch ein schlimmes Ereignis, ihr Leben vollkommen geändert hatten. Gerhard, Roberts Vater, hatte einen schweren Herzinfarkt gehabt und nach seiner Genesung hatten die Eltern beschlossen, das Geschäftsleben aufzugeben und sich einer neuen Lebensweise zu öffnen. Robert war damals noch Student gewesen, der nichts anderes wollte, als Karriere machen und Geld verdienen. Er konnte mit diesem alternativen Lebensweg, den seine Eltern einschlagen wollten, nichts anfangen und machte sich, rebellisch und an ein Leben im Wohlstand gewohnt, über diese „Alternativos", wie er die neuen Freunde seiner Eltern nannte, nur lustig.

Dann hatten seine Eltern alle Aktien verkauft und sich fürs Auswandern nach Australien entschieden. Byron Bay in Australien war für seine schönen Strände und vor allem für die Hippie-Bewohner berühmt. In den folgenden Jahren hatten Roberts Eltern sich dort eine Yogafarm aufgebaut, in der sie den Lebensstil leben konnten, der ihrer neuen Einstellung entsprach. Die Villa hatten sie Robert versprochen, unter der Bedingung, dass er ein geregeltes Leben mit einer netten Frau führen würde, weil, so erinnerte sich Lisa noch an Roberts sarkastische Worte,

„die Liebe das wichtigste ist", wie seine Eltern immer gesagt hatten.

Der Kontakt zu Robert hatte sich auf ein Minimum beschränkt gehabt. Lisa hatte Weihnachtskarten und Geburtstagskarten an ihre Schwiegereltern verschickt, immer wieder über Susi berichtet, aber das war es auch schon gewesen. Von ein paar Briefen pro Jahr abgesehen, hatte sie mit diesen Leuten keinen Kontakt gehabt.

Ja, sie fürchtete sich vor der Begegnung mit ihren Schwiegereltern. Und vor allem: Wie würden sie reagieren, wenn Lisa und Susi gar nicht in der Villa wohnten? Lisa hatte sich von Robert getrennt … Robert hatte einen schweren Autounfall hinter sich … die nachtblauen Dessous … die Steuerhinterziehung … das Schwarzgeld … Lisa war verzweifelt.

Lisa rief Dr. Föhnscheid an.

„Wie ist denn das mit der Villa?", fragte sie, „ist die versiegelt? Meine Schwiegereltern kommen aus Australien und werden in der Villa wohnen."

„Nein, da ist nichts versiegelt, das Haus ist ganz normal zu betreten und zu bewohnen", antwortete er.

„Und ist da alles in Unordnung? Die Polizei hat doch eine Hausdurchsuchung gemacht?"

„Beruhigen Sie sich bitte", meinte er mit väterlicher Stimme, „diese Hausdurchsuchungen laufen nicht so ab wie in amerikanischen Kriminalfilmen. Man sieht gar nicht, dass jemand dort war und alles durchgesehen hat."

„Das beruhigt mich ein bisschen. Aber ich habe noch ein Problem. Meine Schwiegereltern wissen nicht, dass ich nicht mehr dort wohne … und ich kann sie dort unmöglich empfangen und ihnen irgend etwas vorspielen von wegen perfekte Familie … Ich bin ratlos."

„Ich arbeite unter Hochdruck, liebe Frau Hebenstreit, ich kann nicht mehr tun, als mich um Ihren Fall zu kümmern. Ich habe alle anderen Verpflichtungen beiseite gestellt. Momentan arbeite ich rund um die Uhr nur daran, Sie freizubekommen."

„Ich bin Ihnen unendlich dankbar dafür, Herr Dr. Föhnscheid, aber trotzdem … was soll ich denn jetzt mit meinen Schwiegereltern tun? Der Vater hat einen Herzinfarkt gehabt, vor mehr als zehn Jahren. Und er scheint immer noch nicht ganz gesund zu sein … der anstrengende Flug … und dann der Schock, dass Robert im Koma liegt … und dass ich nicht einmal bei meinem Mann bin, um ihm beizustehen … und wenn sie dann erst erfahren, was ihm zur Last gelegt wird …" stammelte Lisa und wusste nicht mehr ein noch aus.

„Jetzt machen Sie sich erst einmal eine schöne Tasse Tee und beruhigen Sie sich bitte", sagte Dr. Föhnscheid wieder. *Das mit dem Beruhigen stellt er sich so einfach vor*, dachte Lisa.

„Das mit dem Beruhigen stellen Sie sich so einfach vor", wiederholte sie ihre Gedanken und musste plötzlich trotz ihres Kummers lachen. Am anderen Ende der Leitung hörte sie ihren Anwalt ebenfalls lachen.

„Ich melde mich, sobald ich mehr weiß", sagte er, „ich habe alle Experten organisiert, an die ich durch meine langjährige Erfahrung herankommen konnte. Jeder fühlt sich mir auf die eine oder andere Weise verpflichtet. Ich habe den Vorteil, sehr viele Leute zu kennen. Und ich bin ein älteres Semester, da bringt man mir Respekt entgegen. Das nutze ich jetzt aus. Wie gesagt, ich melde mich bei Ihnen."

Mutlos saß Lisa am Nachmittag am Esstisch im Gemeinschaftsraum und hörte allen zu, wie sie sich über ihre Projekte unterhielten. Eine seltsame Atmosphäre schwebte über allen. Einerseits schien jeder glücklich zu sein, wie glatt die Vorbereitungen für *Bio-Kids* und *Schicki-*

*Micki-Food* liefen, andererseits wusste jeder über Lisas große Schwierigkeiten Bescheid, keiner konnte ihr wirklich helfen. Bei allen Gesprächen bezogen sie Lisa mit ein, damit sie abgelenkt war und sich nicht als Außenseiterin fühlte.

Vor allem Harry war ihr eine große mentale Unterstützung. Immer wieder bat er sie um ihre Meinung bei Rezeptideen und Garniervorschlägen.

„Mit Erwin habe ich die Logistik so gut wie geklärt", sagte Harry, „was jetzt noch wichtig wäre, sind gute Fotos für die Homepage. Kann da dein Freund Greg helfen?"

Lisa rief gleich Greg an.

„Sag mal, könntest du Fotos für die Homepage von *Schicki-Micki-Food* machen?", fragte sie in den Hörer hinein.

„Food-Fotografie ist eine ganz besonders große Herausforderung", antwortete Greg, „aber ich habe da einen Spezialisten, der ist Food-Stylist."

„Was ist denn das für ein Beruf?", wunderte sich Lisa.

„Was man auf Fotos sieht, hat mit dem echten Essen wenig zu tun", erklärte Greg, „da wird Haarspray für Glanz oder Rasierschaum anstatt Sahne verwendet."

„Oh du lieber Himmel, wie soll man das denn dann essen?"

„Das wird nicht gegessen, das ist nur fürs Foto. Da werden wirklich ungenießbare Sachen verwendet, um die Gerichte aufzuhübschen", lachte Greg.

„Also, sag schon, könntest du die Fotos machen?"

„Ja, sehr gerne sogar, ich habe schon ein paarmal mit dem Food-Stylisten zusammengearbeitet. Wann soll denn das sein? Wann braucht ihr die Fotos?"

„Ich gebe dir mal Harry, dann könnt ihr das am besten direkt besprechen", meinte Lisa und reichte Harry das Telefon.

Die beiden Männer besprachen, schon am nächsten Tag in der Küche ein Treffen mit Erwin zu machen. Am Vormittag sollte auf Hochtouren gearbeitet werden, zu Mittag würde Greg mit seinem Food-Stylisten kommen und am Abend sollte dann alles fertig fotografiert sein. Die Fotobearbeitung würde noch ein paar Tage dauern, aber dann könnten die Fotos für die Homepage schon innerhalb dieser Woche hochgeladen werden.

Kurz besprachen die beiden Männer noch die Kosten eines solchen Auftrages, dann war alles unter Dach und Fach.

„Die Schicki-Micki-Tussi ist ein echter Gewinn für uns", sagte Harry, er blickte Lisa nicht an, obwohl sie spürte, dass er zu ihr sprach, „dieser Greg ist mir ausgesprochen sympathisch. Und er ist zuverlässig. Die Fotos für *Bio-Kids* hat er ja superschnell und supergut hingekriegt."

„Wenn du nicht endlich aufhörst, mich Tussi zu nennen, dann sage ich Greg, er soll die fürchterlichsten Fotos machen, die du dir nur vorstellen kannst", meinte Lisa schlagfertig. Alle sahen sie erstaunt an, aber als sie ihr lachendes Gesicht sahen, stimmten sie mit ihr in ihre gute Laune ein.

Lisa freute sich. Sie konnte scherzen, obwohl ihr Herz vor Kummer und Sorgen eigentlich zerspringen sollte. Aber dieser Harry wurde ihr mehr und mehr ein guter Freund, der sie zum Lachen brachte und mit dem sie auf gleicher Ebene stand. Nicht wie bei Robert, der sie immer von oben herab als kleines Kind behandelt hatte, dem er befehlen konnte.

„Komm, wir machen uns ans Kochen, es ist ja bald Zeit zum Abendessen", meinte Harry gutgelaunt. Gemeinsam gingen sie in die Küche und wieder stellte Lisa hocherfreut fest, wie harmonisch und kollegial und kameradschaftlich sie mit Harry zusammenarbeiten konnte. Im Nu fand jeder seinen Arbeitsbereich, ohne den anderen zu behindern.

„Für sechs Erwachsene und vier Kinder zu kochen, das ist ja schon fast eine Großküche", meinte Lisa. Sie dachte an ihre Gala-Menüs, die auch immer für ungefähr zehn Leute zusammengestellt waren.

„Professionelle Großküchen arbeitet anders, das wirst du sehen, sobald du Erwin und seine Profiküche persönlich besuchen kannst", sagte Harry.

„Das kann ich mir schon vorstellen, aber ich bin gespannt darauf, das alles zu sehen", freute sich Lisa darauf, wenn sie endlich wieder frei sein würde, diesen Freund von Harry kennen zu lernen.

Beim Abendessen saßen alle Erwachsenen und die Kinder um den großen Esstisch versammelt, als es an der Tür klingelte. Dr. Föhnscheid trat ein, nachdem Ulla ihm die Tür geöffnet hatte.

„Wollen Sie eine Kleinigkeit mitessen?", lud Lisa ihren Anwalt ein.

Dr. Föhnscheid sah die Köstlichkeiten auf dem Esstisch an.

„Ja, sehr gerne, aber nur eine winzige Kleinigkeit. In meinem Alter isst man nicht mehr viel zu Abend", sagte er freundlich.

Man brachte ihm einen Teller und Besteck und er probierte von den verschiedenen Platten.

„Einfach wunderbar", lobte er, nachdem er ein paar Bissen gegessen hatte.

„Nun, eigentlich bin ich mit Neuigkeiten zum Fall Dr. Robert Hebenstreit gekommen", meinte er dann, nachdem er sich den Mund abgewischt hatte und sein Besteck beiseite gelegt hatte. Alle sahen ihn bange an. Was würde er für Nachrichten überbringen?

***

# Kapitel 30

Mit besorgtem Gesicht wartete Lisa darauf, dass Dr. Föhnscheid weitersprechen würde. Alle schwiegen, sie wussten, worum es ging. Würde Lisa freigesprochen werden?

„Was ist mit dem Papa?", fragte Susi erschrocken, „was ist ein Fall Robert Hebenstreit? Da geht es um den Papa, oder? Hat das etwas mit dem Krankenhaus zu tun?"

„Vielleicht sollten die Kinder nicht anwesend sein", meinte Dr. Föhnscheid, „sind denn alle schon mit dem Essen fertig?"

Lisa war beunruhigt. Warum wollte der Anwalt ihr nicht sagen, was los war?

„Nein, mit dem Papa ist alles in Ordnung, er erholt sich wunderbar, ich habe heute mit dem Krankenhaus gesprochen", sagte Lisa mit liebevoller Stimme zu ihrer Tochter. Die Kleine sah ihre Mutter beruhigt an, dann wandte sie sich wieder an ihre Freunde und plauderte fröhlich weiter.

„Kommt, Kinder", sagte Ulla, als ob sie spürte, wie hilflos Lisa sich im Grunde fühlte, „geht ins Nebenzimmer und spielt dort, bis wir hier fertig sind."

„Nein, wir wollen noch helfen", riefen Sven und Sören.

„Also gut, bringt bitte das Geschirr in die Küche", meinte Hanni mütterlich. In diesem Haushalt, das hatte Lisa von Anfang an gesehen, hatte jeder seinen Aufgabenbereich, und auch die Kinder wurden immer dazu angehalten mitzuhelfen. Seit Lisa in diesem Haus lebte, hatte sie die Gemeinschaftlichkeit immer wieder bewundert. Keiner wurde bedient, keiner wurde ausgenutzt, jeder trug seinen Teil zur schönen Gemeinschaft bei. Susi hatte sich sofort ohne Zögern der allgemeinen Stimmung des Miteinander angeschlossen gehabt.

Nun trugen also die Kinder das Geschirr in die Küche und die Erwachsenen plauderten derweil über Alltäglichkeiten, das Wetter, die neuesten Nachrichten und die Urlaubsplanung für diesen Sommer.

Schließlich wurde die Verbindungstür zwischen dem Wohnraum der Erwachsenen und dem Kinderaufenthaltsraum geschlossen und nachdem die Erwachsenen gehört hatten, wie die Kinder drinnen unbekümmert spielten, sahen alle Dr. Föhnscheid erwartungsvoll an.

„Morgen in der Früh gehe ich zum Untersuchungsrichter", sagte der Anwalt nach einer kurzen Pause zu Lisa, „ich habe heute lange mit ihm und dem Staatsanwalt telefoniert und beiden alle Expertisen und Dokumente zugeschickt. Bei meinen Durchsichten und den Meinungen meiner Kollegen und befreundeten Experten sind wir klar der Meinung, dass Sie vollkommen unschuldig sind. Der Handschriftenvergleich hat dazu natürlich wesentlich beigetragen. Die Expertise des Sachverständigen war eindeutig. Das ist nicht Ihre Unterschrift auf den Dokumenten. Der Staatsanwalt teilt zum Glück meine Überzeugung. Nun, er kann gar nicht anders. Die Beweislage gegen Sie ist absurd und unhaltbar, das hat er klar und eindeutig eingesehen."

„Und Mitwisserschaft?", fragte Lisa, denn sie erinnerte sich, dass auch dieser Begriff beim Gespräch mit dem Untersuchungsrichter gefallen war. „Der Staatsanwalt will mich doch hinter Gitter bringen", meinte sie kläglich, „der wird alles daran setzen, mich schuldig zu machen."

„Nein, so ist das nicht. Ein Staatsanwalt ist nicht nur

Ankläger, sondern auch Verteidiger. Ein Staatsanwalt ist in einem Strafprozess keine Partei, er arbeitet weder mit dem Gericht zusammen noch gegen die Verteidigung noch gegen den Angeklagten. Er ist quasi parteilos. Und er hat, nachdem ich mich heute am frühen Abend mit ihm getroffen habe, eindeutig eingesehen, dass er keine Mittel hätte, Sie als schuldig zu betrachten."

Lisa hatte Tränen in den Augen vor Erleichterung. Sie wusste gar nicht, wie sie diesem distinguierten Herrn, der wie eine himmlische Erscheinung in ihr Leben getreten war, danken sollte. Und zu guter Letzt sprach der Anwalt die erlösenden Worte: „Die Anklage gegen Sie wird morgen in der Früh offiziell aufgelassen!"

„Trinken wir ein Glas Sekt auf diese wunderbare Entwicklung", schoss es aus Harry heraus.

„Ich stoße sehr gern mit Ihnen allen an, aber nur einen winzig kleinen Schluck, ich bin mit dem Auto da", sagte er freundlich und mit einem väterlichen Lächeln.

Lisa stand auf und ging vor Freude fast schwankend in die Küche zum Kühlschrank, wo sie vor Tagen schon eine Flasche Sekt eingekühlt hatte, die sie eigentlich erst hatte öffnen wollen, wenn sie mit Harry auf die *Schicki-Micki*-Sache anstoßen hatte wollen. Ulla und Hanni halfen ihr, die Gläser ins Esszimmer zu tragen.

„Ich bin frei", jubelte Lisa und hob ihr Glas in die Luft.

„Auf Lisa und die Freiheit", sagten alle im Chor.

„Und auf *Bio-Kids*. Und auf *Schicki-Micki-Food*", lachte Lisa.

„*Bio-Kids*? *Schicki-Micki-Food*?", fragte Dr. Föhnscheid, „weihen Sie mich ein bisschen mehr ein in Ihre Projekte?"

Alle redeten durcheinander und berichteten von der Eröffnung der Boutique, die schon in knapp zwei Wochen vonstatten gehen sollte und davon, dass bei der Eröffnung Fingerfood à la *Schicki-Micki* serviert werden sollte.

„Na, da haben Sie jetzt jedenfalls einen neuen Kunden dazugewonnen", sagte Dr. Föhnscheid zuvorkommend, nahm einen vorsichtigen Schluck und erhob sich dann, um wieder zu gehen.

Bevor Lisa sich schlafen legte, telefonierte sie noch lange mit Conny. Dann rief sie Marlis an und berichtete von den Ereignissen. Und schließlich schrieb sie eine Nachricht an ihre Schwiegereltern, dass sie sie selbstverständlich vom Flughafen abholen würde.

***

# Kapitel 31

Am Vormittag ging Lisa wie gewohnt zu ihrer Arbeit in Bernhards Kanzlei. Dankbar und beruhigt besprach sie kurz mit ihm die Entwicklung der Anklage gegen sie und wie froh sie war, dass Bernhard ihr sofort Dr. Föhnscheid zur Seite gestellt hatte.

„Er ist wirklich der beste", sagte Bernhard und Lisa hörte Stolz in seiner Stimme, mit einer solchen Kapazität des Rechtswesens befreundet sein zu dürfen.

„Was glaubst du eigentlich, wie es jetzt mit meinem … also, mit meinem zukünftigen Exmann weitergehen wird?", fragte Lisa.

„Da steht die Anklage. Eindeutig und ohne Zweifel", meinte Bernhard, „daran ist nicht zu rütteln. Aber das Verfahren ruht, bis er verhandlungsfähig ist."

„Ich gehe ihn am Nachmittag besuchen, sie glauben, dass sie ihn bald schon aus dem künstlichen Koma aufwecken können", berichtete Lisa.

„Es ist gut zu hören, dass das so schnell geht, manchmal dauert ein künstliches Koma ja monatelang", meinte Bernhard.

„Ja, das habe ich auch gelesen, ich habe in den letzten Tagen dauernd im Internet nachgeschaut, was ein künstliches Koma ist", meinte Lisa.

„Ich wünsche dir jedenfalls viel Stärke, damit du mit allem zurechtkommst. Aber ich sehe, dass du eine großartige Selbstdisziplin hast. Die hattest du ja schon als junge Studentin", meinte er freundlich.

„Abgesehen davon, dass ich damals bei meinem ersten Treffen mit Robert nicht gerade viel Disziplin an den Tag gelegt habe", sagte Lisa und spielte darauf an, dass sie Bernhard damals ohne mit der Wimper zu zucken betrogen hatte.

„Ach, das ist schon so lange her, mach dir deswegen keine Gedanken", besänftigte er sie lächelnd.

„Und meine Strafe habe ich ja vom Schicksal bekommen", meinte sie.

Lisa holte Susi und Lydia von der Schule ab und brachte die Kinder nach Hause. Nach einem kleinen Mittagessen machte sich Lisa ins Krankenhaus auf. Roberts Zustand war stabil, er schien friedlich zu schlafen und sein Gesicht sah ruhig und entspannt aus. Er war an verschiedene Infusionen angeschlossen, aber er musste nicht mehr künstlich beatmet werden. Lisa saß eine Stunde lang an seinem Bett, erzählte Belanglosigkeiten und verabschiedete sich dann von ihm und vom Pflegepersonal. Sie fühle nichts mehr für ihren „zukünftigen Ex-Mann". Eine natürliche Sorge, die sie jedem anderen Fremden auch entgegengebracht hätte, war in ihr. Vielleicht, überlegte sie wieder, hatte sie ihn tatsächlich nie wirklich geliebt.

In der Cafeteria des Spitals trank sie eine Limonade und rief Marlis an.

„Und wie geht es Robert?", fragte Marlis mitfühlend „du steckst ja in einem ziemlichen Schlamassel mit deinem Mann."

„Zukünftiger Ex-Mann heißt das ab jetzt", meinte Lisa und musste lächeln, als sie sich Marlis' Gesicht vorstellte.

„Ich finde es ausgesprochen gut, wie du mit dieser ganzen Sache umgehst, du bist eine tolle Frau, meine Zweittochter."

„Danke dir, liebe Marlis, du bist meine Zweitmama und wirst es immer bleiben. Also, Robert, nun ja, was soll ich sagen. Sie wollen ihn schon bald aus dem künstlichen

Koma aufwecken, er ist in erstaunlich guter Verfassung, sagen die Ärzte."

„Diese Sache mit den nachtblauen Dessous", fragte Marlis, „hast du da eigentlich schon irgend einen Anhaltspunkt?"

„Es gibt da eine Frau, Alissa Manoretti. Die ist Roberts Sekretärin. Dr. Föhnscheid hat mir ein Foto von ihr gezeigt, die sieht so umwerfend aus, dass ich da schon meine Zweifel habe, ob da ein Mann widerstehen kann."

„Ach du liebes Bisschen, seine Sekretärin, das ist ja der klassische Fall. Bist du eifersüchtig?", fragte Marlis.

„Nein. Einfach nur empört. Falls es sich als richtig herausstellen sollte, dass die die nachtblauen Dessous trägt. Was ich ehrlich gesagt glaube. Aber eifersüchtig? Nein. Einfach nur rückblickend verärgert, dass ich so untätig war und alles für Robert gemacht habe, anstatt ihn so richtig zur Rede zu stellen."

„Du hast dir zu viel gefallen lassen", meinte Marlis mütterlich.

„Ich habe einfach an die perfekte Ehe geglaubt."

„Dazu braucht man aber auch den perfekten Mann. Und das war Robert von Anfang an nicht."

„Ich hätte auf Conny hören sollen", bedauerte Lisa.

„Unsere Conny ist ein verrücktes Huhn, aber was diesen Robert betrifft, hat sie ein instinktives Gespür gehabt, dass der nicht zu dir passt."

„Na, jedenfalls haben sich die Ereignisse jetzt so überschlagen, dass ich ihm nicht mehr böse sein kann", lenkte Lisa ein, „und wenn er dann mal aus dem Koma aufgeweckt worden ist, dann muss er sich ja seinen Taten stellen."

„Wie froh ich bin, dass Bernhard dir diesen guten Anwalt zur Seite gestellt hat und dass sich alles so schnell positiv für dich entwickelt hat", sagte Marlis beruhigt. Ihre

Stimme war warm und liebevoll.

„Ich habe noch einiges vor", meinte Lisa dann, „ich fahre jetzt mal zu diesem Erwin, dem Freund von Harry, um unser Catering-Business zu besprechen. Und dann, am Abend, hole ich meine Schwiegereltern ab." Lisa erzählte, dass sie ein bisschen bange war, diese Leute kennen zu lernen.

„Mach dir keine Sorgen", sagte Marlis, „sie könnten sich keine bessere Schwiegertochter wünschen."

Während Lisa in der Straßenbahn saß und zu Erwin fuhr – die Adresse hatte Harry ihr als Nachricht geschickt – rief sie Conny an. „Hallo Sister Forever, kann ich mir deinen Kombi ausleihen? Ich muss meine Schwiegereltern vom Flughafen abholen."

„Natürlich, keine Frage, die Autoschlüssel lege ich auf den Esstisch. Du hast ja noch meinen Wohnungsschlüssel, nicht wahr?"

Lisa bejahte.

„Ich bin in der Redaktion und bleibe länger dort, ich habe Nachtdienst", meinte Conny, „Greg ist ja bei diesem Erwin, um mit diesem Harry die Fotos zu machen."

Lisa musste lachen. *Dieser Harry*, wiederholte sie in Gedanken. Dann fragte sie Conny, ob Greg nicht das Auto brauchte, für seine Fotoausrüstung.

„Nein, die fahren mit dem Auto von dem Food-Stylisten", meinte Conny.

In Connys Wohnung machte sich Lisa zuerst einmal einen Espresso. Als sie in Connys schicker Küche auf dem Barhocker an der Kredenz saß, ließ sie die Ereignisse der letzten 24 Stunden Revue passieren. So viel war geschehen. Sie war nicht mehr unter Anklage, sie hatte am Vormittag gearbeitet, sie hatte Robert im Krankenhaus besucht, sie war nun unterwegs zu Erwin und Harry, um ihre zukünftige Wirkungsstätte zu besichtigen und am

Abend sollte sie ihre unbekannten Schwiegereltern treffen. Ein prall gefüllter Tag, der ihr kaum Zeit zum Nachdenken gelassen hatte.

Sie rief Dr. Föhnscheid an. „Wie wird es denn jetzt mit meinem … also, meinem zukünftigen Ex-Mann weitergehen?", fragte sie ihn.

„Ich habe mich nach meinem heutigen Treffen mit dem Staatsanwalt entschlossen, seine Verteidigung zu übernehmen", sagte der Anwalt, „Ihr Fall, liebe Frau Hebenstreit, ist ja erledigt, da habe ich keinen Interessenkonflikt."

„Das wird ein Reinfall werden", meinte Lisa bedrückt. Sie wollte nicht, dass dieser ausgesprochen sympathische Mann einen Fall übernahm, der hoffnungslos aussah.

„Schwierige Fälle bin ich gewohnt", antwortete er mit professioneller und väterlicher Stimme, „und auch wenn ich in diesem Fall nicht auf unschuldig plädieren werde, so ist diese ganze Angelegenheit doch hochinteressant für mich als Wirtschaftsanwalt. Und vielleicht schaffe ich es, dass es für Ihren Mann, liebe Frau Hebenstreit, nicht allzu schlimm enden wird. Immerhin sind Sie mir ans Herz gewachsen. Und mit einem hoffnungslos verurteilten Kriminellen, wenn auch nur als Ex-Mann, wäre es für Sie nicht so schön, eine sorgenlose Zukunft zu haben."

„Und wird er denn dann verhaftet werden?", wollte Lisa wissen.

„Selbstverständlich, das kann man nicht vermeiden. Ich habe mit den Ärzten im Krankenhaus telefoniert, sobald er entlassen wird, kommt er sofort in Untersuchungshaft. Sein Gesundheitszustand ist mehr als erstaunlich. Man könnte fast von einem Wunder sprechen."

***

# Kapitel 32

„Hallo, du bist Lisa, nicht wahr", begrüßte Erwin sie, nachdem er sie in die Küche des Restaurants geführt hatte. Er war vielleicht zehn Jahre älter als Harry und sah mehr wie ein Künstler aus als wie ein Koch. Einzig seine Kleidung, ganz in Weiß und mit der klassischen Kochhaube, verriet seinen Beruf.

Lisa war fasziniert von der riesengroßen Küche, die sie betrat. Wie professionell hier alles aussah, die blitzsauberen Nirosta-Flächen blendeten, die vielen Dunstabzugshauben sorgen für gute Luft, alles war hell erleuchtet und es roch nach wirklich gutem Essen.

„Leider keine Zeit, wir sind mitten im Arbeiten", rief Erwin, als er sich von ihr wegdrehte und zu Harry eilte, der gerade dabei war, auf einem Tisch in der Mitte des Raumes auf verschiedenen eleganten und schicken Tellern Finger-Food zu arrangieren.

Harry nickte ihr zu, auch der Mann, der offenbar der Food-Stylist war, blickte kurz auf. „Hi Lisa", rief Greg ihr zu. Scheinwerfer, Schirme und Stative standen herum, und Lisa kam sich ganz nutzlos vor.

Greg fotografierte aus verschiedenen Blickwinkeln, kniete sich hin, stieg auf eine kleine Leiter, gab Anweisungen, wie das Licht und die Schirme gehalten werden sollten. Zwischendurch kontrollierte er immer wieder die Bilder auf seinem Laptop. Lisa sah, dass die Fotos direkt von der Kamera an den Computer geschickt wurden.

Lisa war zum ersten Mal bei einem Fotoshooting dabei und hatte bisher nicht gewusst, wie hochkonzentriert und professionell so eine Arbeit ablief. Sie setzte sich auf einen Stuhl und sah den Männern interessiert beim Arbeiten zu.

In einer kleinen Pause kam Harry zu ihr.

„So, das ist also Erwin", sagte er, als auch Erwin zu ihr getreten war.

„Freut mich sehr", sagte Lisa.

„Du kannst kochen, das hat Harry mir gesagt", nickte Erwin sie freundlich an, „wenn du dir dann die fertigen Fotos ansiehst, wirst du erkennen, dass wir viele Tipps von dir übernommen haben."

„Und essen kann man das wirklich nicht, was ihr da fotografiert?", fragte Lisa.

„Wenn dir Rasierschaum schmeckt, dann schon", lachte Erwin. Lisa fand ihn zwar tatsächlich ein bisschen exzentrisch, wie er wie ein Magier durch die Küche schwebte, aber andererseits wusste sie sofort, dass sie hier akzeptiert worden war. Und Erwin war ihr sympathisch.

„Ich gehe dann wohl, ihr seid ja mehr als beschäftigt hier", meinte sie dann und verabschiedete sich. Harry begleitete sie nach draußen.

„Wir werden heute noch lange arbeiten, und morgen macht Greg dann die Überarbeitungen", sagte er, „alles wird zeitgerecht fertig werden, damit wir so schnell wie möglich loslegen können."

Lisa strahlte ihn an, sie freute sich ungemein, bei diesen Profis mitmachen zu können.

„Und wie sieht es eigentlich mit einem Geschäftsvertrag aus?", wollte sie wissen.

„Schon aufgesetzt. Da kannst du dich auf mich und Erwin verlassen. Die Verträge müssen nur noch unterschrieben werden. Wir machen alles offiziell. Du bist dabei. Handschlag", sagte Harry und gab ihr die Hand.

„Handschlag", wiederholte Lisa glücklich.

Bevor Lisa zum Flughafen fuhr, machte sie noch einen

kleinen Zwischenstopp in einem Supermarkt, um ein paar Lebensmittel für ihre Schwiegereltern zu kaufen. Der Kühlschrank in Roberts Villa war, so nahm sie an, nicht gerade gut gefüllt.

Als Lisa in der Ankunftshalle des Flughafens auf ihre Schwiegereltern wartete, fühlte sie eine seltsame Unruhe. Sie war nicht sicher, ob sie das ältere Ehepaar auf Anhieb erkennen würde. Aber die meisten Sorgen machte ihr die Tatsache, dass sie ihnen irgendwie beibringen musste, dass sie und Susi nicht mehr in der Villa mit Robert lebten.

Als die Fluggäste herauskamen, suchte Lisa mit wachen Augen unter den Ankommenden nach vertrauten Gesichtszügen. Aber sie hätte sich diesbezüglich keine Sorgen machen müssen.

„Lisa!", rief ihr eine nette ältere Frau zu, die mit ihrem Mann, der zwei Koffer hinter sich herzog, zu ihr getreten war.

„Heidi", sagte Lisa nur und plötzlich hatte sie Tränen in den Augen. Fest umarmte sie ihre Schwiegermutter, während ihr Schwiegervater die Koffer abstellte und dann Lisa in die Arme nahm, auf beide Wangen küsste und ebenfalls mit den Tränen zu kämpfen hatte.

Roberts Eltern waren ungefähr sechzig Jahre alt, sie sahen braungebrannt und gesund aus.

„Wie geht es deinem Herz?", fragte Lisa leise ihren Schwiegervater.

„Gut, ich mache jeden Tag Yoga und Atemübungen, mein Arzt sagt, da werde ich hundert Jahr alt."

Während der einstündigen Fahrt vom Flughafen nach Hause brachte Lisa ihre Schwiegereltern auf den letzten Stand. Sie fuhr konzentriert und sah nur nach vorn, während sie erzählte, dass sie sich von Robert getrennt hatte und mit Susi in ein neues Zuhause gezogen war.

„Aber warum denn?", fragte Heidi.

„Es gab da einen Vorfall, über den ich jetzt noch nicht reden kann", sagte Lisa.

„Konzentriere dich lieber mal auf den Verkehr", sagte Gerhard sanft.

Lisa hatte nicht damit gerechnet, dass ihre Schwiegereltern ihre Trennung so gut aufnehmen würden. Schweigend fuhr sie eine Weile, während die beiden älteren Semester auf dem Rücksitz leise miteinander plauderten.

„Wann können wir Robert besuchen?", fragte Heidi.

„Jederzeit, aber er ist im künstlichen Koma. Besuch von Vertrauenspersonen tut ihm gut, sagen die Ärzte", sagte Lisa und berichtete von der guten Gesundheitsverfassung von Robert und dass er in zwei oder drei Wochen wahrscheinlich schon aus dem künstlichen Koma aufgeweckt werden sollte.

Sie brachte ihre Schwiegereltern dann in ihr ehemaliges Zuhause und half ihnen, die Betten neu zu überziehen und sich zurechtzufinden.

Als sie die Lebensmittel in den Kühlschrank gegeben hatte und die verdorbenen Lebensmittel, die sich noch darin befunden hatten, weggeworfen hatte, blickte sie sich um. Hier hatte sie jahrelang gekocht, für sich, für Susi, für Robert und für seine Gäste. Sie hatte diese Küche als ihr Zuhause betrachtet. Fast wehmütig dachte sie an die verschiedenen Gala-Menüs, die sie hier zubereitet hatte. Aber dann tauchten Bilder von Erwins Großküche in ihr auf und sie freute sich darauf, ein neues Projekt und eine neue Zukunft zu haben.

Heidi kam in die Küche, sie hatte geduscht und sich umgezogen.

„Soll ich euch eine Kleinigkeit zum Abendessen vorbereiten?", fragte Lisa freundlich.

„Nein, das mache ich schon selbst, außerdem sind wir eigentlich gar nicht hungrig. Eine Tasse Tee und dann legen wir uns erst einmal schlafen."

Lisa schrieb die Adresse des Krankenhauses auf und verabredete, sich am nächsten Tag am Nachmittag mit ihren Schwiegereltern dort zu treffen, um Robert zu besuchen. Dann fuhr sie in die Vorstadt in ihr neues Zuhause.

***

# Kapitel 33

Zehn Tage waren seit der Ankunft von Lisas Schwiegereltern vergangen. Susi hatte ihre Großeltern kennen gelernt, Heidi und Gerhard hatten Lisa in ihrem neuen Zuhause besucht und erfreut festgestellt, dass der Lebensstil von Lisas Mitbewohnern sich mit ihren eigenen Vorstellungen eines gesunden und natürlichen Lebens deckte. Die beiden waren hocherfreut, als sie Ulla und Peter, Hanni und Rüdiger und die Kinder kennen lernten und Harry und Lisa ihnen von ihrem Geschäft erzählten. Alle verstanden sich so gut, dass darüber fast der Kummer mit Roberts Gesundheitsverfassung und mit seiner bevorstehenden Anklage vergessen werden könnte.

Heidi und Gerhard hatten mit erstaunlicher Gelassenheit zur Kenntnis genommen, dass ihr Sohn in ziemlichen Schwierigkeiten steckte, fast so, wie wenn sie mit so einer Entwicklung gerechnet hätten. Lisa hatte von Dr. Föhnscheid erzählt und dass Robert sich keinen besseren Anwalt wünschen könnte. Eine Verhaftung war trotz allem aber sehr wahrscheinlich.

Lisa war mit ihren Schwiegereltern täglich ins Krankenhaus gefahren, weniger, weil sie sich um Robert sorgte, denn der sollte demnächst aus dem künstlichen Koma aufgeweckt werden, sondern weil sie innerhalb der vergangenen Tage eine tiefe Innigkeit mit ihren Schwiegereltern aufgebaut hatte und diese netten Leute unterstützen wollte.

Ein paar Mal waren Heidi und Gerhard auch bei Lisa zuhause zum Mittagessen gewesen. Alle Kinder waren anwesend, es wurde gegessen und geplaudert und jeder mochte dieses nette ältere Ehepaar, das dem Karriereleben Lebewohl gesagt hatte, um sich einer neuen, alternativen und gesunden Lebensweise zu öffnen.

Und vor allem Marlis und ihr neuer Lebensgefährte Herbert hatten sich um Heidi und Gerhard gekümmert, sie in Konzerte mitgenommen und gemeinsame Abendessen organisiert, damit Roberts Eltern auf andere Gedanken kommen könnten.

In wenigen Tagen sollte die Boutique für *Bio-Kids* eröffnet werden und auch Harry und Erwin arbeiteten auf Hochtouren, denn bei der Eröffnung sollte auch gleich Finger-Food serviert werden. Lisa war täglich am Nachmittag in der Großküche gewesen und hatte große Freude am Arbeiten in dieser professionellen Küche gefunden. Mit Harry arbeitete sie wie gewohnt harmonisch und einmütig und auch mit dem exzentrischen Erwin lief alles bestens.

Greg hatte großartige Fotos abgeliefert, die Homepage war fertig, Plakate und Flyer für *Bio-Kids* und für *Schicki-Micki-Food* waren gedruckt worden und Conny hatte in ihrem Magazin einen aufrührerischen Artikel für Bio-Kindermode aus heimischen Materialien im Gegensatz zu Billigimporten aus anderen Ländern unterbringen können. Dort hatte sie sowohl die Eröffnung von *Bio-Kids* angekündigt als auch darauf hingewiesen, dass Snacks und Appetizer von *Schicki-Micki-Food* angeboten werden würden.

An diesem Abend traf sich Lisa mit Erwin und Harry in Erwins Restaurant. Die Eltern von Erwin hatten kurz vor ihrer Pensionierung alles renoviert und dann doch beschlossen, ihre Pension zu genießen. Erwin war beim Sternekoch Christoph Fehlinger angestellt gewesen und hatte nicht recht gewusst, ob er das Restaurant seiner Eltern weiterführen soll.

So war denn zugesperrt worden und niemand hatte so recht gewusst, was mit den Räumlichkeiten geschehen sollte. Bis Harry und sein alter Freund Erwin sich entschieden hatten, auf Finger-Food und Catering zu setzen. Und dank Lisas Auftauchen war daraus eine schicke, moderne und außergewöhnliche Umsetzung geworden. Erwin hatte einige wenige Leute vom früheren Personal des Restaurants wieder verpflichten können. Und er hatte beim Sternekoch gekündigt und arbeitete mit Harry auf Hochtouren an der Eröffnung des Catering-Service.

Lisa, Erwin und Harry saßen im Speiseraum, der klein und überschaubar war. Man hatte selbstverständlich Fingerfood gegessen und nun eine Flasche Sekt geöffnet, um auf die Zukunft anzustoßen. Die Verträge lagen auf dem Tisch und alle hatten unterzeichnet.

Man besprach die weitere Vorgehensweise.

„Sollten wir nicht eine Werbekampagne starten?“, fragte Lisa.

„Das kostet unvorstellbar viel Geld“, sagte Harry.

„Aber niemand weiß doch, dass es uns gibt“, warf Lisa ein.

„Sehr viele wissen es schon. Wir verlassen uns da vollständig auf die Mundpropaganda, die wirkt besser als jede bezahlte Werbekampagne“, sagte Erwin, „ich habe einen guten Namen, und Harry ist selbstverständlich auch in der Szene bekannt.“

„Außerdem ist es besser, wenn wir nicht allzu groß anfangen und das Business auf natürliche Weise wachsen lassen. Wir haben kaum Anfangsinvestitionen, weil Erwin das Restaurant ja von seinen Eltern übernommen hat“, sagte Harry.

„Und wer wird servieren, wenn wir größere Aufträge bekommen?“, fragte Lisa.

„Wir haben auf dem Anschlagbrett von der Universität Zettel aufgehängt, dass wir nette und sympathische Studentinnen suchen, die bei *Schicki-Micki-Food* servieren wollen", sagte Harry, „da haben sich schon so viele gemeldet, dass wir uns diesbezüglich keine Sorgen machen müssen."

„Und wer kümmert sich um die ganze Administration?", fragte Lisa, „ich bin keine Geschäftsfrau, und als Sekretärin will ich keinesfalls arbeiten, da habe ich die Nase ehrlich gesagt voll davon. Das habe ich in Bernhards Kanzlei gemerkt, dass ich das zwar kann, aber befriedigend ist es nicht."

„Du gehörst in die Küche", sagte Erwin.

Harry lachte und meinte entschuldigend zu Lisa: „Das hört sich vielleicht ein bisschen herablassend an, von wegen Frauen gehören in die Küche. Aber was Erwin meint und was auch meine Überzeugung ist, ist, dass wir deine Kreativität in der Küche brauchen. Ohne dich können wir uns das alles gar nicht mehr vorstellen. Deine Ideen, deine Vorschläge, dein gutes Gespür, was wie angerichtet werden soll, das ist einfach phantastisch. Ungewöhnliche Zutaten, neue Zusammenstellungen, Inspirationen … du hast einen ganz neuen Touch in unsere Vorstellungen von Fingerfood gebracht. Du kommst eben nicht aus der Profi-Gastronomie, und das ist ein unvorstellbarer Vorteil. Weil du eben anders denkst. Du denkst vom Standpunkt des Genießens her, nicht vom Gesichtspunkt der Küche. Du liebst es einfach zu kochen, so einfach ist das."

„Danke", strahlte Lisa. Bisher hatte sie nie darüber nachgedacht, warum alle sie für eine so ausgezeichnete Köchin hielten. Aber nun sah sie, dass es daran lag, dass sie eben mit Liebe kochte.

„Um also nochmal auf die Administration

zurückzukommen", wurde Erwin wieder professionell und geschäftsbezogen, „da habe ich Margot, meine Freundin. Die arbeitet halbtags als Chefsekretärin in einem Großkonzern, die ist die perfekte Stütze und macht das mehr als gern. Die ist ein echtes Organisationstalent."

In diesem Moment ging die Tür des kleinen Restaurants auf und eine Frau trat ein, vielleicht vierzig Jahre alt.

„Margot, da bist du ja, jetzt lernst du unsere Meisterköchin kennen", sagte Erwin, stand auf und umarmte seine Freundin.

Harry war zur Bar gegangen und hatte noch ein Sektglas geholt.

„Schön, dass ich Sie kennen lerne", sagte Lisa, schüttelte Margot die Hand.

„Ach, wir sagen bitte alle Du zueinander", sagte Margot und lächelte Lisa freundlich an.

„Das mit dem Sie habe ich eigentlich nur gesagt, weil du mich an eine Kollegin aus dem Büro erinnerst, in dem ich arbeite, eine Frau Dammwieser. Die ist auch ein echtes Organisationstalent, aber viel strenger als du", lachte Lisa. Margot war ihr sofort sympathisch und Lisa spürte, dass das auf Gegenseitigkeit beruhte.

***

# Kapitel 34

Lisa machte sich gerade für ihren Aufbruch aus Bernhards Kanzlei zurecht. Fräulein Louise Huber war mit ihrer Vormittagsarbeit bei Frau Dammwieser fertig und löste nun Lisa in der Rezeption ab. Da rief das Krankenhaus an und informierte Lisa, dass Robert aus dem Koma aufgeweckt worden war. Lisa rief Heidi und Gerhard an und berichtete ihnen davon. Sie sagten, dass sie Susi von der Schule abholen würden und dass man sich in einem Fastfood-Restaurant in der Fußgängerzone treffen würde.

„Eigentlich schmeckt das gar nicht gut", meinte Susi. Sie saß mit ihren Großeltern an einem der Plastiktische, vor ihr lag ein halb aufgegessenes Happy Meal.

„Aber lustig ist es doch, oder?", fragte Susis Großmutter.

„Ja, das schon, aber diese kleinen Geschenke sind nichts wert, die gehen ja gleich kaputt", überlegte Susi, als sie das Spielzeug betrachtete, das als kleiner Anreiz mit dem Happy Meal ausgehändigt worden war.

„Unsere Lehrerin sagt, dass die damit die Kinder ködern wollen", sagte Susi altklug.

„Und damit hat sie Recht", meinte Susis Großvater Gerhard, „wir werden nicht mehr hierher gehen, wenn du nicht mehr magst."

„Außerdem stinkt es hier", meinte Lisa und so standen alle auf, gingen nach draußen und atmeten erleichtert auf, als sie den Dunst von Pommes Frites verließen. Mit öffentlichen Verkehrsmitteln fuhren sie zum Krankenhaus.

Robert war von der Intensivstation in ein anderes

Zimmer verlegt worden. Vor seinem Zimmer saß ein Beamter, der sie nicht hineinlassen wollte. So ging Lisa zur Rezeption und verlangte, entweder mit Dr. Weber oder mit Schwester Angela sprechen zu können. Eine Weile saß sie in der Rezeption, bis endlich der Arzt kam.

„Ich habe gerade einen schwierigen Fall, aber ein paar Minuten kann ich erübrigen", begrüßte Dr. Weber sie.

„Man will mich nicht zu meinem Mann ins Zimmer lassen", beschwerte sich Lisa.

„Ich rufe auf der Station an, das ist nur eine Kleinigkeit", sagte er, nahm sein Telefon und gab ein paar Anweisungen.

„Und was erwartet mich, wenn ich ihn sehe?", fragte Lisa.

„Sein Hirndruck hat sich normalisiert. Wir sind alle sehr erstaunt, dass er diesen schweren Unfall so großartig überstanden hat. Er hat auf die gestrige Absetzung der Medikamente ausgezeichnet reagiert, sein Delir, wie wir es nennen, die Phase zwischen Schlaf und Wachzustand, ist perfekt verlaufen. Er ist ruhig, kann sich nicht daran erinnern, was passiert ist, aber er ist ansprechbar und redet auch schon. Seien Sie beruhigt, es geht ihm gut. Er ist ausgesprochen freundlich, fast könnte man sagen, dass er gut aufgelegt ist. Erstaunlich, wie gesagt. Sprechen Sie freundlich und sanft mit ihm. Sie können jetzt zu ihm gehen", meinte er und hetzte dann wieder weg.

Bevor Lisa und die anderen in Roberts Zimmer durften, mussten sich alle ausweisen, ein Formular unterschreiben und durften dann ins Zimmer.

„Lisa", sagte Robert leise, als sie an sein Bett getreten war.

„Und Susi", meinte er dann, lächelte seine Tochter an.

„Mama und Papa, wie schön, dass ihr mich besucht", sagte er dann zu seinen Eltern. Lisa war verblüfft. Sie hatte damit gerechnet, dass Robert seine Eltern nicht allzu erfreut begrüßen würde. Sie erinnerte sich an das große Zerwürfnis, das er immer betont hatte und von dem auch seine Eltern zu Lisa gesprochen hatten. Eigentlich hatten sich Robert und seine Eltern nie viel zu sagen gehabt, so erinnerte sich Lisa.

Lisa brachte Stühle von einer kleinen Essecke und schob sie ans Bett. Alle setzten sich.

„Wie geht es dir?", fragte Lisa scheu.

„Gut, ich bin müde, ich will nach Hause", sagte er lächelnd.

„Das wird noch ein paar Tage dauern, bis sie dich entlassen", antwortete Lisa. Das würde noch eine Weile dauern, dachte sie. Vielleicht monatelang oder jahrelang, falls Robert in Untersuchungshaft genommen werden würde, wie Lisa nach dem, was ihr Dr. Föhnscheid erzählt hatte, annahm.

„Das Essen schmeckt mir nicht. Ich will, dass du uns etwas Schönes kochst. Ich will nach Hause", sagte er wieder.

„Weißt du eigentlich, was passiert ist?", fragte Lisa.

„Ein Unfall?", fragte Robert, „hatte ich einen Autounfall? Das haben sie mir gesagt."

„Ja, das stimmt. Du warst mit dem Auto unterwegs, die Straßen waren nass, es hatte ja schrecklich geregnet."

„Wohin bin ich gefahren? Zu uns nach Hause? Zum Abendessen?", fragte er. Er blickte sie lächelnd an, und Lisa erkannte mit einem Male, dass Robert nicht mehr der Mann war, der er vor dem Unfall gewesen war. Konnte er sich tatsächlich nicht daran erinnern, dass sie sich von ihm getrennt hatte? Sie wusste von ihrer Recherche im Internet, dass Komapatienten, auch wenn es sich nur um ein sehr kurzes künstliches Koma handelte, Gedächtnislücken hatten, sozusagen einen Filmriss. Und sie wusste auch, dass schlimme Nachrichten nicht übermittelt werden durften. Nur Nettes, Schönes, Unverfängliches durfte am Krankenbett erzählt werden.

„Susi, erzähl dem Papa von der Schule, von deinen schönen Zeichnungen", bat Heidi ihre Enkelin.

Susi begann vom Spielen mit ihren Freunden zu erzählen, von Lydia, vom Garten, in dem sie herumtobte.

Robert hörte ihr lächelnd zu. Lisa sah, dass er mit den Namen von Susis neuen Freunden nichts anfangen konnte, aber das machte nichts, denn er hatte sich ohnehin nie groß um den Freundeskreis seiner Tochter gekümmert. Die fröhliche Stimme von Susi durchdrang das Zimmer. Ein außenstehender Beobachter hätte die Szene für ein glückliches Familientreffen halten können, aber Lisa wusste, dass sie mit Robert über kurz oder lang darüber reden musste, was sich ereignet hatte. Wie lange musste sie warten?

Plötzlich hatte sie keine Lust mehr, in einer Warteschleife zu hängen. Mit gespielt belangloser Stimme sagte sie: „Was sagst du dazu, dass deine Eltern gekommen sind? Ich habe sie kontaktiert, weil es dir ja schlecht ging. Ich habe mir Sorgen gemacht, wie es weitergehen soll."

„Ich freue mich", antwortete Robert, als hätte es nie ein Zerwürfnis mit seinen Eltern gegeben. Er lächelte seine Eltern an: „Wie schön, dass ihr da seid."

Lisa war sprachlos. Und dann nahm sie allen Mut zusammen und sagte Robert mit freundlicher Stimme: „Ich soll dich von Alissa grüßen, sie wünscht dir gute Besserung." Sie wollte es einfach wissen. Hatte er vollkommen den Verstand verloren?

Robert sah sie erstaunt an. „Auch eine Freundin von Susi, aus der Schule?", fragte er.

„Alissa Manoretti, aus deinem Büro", sagte Lisa.

Er sah sie verständnislos an, lächelte aber dann wieder. „Kenne ich nicht", meinte er nur und sah seine Tochter an. „Erzähl weiter", bat er Susi und die ließ sich nicht zweimal bitten und plauderte munter weiter.

Lisa blieb stumm sitzen und machte sich ihre Gedanken. War das gespielt, um sich vor der Verantwortung und vor den Konsequenzen zu drücken? Sie nahm sich vor, mit Schwester Angela zu sprechen, wenn diese Besuchszeit zu Ende war.

„Ihr Mann ist ja ein ausgesprochen Netter", sagte die Schwester. Lisa hatte Susi in einer kleinen Spielecke abgeliefert, die sich neben dem Warteraum zum Schwesternzimmer befand. Ihre Schwiegereltern waren bei Robert im Krankenzimmer geblieben. Lisa trank ein Glas undefinierbaren Früchtetee, den ihr die Schwester eingeschenkt hatte. Die beiden Frauen standen im Gang und sahen zu Susi hinüber, die unbekümmert in den verschiedenen Bilderbüchern blätterte.

„Wie lange wird es dauern, bis er wieder so ist, wie er früher war?"; fragte Lisa.

„Wie war er denn früher?", wollte die Schwester wissen, „alle Parameter sind großartig. Unser Neurologen-Team ist mehr als zufrieden. Wir würden sagen, dass er wieder ganz der Alte ist. Er reagiert auf alle Tests ausgesprochen positiv."

„Nun, er war bis vor dem Unfall ein aggressiver, ungeduldiger und herrschsüchtiger Mann", gab Lisa zu, ohne mit der Wimper zu zucken, „und er hat mich betrogen. Darum habe ich mich von ihm getrennt. Und zu allem Überfluss ist er auch noch in kriminelle Machenschaften verwickelt."

„Das mit der Anklage wissen wir selbstverständlich, immerhin war ja die Polizei da und vor seinem Zimmer sitzt ein Bewacher. Uns passt das nicht, aber das muss wohl so sein. Wir hatten ähnliche Fälle schon gelegentlich. Wir sind sozusagen daran gewöhnt, dass das ab und zu passiert, aber wie gesagt, den normalen Krankenhausablauf stört so etwas."Lisa nickte stumm.

„Aber dass Ihr Mann so ein Böser war, das kann ich nicht glauben. Alle lieben ihn, er ist so lieb und nett und sanft …"

„Ist es möglich, dass jemand seinen Charakter vollständig ändert, wenn er im Koma gewesen ist?"

„Nun, möglich ist das schon. Die Konfrontation mit dem Tod, die er ja durch den Unfall hatte, kann das durchaus bewirkt haben", meinte Schwester Angela.

„Oder spielt er das nur? Tut er nur so?", fragte Lisa.

„Das kann ich mir ehrlich gesagt nicht vorstellen, dass er sich derart verstellt. Immerhin sind in seinem Körper noch Medikamente, Sedative. Wir haben ihn in der Früh aufgeweckt, da ist noch viel in seinem System. Mit diesem Cocktail kann er eigentlich nicht in der Lage sein, ein derartiges Schauspiel vorzulegen."

Lisa spürte, dass Schwester Angela ihr nicht mehr über die seltsame Charakteränderung von Robert sagen konnte.

„Jedenfalls wird er in ein paar Tagen entlassen", meinte die Schwester.

*Und dann kommt er ins Gefängnis*, dachte Lisa.

***

# Kapitel 35

Schon zu Mittag standen Leute am Freitag stauend vor dem Geschäft von *Bio-Kids* und sahen zu, wie drinnen gearbeitet wurde. Die feierliche Eröffnung sollte am frühen Abend stattfinden, das Durchschneiden des klassischen roten Bandes war für 17 Uhr geplant. Sogar der Bürgermeister der Stadt hatte sein Kommen angekündigt, um dieses Ereignis gebührend zu würdigen.

Lisa stand mit ihrer Tochter im Geschäft bei Gertrud und Richard.

„Bist du aufgeregt?", fragte Lisa Gertrud.

„Klar, aber ich bin sicher, dass alles gut gehen wird, schau dich doch um, wie wir alles hergerichtet haben", sagte die nette Verkäuferin.

Bunte Luftballons waren aufgeblasen und innen und außen angebracht worden. Ein roter Läufer streckte sich vom Inneren des Geschäfts bis nach außen auf die Fußgängerzone. Auf diesem Läufer sollten die Kinder dann die Kindermode vorführen. Susi und Lydia hatten riesengroßen Spaß daran gehabt, schon vor Tagen als Models zuhause das Gefühl vom Laufsteg zu üben. Sören, Sven und Silvia hatten zum Glück keine Scheu, ebenfalls mitzumachen.

Draußen standen schon Stehtischchen, auf denen das Fingerfood serviert werden sollte. Das Wetter war prächtig, nichts würde die Eröffnung stören.

Gertrud und Richard hatten Flyer verteilt und an allen wichtigen Stellen der Stadt Plakate aufgeklebt. Conny hatte alle ihre befreundeten Journalisten von dem Ereignis informiert und das Stadtmagazin, eine kleine

Gratiszeitung, hatte eine schöne Ankündigung der Boutique-Eröffnung gebracht. Und auch in den sozialen Medien war das Ereignis beworben worden. Viele hatten ihr Kommen angekündigt und waren hocherfreut über die Möglichkeit, nun endlich Kinderkleidung aus guten Materialien kaufen zu können.

Und dann am Abend war es soweit. „Ich freue mich, Sie alle herzlich zur Geschäftseröffnung einladen zu dürfen", sagte Gertrud feierlich, als sie die Schere zur Hand nahm, um das rote Band zu durchschneiden, das sie vor der Eingangstür der Boutique angebracht hatte.

„Würden Sie das bitte für mich erledigen", bat sie dann spontan den Bürgermeister, der sehr erfreut war, diesen offiziellen Akt übernehmen zu dürfen.

„Hiermit eröffne ich offiziell das neue Kindermodegeschäft *Bio-Kids*", sagte er und nahm die Schere entgegen. Die Pressefotografen knipsten, aus einem Lautsprecher hörte man einen Tusch und dann schnitt er das Band durch. Die umstehenden Gäste klatschten. „Ich wünsche diesem innovativen Geschäft nur das Allerbeste und gratuliere zu diesem entscheidenden Schritt der Nachhaltigkeit und der bewussten Ökologie", sagte der Bürgermeister.

Dann erklang lustige Kindermusik aus den Lautsprechern und die Kinder marschierten in den Kleidern über den roten Teppich. Sie drehten sich wie perfekte kleine Models im Kreis, tanzten und lachten und hatten ihre Freude.

Greg fotografierte die Kinder und die anwesenden Gäste. Hanni und Rüdiger und Peter und Ulla mischten sich unter die Leute und verteilten kleine Prospekte, in denen die Herstellungsart und die Materialien beschrieben waren. Sie erzählten von ihrem Projekt und informierten über die Hintergründe des Produktionsablaufes. Drei

Studentinnen, die Erwin organisiert hatte, gingen mit Fingerfood-Tellern durch die Menge. Harry und Lisa reichten den Anwesenden Visitenkarten von *Schicki-Micki-Food*. Zum Trinken gab es Sekt, Wein und Bier und für die Kinder Bio-Apfelsaft und Bio-Limonade. Marlis und der neue Onkel waren gekommen, auch Bernhard und Deborah sahen sich um, tranken einen Schluck und aßen ein paar Häppchen. Roberts Eltern sahen begeistert den Kindern zu, die ganz selbstverständlich zwischen den Erwachsenen herum wuselten. Dr., Föhnscheid war auch gekommen, gemeinsam mit seiner Schwiegertochter, die auch gleich ein paar Stücke kaufte.

Viel wurde verkauft, viel wurde bestellt und die Eröffnung war ein voller Erfolg. Alle Gäste unterhielten sich angeregt, die anfängliche Kindermusik war gegen angenehme Chillout-Lounge-Musik ausgewechselt worden und es wurde langsam dunkel. Niemand hatte Lust, nach Hause zu gehen, alle amüsierten sich wunderbar und freuten sich.

Spät am Abend wollte sich Lisa von Harry verabschieden.

„Ich muss Susi nach Hause bringen, sonst wird sie noch ganz überdreht", sagte sie. Die anderen Bewohner des Alternativ-Haushaltes waren ebenfalls schon im Aufbruch.

„Ich fahre dich", meinte er, „dann kann Susi schon im Fonds schlafen."

Lisa umarmte Gertrud. „Besser hätte es gar nicht laufen können", sagte Gertrud, „wir haben so viele Vorbestellungen bekommen, das ist einfach phantastisch."

Richard kam dazu. „Danke dir für deine wunderbare Vermittlung mit deinen Freunden. Ich hatte nicht damit gerechnet, dass wir mit diesem Geschäft noch irgend etwas Vernünftiges anstellen können. Aber nun sehe ich eine wirklich erfolgreiche Zukunft für Gertrud und mich."

Lisa und Harry fuhren in die Vorstadt. Harry lenkte besonnen den Lieferwagen, den die Schicki-Micki-Crew gekauft hatte, um Aufträge liefern zu können. Susi hatte es sich auf der Rückbank gemütlich gemacht. „Ich bin ein Mannequin", seufzte die Kleine immer wieder beglückt.

„Hoffentlich wird sie jetzt nicht modeverrückt", sagte Lisa zu Harry.

„Dazu erziehst du sie viel zu vernünftig", meinte er, „da sehe ich bei dieser Mutter keine Gefahr."

„Danke", sagte Lisa leise. Mehr als alles andere wollte sie für Susi eine gute Mutter sein.

„Alle waren begeistert von unserem Fingerfood", sagte Lisa dann.

„Ich habe tolle Kontakte geknüpft und ein paar ganz konkrete Anfragen wegen Aufträgen bekommen. Das Geschäft läuft an", sagte Harry.

Er erzählte, dass Bernhard ihn für eine Feierlichkeit in der Kanzlei gebucht hatte, die in zwei Wochen stattfinden sollte.

„Ja, da wird eine neue Vertragsunterzeichnung gefeiert", sagte Lisa. Sie hatte mit Bernhard kurz darüber gesprochen, und als er sich nun von der Qualität des Essens von *Schicki-Micki-Food* überzeugen konnte, auch von der Professionalität, mit der serviert wurde, hatte er gleich mit Harry eine Vereinbarung getroffen.

„Wenn man Qualität bietet, dann kann eigentlich nicht viel schiefgehen", meinte Lisa.

„Genau das ist unser Konzept. Fingerfood, aber erstklassig. Und das haben mir alle Gäste bestätigt. Denen hat es wirklich gut geschmeckt."

Harry lieferte Lisa zuhause ab, sagte dann aber, dass er wieder zurück fahren würde, um mit Erwin und den Studentinnen aufzuräumen. Bevor er wegfuhr, stieg er noch aus und umarmte Lisa. Er drückte sie an sich und küsste sie auf beide Wangen. Er sah sie dann lange an und schließlich küsste er sie auf den Mund. Sie schloss die Augen, hielt ihn fest und erwiderte seinen Kuss.

***

# Kapitel 36

Lisa saß an einem der folgenden Tage in der Rezeption der Kanzlei und nahm wie gewohnt ein paar Telefonate entgegen.

„Da habt ihr ja etwas ganz Phantastisches aufgezogen mit eurem Catering-Service", meinte Bernhard anerkennend zu Lisa, als er am Vormittag zu ihr kam.

„Ich muss mit dir sprechen, wenn du dann mal Zeit hast", sagte sie zu ihm.

„Ja, das können wir ja jetzt machen, mein nächster Termin ist erst in einer halben Stunde", meinte er und bat sie in sein Büro. Vorher rief er noch Frau Dammwieser an und bat sie, Fräulein Huber kurz in die Rezeption zu schicken, damit die Telefonate entgegengenommen werden konnten.

Lisa machte zwei kleine Tassen Espresso und brachte sie in Bernhards Büro.

„Die Aufträge von *Schicki-Micki-Food* laufen an. Um ehrlich zu sein, häufen sie sich. Und ich denke, dass ich nicht mehr bei dir arbeiten kann", sagte sie bedauernd.

„So etwas ähnliches habe ich mir schon gedacht", meinte Bernhard, „und, um auch ehrlich zu sein, ich freue mich für dich. Dieser Harry ist ein ausgesprochen netter Mann, sehr tüchtig, sehr professionell."

„Ich sehe eine neue Zukunft für mich", sagte Lisa und lächelte. Harry war mehr als nur ein ausgesprochen netter Mann.

„Und wie sieht es mit deiner alten Vergangenheit aus?", fragte Bernhard, „wie sieht es eigentlich mit dem Fall Robert Hebenstreit aus? Dr. Föhnscheid ist zwar ein sehr guter Freund von mir, aber Details darf er mir selbstverständlich nicht sagen, auch wenn ich naturgemäß sehr an dem Fall interessiert bin, schon allein deinetwegen."

„Robert ist heute aus dem Krankenhaus entlassen worden und nun sitzt er in Untersuchungshaft", sagte Lisa, „und ich besuche ihn morgen gemeinsam mit Dr. Föhnscheid." Der Anwalt hatte sie gerade angerufen und gesagt, dass es neue Erkenntnisse gäbe, über die er sie gerne persönlich informieren würde. Er hatte alle nötigen Besuchserlaubnisse bereits beantragt und organisiert.

„Lass mich wissen, wie es weitergeht", sagte Bernhard.

„Selbstverständlich", meinte Lisa und reichte Bernhard die Hand. Sie besprachen, dass Lisa ab sofort nicht mehr in der Kanzlei arbeiten müsste, denn Frau Dammwieser hatte ihrer studierenden Nichte zugesichert, dass sie, sobald sich etwas ergeben würde, sich als Büroaushilfe in der Kanzlei etwas dazuverdienen könnte. So konnte Lisa also ohne schlechtes Gewissen ihre sofortige Kündigung aussprechen.

Lisa erledigte die noch ausstehenden Arbeiten und zu Mittag verabschiedete sie sich von Bernhard.

„Danke, dass du mir die Möglichkeit gegeben hast, bei dir vorübergehend zu arbeiten", sagte sie.

„Du warst ein echter Lichtblick hier, jeder hat sich immer gefreut, dich zu sehen, und das nicht nur wegen deiner leckeren Kekse", meinte Bernhard.

„Und es ist ja kein Abschied für immer", sagte er dann, „schließlich haben wir die kleine Feier in zehn Tagen, bei der du und Harry für das Catering sorgen werden. Du bist selbstverständlich nicht nur als Lieferant eingeladen, sondern auch als mein persönlicher Gast."

***

# Kapitel 37

Dr. Föhnscheid hatte sämtliche Papiere schon organisiert, sodass Lisa mit ihm ohne Probleme den Raum in der Justizvollzugsanstalt betreten konnte, in dem Robert auf sie wartete.

Gemeinsam mit dem Anwalt setzte sie sich an einen Resopaltisch und betrachtete ihren zukünftigen Exmann.

„Robert, wie geht es dir?", fragte sie mitfühlend, denn er sah bedrückt und gar nicht mehr so lächelnd aus, wie sie ihn im Krankenhaus gesehen hatte, als sie ihn dort besucht hatte.

„Ich habe nicht damit gerechnet, dass mir das wirklich passieren wird", sagte er und blickte sie nicht an. Seine Augen waren auf seine Hände gerichtet, die auf der Tischplatte ruhten.

„Seit wann läuft denn das schon mit dieser Alissa?", fragte Lisa.

Nun sah Robert auf und blickte in ihr Gesicht.

„Schon viel zu lange", meinte er leise, „ich habe mich da auf etwas eingelassen, das ich dir eigentlich nicht antun wollte, ich bin da irgendwie rein gerutscht."

„Schau mal, böse bin ich dir nicht mehr, wir müssen das nur jetzt irgendwie so schnell wie möglich mit der Scheidung regeln, weil du dir ja vorstellen kannst, dass ich für dich einfach nichts mehr empfinde."

„Es tut mir leid, es tut mir unendlich leid … aber diese Alissa …", sagte er und fast glaubte Lisa, in seiner Stimme ein Schluchzen zu hören.

„Wenn Sie mich fragen, liebe Frau Hebenstreit", sagte nun Dr. Föhnscheid, „dann ist diese Alissa Manoretti ein berechnender Vamp. Meine Vermutung ist, dass sie sich an Ihren Mann herangemacht hat, um ihn so richtiggehend auszuquetschen. Von Anfang an. Sie ist verhaftet worden und sitzt auch in Untersuchungshaft."

Dr. Föhnscheid berichtete von seiner Durchsicht der Akten, von Kollegen und Experten, die sich mit derartigen Fällen beschäftigten und die er eingeschaltet hatte, um so schnell wie möglich Einblicke zu bekommen und schließlich von Konferenzschaltungen mit internationalen Dienststellen, die sich mit Wirtschaftskriminalität befassten. Alissa Manoretti war offenbar von ihren ursprünglichen Arbeitgebern in Italien gezielt darauf angesetzt worden, Robert zu verführen und ihn dann zu erpressen, sodass die kriminellen Unternehmungen, die sie mit ihm durchführen wollte und dann auch durchführte, verdeckt blieben.

„Ich war in einer schrecklichen Zwickmühle, und das so viele Jahre. Und ich habe mich schuldig gemacht, mit ihr. Und mit dem, was wir gemacht haben", sagte Robert einsichtig.

„Die italienische Anwaltsfirma, aus der diese Manoretti gekommen ist, ist in dunkle Geschäfte verwickelt, von denen das Büro Ihres Mannes nichts wusste", erklärte Dr. Föhnscheid Lisa.

Der Fall würde weite Kreise ziehen, die jedoch allesamt nichts mit der Rechtschaffenheit der Steueranwaltsgesellschaft zu tun hätten, in der Robert gearbeitet hatte.

„Und wer hat denn nun meine Unterschriften gefälscht?", wollte Lisa wissen.

„Alissa", meinte Robert sehr leise, seine Stimme war kaum zu hören.

„Und das kann ja zum Glück sehr leicht bewiesen werden", meinte Dr. Föhnscheid.

„Graphologe?", fragte Lisa.

„Sachverständiger für …", wollte Dr. Föhnscheid sagen, aber Lisa unterbrach ihn.

„Ja, ja, ich weiß", sagte sie zu ihm und lächelte innerlich.

„Ich wollte dich da nie hineinziehen", meinte Robert zu Lisa, „aber ich war ihr wirklich irgendwie ausgeliefert. Sie hat immer gedroht, dass sie dir alles sagen wird oder dass sie mich anzeigen wird und einfach wieder nach Italien verschwinden wird … ich war so hilflos. Und das mir, obwohl ich doch dachte, dass ich mit allem umgehen kann."

„Du hast dich verändert", meinte Lisa und sah Robert freundlich an. Er war tatsächlich ein anderer geworden. Von seiner Aggressivität, seiner Hektik und seiner Ungeduld ihr gegenüber war nichts mehr zu spüren. Dennoch hatte sie keine Gefühle mehr für ihn.

„Der Unfall hat mir gezeigt, dass es etwas anders gibt als nur Geldverdienen", meinte Robert, „Dr. Weber hat mir gesagt, dass ich riesengroßes Glück hatte, alles so gut überstanden zu haben. Der Neurologe war sehr zufrieden und der Psychologe vom Krankenhaus hat jeden Tag sehr lang mit mir geredet. Ich bin wieder voll da, kann mich an alles erinnern. Und auch daran, wie ich dich behandelt habe. Es tut mir leid, ich kann es nicht oft genug sagen."

Dr. Föhnscheid berichtete, dass am Vormittag die Vorstellung beim Haftrichter vonstatten gegangen war. Der Anwalt hatte alles daran gesetzt, Fluchtgefahr und Verdunkelungsgefahr abzuwenden und rechnete damit, dass Robert schon in kürzester Zeit nach Hause entlassen werden würde, mit einer Anzeige auf freiem Fuß. Das Urteil des Psychologen aus dem Krankenhaus hatte ein übriges getan, denn es bestätigte, dass Robert reuig und einsichtig war und alles tun wollte, um

Wiedergutmachung zu leisten.

„Ich werde die Villa verkaufen und alle Aktien, die ich gekauft hatte, ebenfalls. Ich kann alles zurückzahlen, was ich denen, die ich betrogen habe, schulde", sagte Robert.

„Die wahre Schuldige ist Alissa Manoretti", erklärte Dr. Föhnscheid und erzählte, dass der Haftrichter das auch so sah.

„Morgen wird Ihr Mann entlassen, das verspreche ich Ihnen", sagte Dr. Föhnscheid zu Lisa, „bis zur vollständigen Klärung wird noch viel Zeit vergehen, aber Ihr Mann kann sich frei bewegen und sogar ins Ausland reisen."

Robert erkundigte sich nach Susi und nach seinen Eltern. Lisa erzählte, dass es da jemanden gäbe, der sich wunderbar um Susi kümmerte, dass sie mit diesem Jemand ein gemeinsames Geschäft gegründet hätte und dass sie eine neue Zukunft für sich sah.

„Diese nachtblauen Dessous …", fragte Lisa dann Robert nach einer Pause leise. Sie musste es einfach wissen.

„Ja, das war Alissa. Ich will mich nicht besser darstellen, als ich war. Ich will auch nicht alle Schuld auf sie schieben. Aber ich war ihr einfach ausgeliefert. Ich verstehe es selbst nicht, dass ich nicht erkannt habe, was für ein schlechter Mensch sie ist."

„Ach, die Hormone", sagte Dr. Föhnscheid nickend, „und diese Manoretti ist ja wirklich extrem attraktiv. Das wird sie aber nicht vor einer Verurteilung retten, das ist ganz sicher."

„Einen Privatdetektiv habt ihr mir ja auch auf den Hals geschickt, mit diesen Fotos, wo ich mich angeblich mit anderen Männern treffe", warf Lisa ein.

„Alissa sah es als einzige Möglichkeit, dich dazu zu überreden, dass du wieder zu mir ziehst. Damit nichts herauskommt. Ach, Lisa, kann ich das alles irgendwie wieder gutmachen?", wollte Robert wissen.

„Schenk mir meine Freiheit", bat sie ihn.

„Ja", antwortete er ernst und nickte bekräftigend, „wenn du das wünschst, dann will ich dir nicht im Wege stehen. Du bist eine starke junge Frau, die ein neues Leben verdient. Und wenn alles geklärt ist, werde ich zu meinen Eltern nach Australien auswandern", sagte Robert, „ich will mein Leben vollständig ändern. Das muss ich ohnehin tun. Als Steueranwalt bin ich unten durch. Und wenn ich die Villa verkauft habe und alle Schulden zurückgezahlt habe, dann stehe ich ja vor dem Nichts. Ich werde meinen Eltern in ihrer Yogafarm helfen und diese Institution dann auch irgendwann übernehmen, wenn sie zu alt sind, um sie weiterzuführen. Wir haben uns lang unterhalten und ich bin unendlich dankbar, solche großartigen Eltern zu haben, die mich in meiner derzeitigen Situation voll unterstützen. Und mir vor allem verziehen haben."

***

# Kapitel 38

Die Feier in Bernhards Kanzlei war ein großes Ereignis. Mehr als hundert Gäste waren gekommen und hielten sich in der Rezeption und in den Büroräumen auf, die für diesen Zweck geräumt worden waren, um genug Platz zu schaffen. Die meisten der Gäste kannte Lisa vom Namen her, wenn sie Telefondienst gemacht hatte. Die Catering-Studentinnen waren schick in schwarze Röcke und weiße Blusen gekleidet und liefen zwischen den Gästen herum, reichten auf Platten Appetithäppchen und Sektgläser. Lisa selbst hatte eines ihrer schönen Cocktailkleider angezogen und fühlte sich unter all den gutsituierten Menschen sehr wohl. Sie erinnerte sich an das Gefühl, wenn sie ihre Gala-Menüs für Roberts Geschäftsfreunde veranstaltet hatte und dass sie es zum Glück gewohnt war, sich in solchen Kreisen zu bewegen, auch wenn sie definitiv keine „Schicki-Micki-Tussi" war. Sie und Harry hielten Händchen und sahen beruhigt zu, wie gut alles klappte. Erwin und zwei seiner Küchenhilfen kümmerten sich um das Anrichten und das Servieren, Harry und Lisa waren als Gäste geladen und mussten sich um nichts kümmern.

Erwin hatte keinen Spaß daran, sich unter die Gäste zu mischen.

„Wir haben eine gute Arbeitsteilung", sagte Harry, „ich kümmere mich um die Geschäftskontakte, Erwin ist am liebsten ausschließlich in der Küche und du sorgst für immer neue Inspirationen und Innovationen. Ohne dich hätten wir das nie geschafft, einen so tollen Erfolg zu landen und jetzt schon, ganz zu Beginn unseres Geschäftes, so viele Aufträge zu haben."

„Lass uns darauf anstoßen", sagte Lisa glücklich und beugte sich zu Harry, um ihm einen sanften Kuss auf die Wange zu geben. Die beiden hoben ihre Gläser in dem Moment, als Bernhard auf sein Mikrofon klopfte, um die Aufmerksamkeit auf sich zu lenken.

„Ich habe eine Ankündigung zu machen", bat er um Ruhe.

Deborah war zu ihm getreten und stand nun neben Bernhard.

„Ich habe das riesengroße Vergnügen, Sie alle davon zu unterrichten, dass meine bezaubernde Deborah eingewilligt hat, meine Frau zu werden", sagte Bernhard strahlend, „stoßen Sie mit mir auf das Glück meines Lebens an."

Er umarmte Deborah und blickte dann lächelnd auf die Anwesenden, die klatschten und „Gratulation!" riefen und durcheinander redeten.

„Das gibt's doch nicht", sagte Conny, die mit Greg ebenfalls eingeladen worden war und nun zu Lisa trat.

„Eigentlich wollte ich so etwas heute verkünden", sagte Greg.

„Waaaas?", staunte Lisa.

„Ja, wir werden heiraten", sagte Conny mit einem übermütigen Lächeln im Gesicht, „und *Schicki-Micki-Food* wird hoffentlich das Catering machen!"

***

# Kapitel 39

Zwei Jahre später in Australien, am Strand von Byron Bay.

„Ach Mami, das ist aber jetzt wirklich der allerschönste Geburtstag, den ich je gehabt habe", strahlte Susi ihre Mutter an. Lisa, Harry und die nun zehnjährige Susi saßen beim Leuchtturm von Byron Bay und blickten in den Sonnenuntergang.

Robert war nach Australien ausgewandert. Er war entspannt und glücklich, dass sich sein Fall geregelt hatte. Er hatte alle Schulden und Strafen bezahlen können mit dem Geld, das er durch den Verkauf seiner Villa und seiner Aktien erzielt hatte. Seine sechsmonatige Freiheitsstrafe hatte er abgesessen. Mit seinen Eltern hatte er sich wunderbar versöhnt und sogar mit Yoga angefangen. Er war braungebrannt und hatte eine gute Figur und hatte sich auch schon neu verliebt, in eine nette Yogalehrerin, die in der Namaste-Yogafarm arbeitete. Sein reuiger Rückblick auf seine schlechten Taten und seine neue Zukunft in Byron Bay hatten ihm Gelassenheit und Zufriedenheit geschenkt, sodass Lisa ohne Probleme unbekümmert mit ihm umgehen konnte, wie wenn er einfach nur ein alter Bekannter aus früheren Zeiten war.

Susi hatte in Harry einen wunderbaren Vaterersatz gefunden und alle hatten in den vergangenen Tagen, seit Lisa mit Harry und Susi angekommen war, festgestellt, dass es keine Eifersüchteleien oder Sticheleien über die

Vergangenheit gab.

Heidi und Gerhard hatten gemeinsam mit Robert ein wunderschönes Fest in der Namaste-Yogafarm für Susi veranstaltet, viele Kinder waren eingeladen gewesen und eine Tanzgruppe und Musik und Clowns waren gebucht worden, um der Kleinen den schönsten aller möglichen Geburtstage zu liefern.

Verträumt blickte Susi in die untergehende Sonne, während Lisa und Harry sich aneinander kuschelten.

„Wollen wir es ihr jetzt sagen?", fragte Harry.

„Gute Idee, das ist doch der schönste Augenblick dafür", meinte Lisa lächelnd und küsste Harry.

„Warum grinst ihr so?", fragte Susi, die sich zu den Erwachsenen umgedreht hatte. Sie grinste ebenfalls und man sah ihr an, dass sie mit zehn Jahren kein kleines Kind mehr war.

„Es gibt noch etwas zu feiern", sagten die beiden wie aus einem Munde.

„Wir werden heiraten", sagte Harry.

„Und ein neues Geschwisterchen bekommst du in einem halben Jahr auch noch", sagte Lisa glücklich, „sozusagen als nachträgliches Geburtstagsgeschenk."


*** ENDE ***